U0102140

认知中华传统美德的意义和价值 并不断赋予其新的时代内涵

诚信赢天下

传统美德

谢寒梅◎著

政府诚信，取信于民，则政通人和！
企业诚信，义中求利，则基业长青！
个人诚信，一诺千金，则谋事有成！

台海出版社

图书在版编目(CIP)数据

诚信赢天下 / 谢寒梅著.--北京:台海出版社,
2015.7

ISBN 978-7-5168-0645-6

Ⅰ.①诚… Ⅱ.①谢… Ⅲ.①品德教育-通俗读物
Ⅳ.①D648-49

中国版本图书馆 CIP 数据核字(2015)第 159257号

诚信赢天下

著　者:谢寒梅

责任编辑:王　品
装帧设计:虞　佳　　　版式设计:通联图文
责任校对:寇明星　　　责任印制:蔡　旭

出版发行:台海出版社
地　址:北京市朝阳区劲松南路 1 号　邮政编码:100021
电　话:010-64041652(发行,邮购)
传　真:010-84045799(总编室)
网　址:www.taimeng.org.cn/thcbs/default.htm
E-mail:thcbs@126.com

经　销:全国各地新华书店
印　刷:北京柯蓝博泰印务有限公司
本书如有破损、缺页、装订错误,请与本社联系调换

开　本:710mm×1000 mm　　1/16
字　数:230 千字　　　印　张:18
版　次:2015 年 8 月第 1 版　　印　次:2015 年 8 月第 1 次印刷
书　号:ISBN 978-7-5168-0645-6

定　价:36.00元

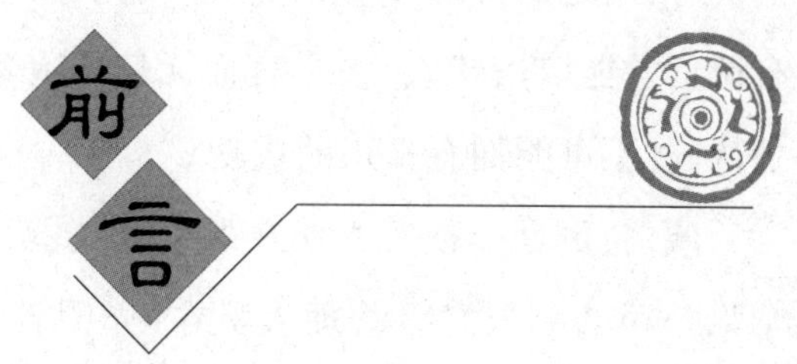

前言

何谓诚信？顾名思义，诚实守信。人与人相互交往，坦诚相待就是诚信。

早在两千多年前，就有一位睿智的老人——孔子，用毕生的精力著书立说，阐述诚信是人生立身之本，是国家立业之本，是人类发展之本……至今，延绵数千年，其伟大的精神早已深入人心，诚信的火炬一直被人们高高举起，代代相传，燃遍中华大地的每个角落，并作为东方文明的精髓传遍全世界。

孔子说："人而无信，不知其可也！"诗人说："三杯吐然诺，五岳倒为轻。"民间说："一言既出，驷马难追。"都极言诚信的重要。几千年来，"一诺千金"的佳话不绝于耳，广为流传。可见，诚信自古是中华民族的传统美德，是经过漫长、沉重的生活之浪淘沥而出的赤纯之金。

诚信是最基本和根本的道德要求，是人之为人的最重要的品德，也是社会赖以存在和发展的基石。一个信用缺失、道德低下的社会，不可能有快速、持续、良性的发展和进步，只有讲诚信，才能建立正常的经济、生活秩序。只有讲信用，才有人和人之间的相互信任，社会生活才能正常地运转、前行。不讲诚信者，也许能获得眼前一时的利益，但难以长久。诚实守信的人，虽然有时眼前会若有所失，但却能"心正、气顺、颜美"，赢得人生长久的可持续发展，能够在人品名声上和事业宏图上基业长青。

诚信是为人处世的基本准则，也是我们民族的传统美德。有智者言：

“失去信用是最大的失败。失去了信用，就再没有什么可以失去的了。”只有诚信才能取信于人，一个言而无信的人不可能得到他人的尊重和社会的认同，不可能拥有真正的成功。

诚信，更是一种实实在在的生存技能，是一种真真实实的商业规则。苹果公司的一位高级管理人员在《光明日报》撰文说：“我在苹果公司工作时，曾有一位刚被我提拔的经理，由于受到下属的批评，非常沮丧地要我再找一个人来接替他。我问他：‘你认为你的长处是什么？’他说：‘我自信自己是一个非常正直的人。’我告诉他：‘当初我提拔你做经理，就是因为你是一个公正无私的人。管理经验和沟通能力是可以在日后工作中学习的，但一颗正直的心是无价的。’我支持他继续干下去，并在管理和沟通技巧方面给予他很多指点和帮助。最终，他不负众望，成为一个出色的管理人才。”当今企业所寻找的人才需具有两方面的特征：一是“聪明”，即无论智商、情商都很高；二是“努力”，即愿意尽其所能成为项尖人才。然而，如果没有“诚信”作为这两项能力的基础，人才就不再是人才。

……

诚信，需要个人的坚守和践行，也需要整个社会的弘扬和保障。当诚信的浩然正气蔚然成风时，我们所呼吸的社会空气将会更加清新宜人——这是人们对理想生活家园的共同追求，从古至今，不曾改变。

鉴于此，本书对于涉及企业和个人生存之本的“诚信”的内涵作出充分的阐释。从修身、处世、做人、为官、为商等多方面阐述诚信的重要性，生动运用古今中外的大量事例辅助说明诚信的价值观，希望读者心怀诚信行走天下，做到“我诚信故我在”，让诚信成为每个人心中和整个社会不变的主旋律，做到信义传千古，美德恒久远。

目录

第三章

第四章

第五章

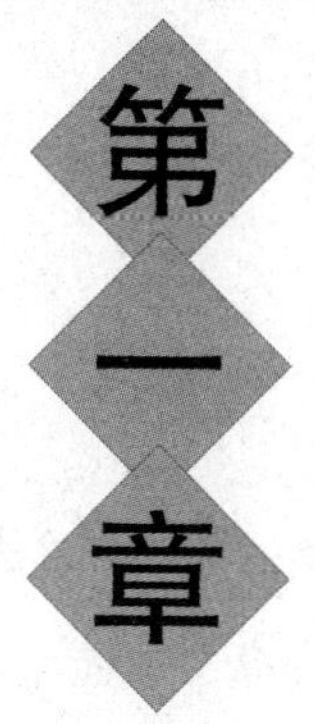

第一章

诗人以诚：诚实是立身的根本

1.修身处世，以诚为先

中国人特别崇尚忠诚和信义，因为诚信是为人处世的根本。而“信、智、勇”更是人自立于社会的3个条件。诚信是摆在第一位的。“信”是一个会意字，“人”、“言”合体。

《说文解字》把信和诚互为解释，信即诚，诚即信。古时候的信息交流没有别的方式，只能凭人带个口信，而传递口信之人必须以实相告，这就是诚或信的本义。“言必信，行必果，诺必诚”是中国人与他人、与社会交往过程中的立身处世之本。中国是靠礼义行事的德治国家，言行靠自律与自省。

在中国古人的观念中，法和刑是同义的，因此遇到问题不是靠打官司去解决，而是靠协商解决，在相互谦让的基础上通过调解达成一致，不希望闹到“扯破脸皮”、“对簿公堂”的地步。有些受骗上当的人往往在事后采取忍让和不再交往的办法，因为他们对自己的要求并未改变，依然坚持用诚信的态度处世为人。靠道德的约束而忽视法制的作用，在现代社会已被证明是不可行的，然而，“诚信”在法制化的前提下随着社会文明的发展，在人们的相互交往中发挥着愈来愈大的作用。

魏晋时有个叫卓恕的人，为人笃信，言不食诺。他曾从建业回上虞老家，临行与大傅诸葛恪有约，某日再来拜会。到了那天，诸葛设宴专等。赴宴的人都认为从会稽到建业相距千里，路途之中很难说不会遇到风波之险，怎能如期。可是，“须臾恕至，一座皆惊”。

由此看来,“诚”是一个人的根本,待人以诚,就是信义为要。精诚所至,金石为开,诚能感化万物,也就是所谓的“心诚则灵”。相反,心不诚则不灵,行则不通,事则不成。一个心灵丑恶,为人虚伪的人根本无法取得人们的信任。所以,荀子说:“天地为大矣,不诚则不能化万物;圣人为智矣,不诚则不能化万民;父子为亲矣,不诚则疏;君子为尊矣,不诚则卑。”

明代诗人朱舜水说得更直接:“修身处世,一诚之处更无余事。故曰:‘君子诚之为贵。’自天子至于庶人,未有舍诚而能行事也,今人奈何欺世盗名矜得计哉?”所以,诚是人之所守,事之所本。只有做到内心诚而无欺的人,才是能自信、信人并取信于人的人。

切斯特菲尔德勋爵认为,诚实是最高尚的品德,他自己之所以成功也是得益于此。勋爵这句名言:“诚实高于一切”,给世人留下了极为深刻的印象。克拉伦在谈及他同时代最高尚、最纯洁的绅士福克兰时说:“他是一个十分诚实的人,哪怕是说一句谎言,他也像偷了人家的东西一样,心神极为不宁。”

英国哈金森将军的夫人曾这样评价自己的丈夫:“他是一位完全诚实可靠的人:他不想干的事情,他从不说;在他能力之外的事情,他从不轻易许诺;在他力所能及的范围内,他从不推脱,而且一经答应,决不食言。”

英国泰多尔教授这样评价哲学家法拉第:“无论是现实生活中的还是哲学中的种种虚伪都令他十分讨厌。”

英国皇家学院马歇尔·霍尔博士也是一个极为诚实、守职和高尚的人。他的一位最亲密的朋友曾这样说过他:“无论在哪里,他只要碰上虚伪和阴险的动机,他就要公开揭露。”他自己的人生格言是“我既不愿意也不能够撒谎”。一个人到底应该正直还是虚伪,他对此从不妥协、含糊,无论碰到什么困难,要做出多大的牺牲,他总是反对虚伪,主持公道。

英国皇家学院阿诺德博士把诚实看作各种高尚品德的基石，认为诚实是一面道德镜子，任何人在这面镜子面前都会显示自己的本来面目。阿诺德把诚实看得高于一切，他总是谆谆教育年轻人，一定要以诚待人，以诚行事，以诚立信，以诚为本。当他发现有谁撒谎时，他总是感到极不舒服，他认为撒谎是道德犯罪。当一个学生做出一项承诺时，他总是相信自己的学生。“你能够这样说，这相当不错，我完全相信你的话。”他充分相信自己的学生，这给他的学生以极大鼓舞，阿诺德博士以这种特有的方式教育自己的学生一定要以诚为上，以诚立信。他的学生们后来相互说：“跟阿诺德先生万万不可撒谎，恩师最反对虚伪和做作。”

“君子养心莫于诚，致诚则无它事矣。”假如你要干大事，就要做到诚挚待人、光明坦荡、宽人严己、严守信义。只有这样，才能赢得他人的信赖和支持，从而为事业发展打下良好的基础。

2.诚实是最好的商标和专利

为什么很多公司的字号沿用数十年甚至数百年前的人名呢？因为它暗示着诚实的品格，表明可靠的信用。

无论何时何地，这些名字就像商标和专利一样，成了诚实可靠的同义语。没有人会去怀疑他们的产品是怎样制造出来的，也没有人会检查带有这些标志的产品的质量和可靠性。这些名字就是质量可靠的象征。这种特征就是高明的保护神，就是最好的广告。人们谈到这些名字总是

带着敬意。

来看一个古印第安口口相传的故事。

一群印第安人围住一家新开的店铺,只看不买。当地的印第安酋长来了,他对店主说:"把你的货物拿来看看。啊哈!我要给自己买一条毯子,给我的妻子买一块印花布。我的毯子需要付三块貂皮,印花布需要付了一块貂皮。这样吧,我明天给你。"

第二天,酋长背着一个大包来了,包里全是貂皮。"嗨,我给你付账来了。"他从包里抽出四块貂皮,放在柜台上,稍稍犹豫了一会儿,他又抽出第五块,这是一块特别珍贵、特别稀有的貂皮,他把它也放在柜台上。"已经够了,"约翰把它推回去,"你只欠我四块貂皮,我只收下我应得的。"他们为四块、五块的事推让了半天,然后酋长的脸上露出了满意的神色。

酋长把第五块貂皮放回包袱里,看了看店主,然后跨出门去,朝他们的族人喊道:"来吧!来吧!跟他做买卖吧,他不会欺骗我们印第安人的!他不是个贪心的人!"

酋长又转身对店主说:"如果你刚才收下最后一块貂皮,我就会叫他们不要跟你打交道,我们还会赶走其他顾客。但是现在,你已经是印第安人的朋友了。"

天黑之前,这家店铺就堆满了毛皮,店主的抽屉里也塞满了现金。

再来看两个关于商标的故事。

一个是关于铁铲的。

"研究铁铲的二十年是我一生中最快乐的时光,"艾梅斯州长说,"无论我走到哪里,同行们都认识我,我的名字就是诚实、信用的代名词。"

"有那么二十年'艾梅斯'牌铁铲的价格一直没变过,结果它被人们当成了货币——大家可以用我们的铁铲来偿还债务。”

“我们的产品销住世界各地，但是我们没有代理商，从来没有。我们的产品太有吸引力了，全世界都需要它，总有人上门来买，我们根本用不着到处推销。”

有人乘马车在北非旅行了上千英里之后说，在所有的布林人、布须曼人和混居民族中，还没有人不知道“艾梅斯”牌铁铲。他们认为“艾梅斯父子制造”的标识意味着优质的原材料和值得依赖的品质。其实，从好望角到澳大利亚，在世界的各个角落，来自马萨诸塞州的这个古老品牌，这个代表着“老牌殖民地”的品牌，都赢得了做工精细、持久耐用的好名声。

另一个是小提琴的。

斯特拉迪瓦里不需要在他制造的小提琴上贴任何专利标志，因为除了他之外，没有一个人甘愿为了制造出一流品质的乐器而承受如此巨大的痛苦。许多乐器制造商满足于制造价格低廉的小提琴，他们嘲弄斯特拉迪瓦里花了一周又一周，一月又一月的时间，去制造一件他们几天就可以完工的乐器。

但是，斯特拉迪瓦里却下定决心要使自己的名字成为高品质小提琴的象征，使他的名字成为商标，能够永远使他的小提琴不被仿造。他的品格、他的诚实和勤奋就是他的专利，就是他的商标。除此之外，他不需要任何其他的东西。

诚实是做人经商最大的资本，也是最应遵守的原则之一，这已被事实反复证明。然而，很多青年人对这一点缺乏认识，只是注重技巧、权谋和诡计。他们往往太急于致富，只想不经学习就在一两年内取得成功，以致于总是以自我为中心，忘记交流对方的需要和利益。

对于经营者来说，只有诚实经商，讲究信誉，顾客才能常来光顾。然而，在这个商品经济社会中，谎言满天飞，骗子处处有，假冒伪劣商品遍

地皆是,惟独诚实经商者及货真价实的商品少得可怜。都说“物以稀为贵”,但面对“诚实”比稀有动物还“稀有”的现状,许多人却无视这一罕见之物的可贵之处,甚至甘愿将之抛弃,以狡猾奸诈取而代之。

也许不诚实在短期会给你带来一定利益,但最终遭受失败却仍是你。

我们所做的每一件事都要用诚信与正直做基础,否则,我们的心灵将永远不会安宁,也不会享受到自我肯定的喜悦。

3.诚实是成功的基本要素

“诚实”这个品性,在人们的心目中神圣、伟大,几千年来,社会始终将它作为做人的一个基本准则。荀子说:“君子养心莫善于诚”;宋程颐说:“以诚感人者,人亦以诚而应;以术驭人者,人亦以术而待”;龚自珍说:“鄙夫较量智愚间,何如一意求精诚”,以及鲁迅先生说:“假如一个人还有是非之心,倒不如直说的好;否则,虽然吞吞吐吐,明眼人也会看出他暗中‘偏袒’哪一方,所表示的不过是自己的阴险和卑劣。”

从前,有一位宽厚仁慈的老国王。他没有子嗣,眼看身体一天天不行了,王位却无人继承。有一天,他想出个办法,决定在国内挑选一名诚实的孩子作为自己的接班人。

告示贴出后,家长们护送孩子纷纷涌入王宫。老国王拿出许多花籽儿,分发给每一个孩子,并对他们说:“谁能用这种子培养出最好看的花朵,谁就是我的继承人。”

所有的孩子都在大人的帮助下，播种、浇水、施肥、松土，不分昼夜地看守，照顾得十分周到。其中有个叫雄日的孩子，他整天用心培育花种，但10天过去了，半个月过去了……花盆里的种子却没有发芽。他很纳闷，就去问母亲。母亲说："你把花盆里的土换一下，看看行不行？"他这样做了，但后来的情景和先前一样。

一转眼国王规定献花的日子到了，其他孩子都捧着盛开鲜花的花盆涌向王宫，排成长队，等待国王的奖赏。只有雄日捧着没有花的花盆站在大门旁，默默地低头哭泣。然而，国王对那些捧着开有鲜花的花盆的孩子看都不看一眼，径直来到雄日面前，问他为什么捧着空花盆。雄日觉得自己很笨，哭得更厉害了，边哭边说出了自己如何精心培育花种，最终却无法让种子发芽、开花的经历。

国王听完，欢喜得流下了眼泪，握着雄日的手，说："我的孩子，你是最诚实的，你就是我要找的人。你不知道，我发给大家的种子都是煮熟了的，根本发不了芽开不了花。"后来雄日成了王位的继承人。

约翰是一名成功的房地产企业家，其成功秘诀就在于诚实。

约翰早期从事房地产交易时，有一次带买主去伊利诺伊州森林湖区看房子。房主曾私下与约翰说过，这栋房子大部分结构都不错，只是屋顶有些陈旧，需要翻修。买主是一对年轻夫妇，他们说准备买房子的钱有限，所以想买一处不用翻修的房子。他们看过房子后，觉得很满意，决定立即购买，并立即搬进去住。但就在这个时候，约翰说出了实情，告诉他们这座房子的屋顶需要翻修，得花费8000美元。

对于说出真相的后果，约翰不是心中没数，但他不想欺骗每一位客户。最终，这对夫妇果然提出毁约。一星期后，约翰得知他们从另一家房地产交易所花较少的钱买了一栋类似的房子。

老板听到约翰把这笔生意搞砸的消息后,立即把他叫到办公室进行盘问。约翰是个非常厚道的小伙子,从来不会撒谎,便如实交待。老板气得暴跳如雷,责骂他多管闲事,并最终解雇了他。

约翰走出公司大门,心里很坦然,因为他所做事的没有违背良心。他一直想做个诚实的人,他的父亲总是对他说:"你同别人一握手,就等于签订了一项合同。你说的话要算数。你若想在生意上站稳脚跟,就必须与人公平交易。"所以,约翰总是把人品放在第一位,认为诚实做人比赚得金钱还重要。尽管当时他也想把那座房子卖掉,但不能为体面有损自己的人格价值。即使丢掉了工作,他仍然坚信自己惟一的做人准则,即在任何时候都讲真话。

几年拼搏之后,约翰筹集资金在加利福尼亚开了一家小型地产交易所。在商业圈内,他以做生意公道和为人诚实赢得了良好的信誉。虽然也曾因讲"实话"过多丢掉过不少生意,但也因此赢得了人们的信任。他"诚实经商,公平交易"的经营理念深深植入大众心中,客户慕名而来,争相签订合同,约翰的房地产事业日渐兴旺发达。

诚实在职场中是非常重要的。试想,如果你给老板留下一个爱说谎、虚伪狡诈的印象,老板又怎能对你委以重任?因此,要想赢得老板的赏识,你首先要做一名诚实守信的员工。

麦克·杜尔如今是一家大型陆运公司的董事长。他14岁的时候正值经济大萧条的1935年,那年夏天,他跟着一辆密封式运货小卡车给一百多家商店送特制食品。在炎热的天气里,他每天干七八个小时的体力活儿,报酬只是一块腊肉三明治、一瓶饮料和50美分现金。但由于这是第一份工作,因此辛苦一点儿他也不在乎。

在不送货的日子里,他总是到一家偏僻的糖果店干零活儿。一次扫地时，他在桌子底下发现5美元，便捡起来交给店主。店主首先对他夸赞一番，随后又告诉他事实的真相，原来那是店主有意将钱扔在那儿的，目的就是考验他是否诚实。麦克·杜尔在整个高中阶段都为这位老板干活儿。他永远不会忘记，是诚实让他保住了当时那份非常难得的工作。也正因为诚实，他后来才成功地创办了运输公司并使之兴旺发达。

诚实的员工，不仅可以赢得老板的信任，也能赢得客户的信任，同事的信任，以及所有与你在工作或业务上有来往者的信任，这样你才更容易干出成绩来。

总之，诚实对于各行各业的人来说都是极其重要的。

4.不懂装懂，只会贻笑大方

一个肚子里连一滴墨水都没有的人，却装出一副无所不知的大学问家的样子，目的是为了在听众信以为真的反应中获得“虚荣心”的满足。他们以为不懂装懂，可以使别人相信自己是一个内行，以此赢得别人的尊重。却不知，孤陋寡闻的他们是很容易露馅的。所以，人要有自知之明，“夜郎”自大只会遭人嘲笑。

有这样一个笑话：

杰克夫妇并没有多少学问，但是他们爱慕虚荣，一直都向往一种自命不凡高人一等的生活。

这天，夫妇二人去参加一个上层人士举办的酒会，在漫无边际的闲聊中，话题转到了莫扎特。

“一个绝对的音乐天才！才华横溢，无人能及！”有人简练地评价道。杰克夫人做梦都想加入这种对名人品头论足的讨论，那样能显示自己的知识渊博。为了显示自己的智慧和身份，她不失时机却又故作轻描淡写地说道：“噢，莫扎特，我非常同意您的见解，我喜欢他这个人，也许你们不敢相信，今天早晨我还在21路车站和他聊了几句，他正要去音乐厅客串一场演出，上车之前他还礼貌地向我道了别，真是一个非常懂礼节的人。”

杰克夫人的话音一落，周围便顿时安静了下来，大家都轻蔑地看着她。

旁边的杰克觉得自己蒙受了巨大的耻辱，他走到夫人面前，略带愠怒地耳语道：“我们现在就走，快穿上你的外套，我们得赶快离开。”

驾车回家途中，杰克一言不发。

“杰克，你是不是生气了？”杰克夫人打破沉默。

“噢，是吗？你终于注意到了？”杰克用嘲讽的口吻说道，“你今天让我丢尽了面子！你看见莫扎特坐21路车去音乐厅了？你这个自以为是的傻瓜！谁都知道21路车根本就不路过音乐厅！”

不懂装懂其实就是内心无知的表现，为了掩饰自己的无知，费尽心力去假装自己是个“专家”，也许开始的时候，人家还真以为你是个“专家”，可你话一出口就露了馅，让人忍俊不禁。

有一个人想拜见县官求个差事。为了投其所好，他事先找到县官手下的人，打听县官的爱好。

他向县官的随从问道：“不知县令大人平时都有什么爱好？”

“县令无事的时候喜欢读书。我经常看到他手捧《公羊传》读得津津有味，爱不释手。”随从告诉他说。

这个人把县令的爱好记在心里，胸有成竹地去见县官。县官问他："你平时都读些什么书？"

"别的书我都不爱看,一心专攻《公羊传》。"他连忙讨好地回答说。

县官接着问他:"那么我问你,是谁杀了陈佗呢？"

这个人其实根本就没读过《公羊传》,不知陈佗是书中人物。他琢磨了半天,以为县官问的是本县发生的一起人命案,于是吞吞吐吐地回答:"我平生确实不曾杀过人,对于陈佗被杀之事更是一无所知。"

县官一听,知道这家伙并没读过《公羊传》,才回答得如此荒唐可笑。县官便故意戏弄他说:"既然陈佗不是你杀的,那么你说说,陈佗到底是谁杀的呢？"

这人见县官还在往下追问,更加惶恐不安起来,吓得狼狈不堪地跑出去了,连鞋子也来不及穿。别人见他这副模样,问他怎么回事。

"我刚才见到县官,他向我追问一桩杀人案,我再也不敢来了。等这桩案子搞清楚后,我再来吧。"他边跑边大声说。

一个人应该用诚实、谦虚的态度去对待知识,对待别人。不懂就不懂,为何要装懂？但凡有此陋习者都是爱慕虚荣之人,肚中本无多少知识,偶然被人问住,欲明说"不知道",又恐丢了面子,只好不懂装懂,信口胡诌,答非所问,敷衍了事,聊以脱身。或者明明知道自己能耐不大,却不甘寂寞,人前人后"打肿脸充胖子",摆出一副博古通今的架势,张嘴就是"张飞打岳飞,打得满天飞",专唬那些学识浅薄之徒,借以满足自己的虚荣心。承认自己也有不知道的事并不丢人,而为了自抬身价而不懂装懂,自欺欺人的做法只会贻笑大方,就像滥竽充数的南郭先生终有灰溜溜逃走的那一天。

连孔圣人都说:"三人行必有我师。"可见没有人能门门学问都通,任何事情都了解,必然有很多需要学习和弥补的地方。而不懂装懂就像给

不足之处盖上了一块遮羞布,施了个障眼法,虽然能暂时挡住了别人的视线,使自己得以苟延残喘。但是终有真相大白的一天,那时就要为自己的欺骗行为付出代价。

5.诚信待人,化干戈为玉帛

以诚相待是现代社会人际交往中最重要的砝码,大多数矛盾都能用诚信的办法得到解决。只要真诚待人,就可能赢得良好的声誉,获得他人信任,将可能发生的矛盾化解在无形中。

美国华尔街金融巨头摩根的祖父，也是一位诚实守信的榜样。最初他经营很多行业,后来,老摩根投资参加了一家叫“伊特那火灾”的小型保险公司。当时,保险业刚刚起步,不需要投资一分钱,只要在股东名册上签上姓名即可。投资者在期票上署名后,就能收到投保者交纳的手续费。

然而,在一次续约后,发生了一场特大火灾,投资者个个傻了眼,他们将面临这样巨额的赔偿,于是纷纷表示要放弃他们的股份。老摩根并没有这么做,他认为人应该讲信用,于是派人去处理赔偿事务。代理人从纽约回来,不仅处理了赔偿,而且取得了很多投保者的信任,带回来了大笔的现款。于是信用可靠的“伊特那火灾”保险公司在纽约名声大振,新的投保金额提高了一倍以上。

老摩根从这次火灾中净赚了15万美元。在那个时代,15万美元可是份巨大的财产,而这些财产的取得应归结于老摩根取得了投保者的信任。

人无信不立,良好的信誉会给自己的行动带来意想不到的便利;诚实、守信也是形成强大的亲和力的基础;诚实守信的人会使人产生与你交往的愿望,在某种程度上,会消除不利因素带来的障碍,使困境变为坦途。

三国时代的诸葛亮四出祁山时,所率兵马只有10多万人,而司马懿却有精兵30万。蜀、魏在祁山对阵,正在这紧急时刻,蜀军有1万人因服役期满,需退役回乡。而离去1万人,会大大影响蜀军的战斗力。服役期满的士兵也忧心忡忡,大战在即,回乡的愿望恐怕要化为泡影。这时,将士们共同向诸葛亮建议:延期服役一个月,待大战结束后再让老兵们还乡。诸葛亮断然地说:治国治军必须以信为本。老兵们归心似箭,家中父母妻儿望眼欲穿,我怎能因一时需要而失信于民呢?说完,诸葛亮下令各部,让服役期满的老兵速速返乡。诸葛亮的命令一下,老兵们几乎不相信自己的耳朵,随后一个个热泪盈眶,激动不已,决定不走了。“丞相待我们恩重如山,如今正是用人之际,我们要奋勇杀敌,报答丞相!”老兵们的激情对在役的士兵则是莫大的鼓励。蜀军上下群情激愤,士气高昂,在形势不利的情况下击败了魏军,诸葛亮以信带兵取得了以少胜多的战绩。

“诚实是最好的策略”。这句古老谚语的真理性已为日常生活经验所证实。诚实和正直对于商业和其他任何行业的成功来说都是必不可少的。

6.捍卫诚信,体验真善美的快乐

今天,利害关系已取代了诚实与信任而成为更重要的考虑因素。只要你有钱,又有关系,就可买到任何东西。然而,你却买不到尊敬与荣誉。它们是非卖品,必定要用诚实才能得到。在调查与时间的双重考验下,它们都不会融化。

我们在培养孩子的过程中,最盼望见到的美德,就是诚实。只要我们及早受到这方面的教育,便不会失去这项美德。它将成为我们待人处世的一部分。它将保障我们在生活和事业上获得成功。

英国诺丁汉大学校长,自曝了发生在一个毕业生身上的一件不光彩的事。

“80年代初,一个毕业生向美国某大学递交申请书时,伪造了一个教授的推荐信。这件事被揭露后,每年该大学都要接到不少外国大学要求核实学生推荐信和成绩单的信件,经我手的就有10封左右。经过核实,基本所有的推荐材料和成绩单都是真实的,可因为以前有过不良记录,尽管来信在逐渐减少,可直到现在还有。”

院士在担任这个大学校长期间,下大力气抓的一件事情就是严惩考试作弊,发现一个开除一个,任何余地都不留。1993年,一次就开除了20多人。

院士说:“这种做法得到了广泛的赞同。一个学生给我写信说,如果作弊之风仍然盛行,那用分数体现成绩就是毫无意义的。一些公司的老总也给我打电话讲,学生的能力如果不强,我们可以培养,但一个人如果

不诚实，他的基本素质就是不合格的，最终将会面临被解雇的危险命运。”院士严厉整治作弊行为的措施，极大地提高了该校的学术声誉。

诚实是个人的基本素质。遗憾的是这几年不诚实的现象非常普遍。实际上应该从小学起就进行这方面教育。正是由于从小放松了教育，致使中学到大学都无法很好地解决这个问题。

1999年，一个非常有名的教授被聘为波士顿大学传播系主任。上课时他给学生讲了一段非常精彩的话，刚说完就下课了。课后，一名学生找到校长说：“这段话我在一本杂志上见过，教授没有说明这段话的来源。”校长找到教授核实，教授当即提出辞职。尽管他不是不想说这段话的出处，而是因为铃声响了，来不及说。最后在其他老师的挽留之下，学校免去了这位教授的系主任职务。第二天一上课，这位教授做的第一件事就是向学生们道歉。

我们若想要在人际关系中找到诚实，就必须诚实地进行一切活动。即使每天的日常活动中大部分未能得到诚实的回报，但只要我们坚守这种根深蒂固的价值观，那么，到最后，一切结果仍将有利。这是一项最基本、最明显、也是最不被人理解的生活原则。好心终有好报，若不报，只是时候未到。

你可能会认为，我之所以失败了，本来就因为别人对我不诚实，或者我对别人太诚实了的缘故，我怎么能继续充分信任别人呢？我怎么能明知道是圈套还要往里钻呢？乍一想，你的想法也并非没有道理，但你想过没有，在这个社会里，一个有诚实形象与一个没有诚实形象的人在社会上所受的欢迎程度有何区别？对比的结果我们了然于心。这就说明了人们还是在追求诚信的，并非“人心叵测”的。这只是要你不可太轻信别人，

并不是说要你虚伪待人。既然这样,你又为何不去追求一个诚实的形象呢?你在这个追求过程中,也许还会碰到欺诈之类的事情,但可以肯定的是,你所碰到的更多的是诚信。你在这个追求过程中,可以体验真善美的快乐,而且这个追求的结果更是令你收益不浅,欣喜不已。

7.保持理智,别让赞美"捧杀"你

在生活中,当我们被别人追捧、赞扬的时候,要考虑到别人拍自己马屁的因素是多方面的:因为爱,就会有偏袒;因为害怕,就会有不顾事实的讨好;因为有求于人,便会有虚夸和不诚实。所以,我们必须在一片赞扬声中,保持足够清醒的头脑。

一只狐狸正在找食物,找了很久也没找到,这时它在河边碰上了一只仙鹤。狐狸脑子一转,计上心来,换了一副笑脸对仙鹤说:"早安,聪明的仙鹤,近来您的身体好吗?"

"很好,谢谢您!狐狸先生,您有什么事吗?"仙鹤很高兴地说。狐狸凑近一点说:"我有些问题想请教您。如果风从北边吹来,您的头朝什么方向转?"

"当然是朝南面转啦。"

"如果风从西面吹来,您的头朝什么方向转?"

"朝东。"

"怪不得连人类都夸您聪明的呢,要我说您一定是世界上最聪明的

动物！”

仙鹤已经有些洋洋得意了。狐狸又悄悄地向前靠近了一点问：“那如果风从四面八方刮来，那该怎么办呢？”

仙鹤已经完全被狐狸的奉承话吹晕了，它得意地说：“那我就把头伸进翅膀里去——像这样。”愚蠢的仙鹤边说边把头藏进翅膀下面以示范给狐狸看，可是没等它再把头露出来，狐狸“唰”地往前一扑，狠狠地咬住了仙鹤的脖子。

狐狸只凭几句好听话就把仙鹤骗成了口里的美餐，要怪也只能怪仙鹤自己对奉承话太过敏了。虽然这只是一则童话，但是也能给我们很大的启示。

欧洲有位著名的女高音歌唱家，30岁便已享誉全球，而且也已经有了美满的家庭。有一年，她到邻国开一场个人演唱会，这场音乐会的门票早在一年前就已经被抢购一空。

表演结束之后，歌唱家和她的丈夫、儿子从剧场里走了出来，只见堵在门口的歌迷们，一下子全涌了上来，将他们团团围住。每个人都热烈地呼喊着歌唱家的名字，其中不乏赞美与羡慕的话：有人恭维歌唱家大学一毕业就开始走红了，而且年纪轻轻便进入国家级的歌剧院，成为剧院里最重要的演员；还有人恭维歌唱家，说她25岁时就被评为世界十大女高音歌唱家之一；也有人恭维歌唱家有个腰缠万贯的大公司老板做丈夫，而且还生了这么一个活泼可爱的小男孩……当人们议论的时候，歌唱家只是安静地聆听，没有任何回应与解答。

直到人们把话说完后，她才缓缓地开口说：“首先，我要谢谢大家对我和我家人的赞美，我很开心能够与你们分享快乐。只是，我必须坦白告诉大家，其实，你们只看到我们风光的一面，我们还有另外一些不为人知

的地方。那就是，你们所夸奖的这个充满笑容的男孩，很不幸的是个不会说话的哑巴。此外，他还有一个姐姐，是个需要长年关在铁窗里的精神分裂症患者。”

歌唱家勇敢地说出这一席话，当场让所有人震惊得说不出话来，大家你看看我，我看看你，似乎难以接受这个事实。

我们不能不为这位歌唱家的理智和清醒喝彩！

有多少人曾经在一片赞扬声中，迷惑了双眼，最终导致了失败。最令人扼腕叹息的恐怕该是王安石笔下的仲永了。

金溪县有个叫方仲永的人，他家世世代代以种田为业。方仲永长到5岁时便能做诗，并且诗的文采和寓意都很精妙，值得玩味。县里的人对此感到很惊讶，慢慢地都把他的父亲高看一等，有的还拿钱给他们。他父亲认为这样有利可图，便每天拉着方仲永四处拜见县里有名望的人，表演作诗，却不抓紧让他学习。不久，方仲永的才华已与众人无异。他的聪明才智最终被完全捧杀了。

和方仲永不同的是，世界上越是伟大的人物，越能够清楚、诚实地认识自己的成功，对待他人的赞美，往往是谦虚理智的，有的甚至还很反感别人赞扬他。

在第二次世界大战中，丘吉尔对英伦之护卫有卓越功勋。战后在他退位时，英国国会拟通过提案，塑造一尊他的铜像置于公园，令众人景仰。一般人享此殊荣高兴还来不及，丘吉尔却一口回绝，他说：“多谢大家的好意，我怕鸟儿喜欢在我的铜像上拉粪，还是请免了吧。”

牛顿，这位杰出的学者、现代科学的奠基人，他发现了万有引力定

律,建立了成为经典力学基础的牛顿运动定律,出版了《光学》一书,确定了冷却定律,创制了反射望远镜,还是微积分学的创始人……功绩显赫,光彩照人,可当听到朋友们赞扬他的时候,他却说:“不要那么说,我不知道世人会怎么看我,不过我自己只觉得好像一个孩子在海边玩耍的时候,偶尔拾到几只光亮的贝壳。但对于真正的知识大海,我还没有发现呢。”

古今成大事业、大学问者,正是因为有了能够正确对待他人赞扬的态度和谦逊好学的精神,才达到人生的光辉顶点。生活中,我们也会常常听到赞美声,无论是真诚的还是别有用心的,都应该控制自己,保持冷静和清醒,以免成为别人赞美声中的牺牲品。

8.看清楚诚实的条件和界限

徐懋庸在《老实和聪明》一文中曾经说过这样一段话:“老实人之老实,在于不说假话;聪明的老实人,则话要说得准,不但内容准,而且时机、方式和分寸都要讲究,不随便说。”

现实生活中有这样一种太诚实的人,他们胸无城府,性格耿直,一看到他人,不管是自己熟悉的还是不熟悉的,不管是与自己关系好的还是关系不好的,不管对方是怎样想的、能不能都接受,只要一见面,就不管三七二十一,总是大大咧咧,就像“竹筒倒豆子”那样,毫无保留地将自己的想法统统都说出来。他自己以为这是在“以诚待人”,自以为这就是真诚和坦率,然而,这种真诚是不顾时间、条件、场合、对象和具体的情景

的,因而有不少缺陷。

因为这种“太诚实”,起源于对社会理解得过于简单,其中还不免包括幼稚的成分,适应不了复杂的人际关系。因为这种“太诚实”,将会使自己付出不必要的代价。不管对象是什么样的人,自己将自己的弱点像竹筒倒豆子似地倒了出去,结果反倒成了他人攻击你的把柄。

一般来说,“太诚实”的人是那些秉性耿直、敢于讲真话的人。从理论上讲,做人应该这样做。但实际生活远不是这样,实际生活中要求的诚实是一种智慧的诚实,它不仅需要人具备诚实的品格,还需要人具备高明的手段,而太诚实的人往往只具备品格,而不具备手段,因而,他们往往会因自己的诚实付出大的代价。

孔子赞成做人正直,但是,他也指出,在坚守正直品质的前提下,最好也讲究一下策略。他说:“好直不好学,其蔽也绞。”意思就是:为人正直,如果不好学,不注意修身处世,也会给自己带来不必要的损失。

史鱼,天生就是副直肠子,不会拐弯,没有坏心。盛世也好,乱世也好,邦有道也好,邦无道也好,他都是急切直言,决不隐讳。在现实社会中,也有史鱼这种人,嘴巴子像刀,说话不讲情面,真让人受不了。如果不能了解他的心底是善良的,出发点是善意的,就会觉得他讨人嫌。因此,这种生性耿直的人往往处事落落寡合,常会受人讥诮,遭受种种痛苦。

在《论语·卫灵公》里,孔子在赞扬了史鱼的“如矢”之直后,又赞扬了另一个卫国贤大夫蘧伯玉。孔子说:“君子哉蘧伯玉!邦有道,则仕;邦无道,则可卷而怀之。”意思是,君子啊,蘧伯玉!国家政治清明时,就出来做官;国家政治混乱时,就把自己的本领收藏起来。

与史鱼不同,蘧伯玉是个既有原则性,又有灵活性的人。

像蘧伯玉这样的在坚守正直品质的前提下,审时度势,可以说是明智之举。史鱼的正直如矢固然可贵,但如果不讲策略,“矢”就容易折断,这岂不让人惋惜!孔子既赞扬“直哉史鱼”,又赞扬“君子哉蘧伯玉”,其中深意,需要我们细细体会。

交友处世应懂得权变的道德。讲究忠信,这是原则,但是具体的技巧,一定要看情形而定。一个人可以和他直言,但自己怕得罪人,不对他讲直话,这就对不住人,久而久之就会失人。看到这种朋友发生错误,就应寻机坦率地给他指出,促其警醒,可能他一时会觉得难堪而不谅解你,或者怨恨你,但等到他越陷越深,以至失败了,会想到你的话是正确的,把你当作他的诤友,更会与你深交,这就不失人。

当然,有时候有部分人,无法同他们直言,对他们的规劝要适当,不可烦琐无节制。如果他们听不进去,就要停止,不然既浪费,又得罪人。不明此理,轻率多言,就是失言。失言对自己有害无益,非洲有句俗话说:“不说无益的话,免得口渴。”更有“祸从口出”的众多教训,所以我们说话一定要谨慎。一个聪明人,应知道什么时候直言,什么时候不言;不失人,也不失言;既有原则性,又有灵活性,使诚实的行为恰到好处。

另外,太诚实的人无法处置自己所面对的“邪恶”,因而经常被邪恶所愚弄,有时弄得自己也很苦恼。怎么办?办法还是有的。

要明白真诚不是一种盲目、盲动,更不是一种廉价的同情和施舍,而是一种理性的升华。因此不要以一个“模式”去对所有的人,即对待真诚的人一定要真诚,对待“邪恶”之人,则不要“过分的真诚”,不要太真诚,但绝不是说也要使用“邪恶”对待之,要有所“保留”地使用。否则你反会被这种“邪恶”所讽刺、嘲笑。

不要对“邪恶”采取针锋相对、一报回一报的方式。这样做,心眼太小,也不是真的真诚。要在有所“保留”的前提下使“邪恶者”知道,你所搞的那一套我是都知道的。如在这样的条件下,“遇欺诈的人,以诚心感动之;遇暴戾的人,以和气熏蒸之;遇倾斜私曲的人,以名义气节激励之”,

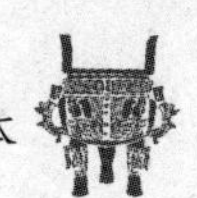

就会产生“天下无不人我陶冶中矣”之结果。

总之，对当代的中国人来说，当诚实是不顾时间、条件、场合、对象和具体的情景时，它就变成有缺陷的了。

要明白真诚不是一种盲目、盲动，更不是一种廉价的同情和施舍，而是一种理性的升华。要做一个聪明的、善意的诚实人。

阅读链接：中国古代诚信故事之一

炎黄二帝：诚信结盟，四海归一

上古时代，黄帝和炎帝都是“有熊国君”少典氏的后裔，他们的母亲叫附宝，有峤氏之女，是少典国国君的妃子。附宝生有二子，长子是炎帝神农氏，次子就是黄帝轩辕氏。炎帝长于姜水，故以姜为姓；黄帝成于姬水，则以姬为姓。

刚出生的轩辕，额骨的中部隆起，像太阳，这就是所谓“日角”。轩辕有龙的相貌，传说他的手脚也似龙爪龙趾。还有的说他有四张脸。更奇异的是，轩辕刚出生就咿呀说话，不久就会走路了。到十岁左右的时候，他就离开寿丘，到处拜师学艺，通访名山大川，成年后成为一名勇士，后来被推举为部落首领，称为黄帝，率部迁徙到陕西北部定居。后来黄帝由洛水南下，东渡黄河到达涿鹿(今河北涿县)，修德振兵，日渐强盛，附近部落纷纷归附，成为中原一霸。

轩辕的哥哥神农定居清姜河畔教民稼穑，栽种五谷，并驯养野生动物以充长年食用。每日清晨，族民们驱赶着野牛、野马四处放牧，开始尚

能安居乐业，但到后来由于刀耕火种、辟地开荒，牧草日渐稀少，大家只好划线为界，互不相扰。虽然如此，仍免不了明争暗夺，甚至致死人命。神农看在眼里，急在心头，决定易地迁居，一行人沿着渭河东行抵达黄河，又沿黄河来到了太行山东麓。这里地广人稀，到处是丰盛的水草，适于牲畜繁养，又有肥沃的平原宜于农耕，加之当时风调雨顺，物产丰富，很快，族内便呈现出一派升平景象。

不料南方九黎族长蚩尤，为扩大疆域，亲率部族大举北伐。这蚩尤原是姜姓旁门支系，其祖父当年因争夺猎物而伤人性命，被炎帝判罚十张虎皮。蚩尤从此怀恨在心，带着七十二弟兄逃往南瞻部洲，征服了当地土著，以田中野草为姓，改姜为苗，娶妻生子繁衍生息，家族兴旺，慢慢又成九个部落。蚩尤生得铜头铁额，四目六臂，又有移山之力、呼风唤雨之能，成年后将九部合一，号为“九黎”，征服了附近各小氏族后，大张旗鼓向北挺进，一路上攻山占川，志在讨伐炎帝。

炎帝闻知蚩尤北来，急忙传令各部严阵以待。一日，蚩尤身披斑斓虎皮，头戴双角铜盔，手执铜刀于阵前叫战，炎帝披挂相迎。双方刚一照面，便刀斧相交。蚩尤刀如翻江，好似凶神恶煞一般。炎帝用的是石刀石斧，怎能和铜刀对阵？没几个回合，炎帝便败下阵来。

炎帝起兵在于自卫，无心与蚩尤决一胜负，尽管士卒不少，兵至万余，也仅在于反击。蚩尤琢磨透了炎帝的心思，越发咬着炎帝不放，不断发动攻势。炎帝从黄河以南逃至黄河以北，蚩尤尾追不放，誓灭炎帝。

炎帝的部众死伤大半，军队统领夸父被蚩尤活捉，不知生死。炎帝派人八方打听，得知夸父愤恨他的仁慈之心和懦弱无能，为保全被俘的千余名父老兄弟，投降了蚩尤。炎帝听了，失魂落魄。他仰望茫茫云天，问苍天为何不公，为什么自己仁德天下而没有好报。

这时候，麦氏、稻氏、黍氏、寂氏、姜大、姜二、姜三、姜四、姜五、姜六、姜七等将佐和各部落酋长一齐赶来，见炎帝未开口，一齐跪下。泪流满面的

炎帝，自知失态，赶忙擦干泪水，欲扶众人站起，谁知众人皆双手扶地，谁都不站。炎帝叹了口气，望着伏地垂首的将佐和酋长，痛心地说道："诸位兄弟，你们赤胆忠心跟随着我，我没有保护好你们，致使一半兄弟死伤在山林，暴尸山川，血和泪教训了我，我仁武天下，苍天又不容我。难道我的行为违背了天道吗？天下称我炎帝是太阳，难道我这轮太阳要西落山林了吗？"

众将佐和酋长以忠诚的目光凝视着炎帝，千言万语尽在其中了，彼此相望，久久无语。麦氏打破了沉默劝炎帝说："如此荒野之地，岂能久留？不知炎帝如何打算？"炎帝沉吟一声，并没答话，皱皱眉，嘴唇颤动了几下。麦氏又说："炎帝，兄弟们再三议论，还是迁回到南方去吧！"炎帝对众将佐和酋长说道："蚩尤无道，天道不容。黄帝大势必兴，天下让黄帝，不可让蚩尤！"众人吃了一惊，七言八语询问，炎帝果断说道："那蚩尤狂暴无比，野心吞天下，必穷追灭我，尔后必定再与黄帝争天下。我们为何不向黄帝求援，联合黄帝共灭蚩尤？"

炎帝于是将求援信交给姜五，让虎氏部落酋长陪同他一起寻找黄帝。一日，黄帝与三公六将聚议练兵兴邦之事，驿站使者飞马来报，得知炎帝被蚩尤北逐，已死伤近半。大将风后说道："黄帝，以我之见，炎帝与蚩尤水火不容，虽与黄帝有隙，毕竟为同胞兄弟。如今炎帝屡战屡败，节节北逃，惨败至此，炎帝仇恨蚩尤，嗟待报复。若黄帝联合炎帝同抗蚩尤，岂不是更好？"另一员将领天乐补充道："风后所说有理合情，如果炎、黄联合，前后夹击，其势更大；即使炎帝不同意共同对抗蚩尤，也不会把刀尖指向黄帝的。"黄帝倾听众见后，果断说道："风后所说炎黄联合抗蚩尤极是，不知哪位愿意出使炎帝？"说话间炎帝使者姜五和虎氏部落酋长正好赶到，姜五一边呈上炎帝的求援信，一边道："炎帝、黄帝同为龙的传人，炎、黄本兄弟，炎帝愿黄帝一助，共灭蚩尤。这是炎帝的希望啊！"黄帝慷慨应允道："兄弟本一家，炎、黄共为龙，炎帝有难，黄帝怎能置若罔闻？炎帝求助，黄帝义不容辞！"

黄帝于是率大军，威风凛凛，晓行夜宿，浩浩荡荡向西南方进发。在涿鹿，黄帝大军遇见了一路北征的蚩尤，双方一场恶战。适逢浓雾、大风、暴雨天气，很适合来自南方多雨环境的蚩尤族开展军事行动，但对适应晴天环境作战的黄帝族并不利。黄帝初战告败。黄帝整军休整并派信使急速回去请九猿妹，九猿妹率善于雨雾天作战的玄女族士兵，乘蚩尤族得意之时向其进攻，黄帝随后协力，打败蚩尤部队，并擒获了蚩尤。

而此时却不见炎帝。原来炎帝那日被蚩尤打败后，虽派姜五去求救于黄帝，佐臣麦氏却劝炎帝往泰山逃跑，不要停下来等黄帝驰援，一则担心黄帝不来帮他，二来蚩尤与黄帝一战，二者必胜其一，蚩尤胜利了依然继续追讨炎帝，黄帝胜利了恐怕也会乘胜灭炎帝统一天下。炎帝举棋不定，麦氏继续道："炎帝啊，不要再被你的仁德迷住了眼睛。快逃到蚩尤和黄帝都找不到你的地方去吧，去开荒种地艺五谷，休养生息，开辟一个仁德的天下。"麦氏之见引起争议，有的赞成，有的竭力反对，有的缄默不语。炎帝不相信哥哥会手足相残，但还是对众人说先躲起来。

黄帝不见炎帝，战胜蚩尤的喜悦减了一半，有人伺机劝黄帝说："何不以不见炎帝为理由，乘机活擒炎帝？若能成功，天下归一大功告成。"风后听了连忙反对，对黄帝说："炎帝也是一方大王，虽力不及黄帝，但艺五谷而天下有谷果腹，尝百草而医百姓，仁德天下，可见炎帝非寻常之人。得人心者得天下，失人心者失天下。蚩尤不得人心，虽称霸一时，今被活擒待毙。仁者当立，立者当仁。今黄帝大势立于天下，不必生杀炎帝之心，应施炎帝予仁德，以诚信使炎帝于大势之下归附黄帝，不动刀枪、不杀一人便可天下归一。"风后所见，使黄帝倾服，于是决定与炎帝结盟共治天下，叫人去寻找炎帝。

躲起来的炎帝也派人打探消息，听说黄帝邀请自己结盟，便决定去涿鹿见黄帝。麦氏极力反对。炎帝的妻子听訞说："炎帝是一方之王，天下不可没有炎帝。炎帝、黄帝皆为龙的传人，兄弟共祖。今大势已定，天下归一，炎帝应与黄帝诚心结盟。"炎帝重重点头，连声说是，率部向涿鹿赶，行至邛岭东端与来寻找炎帝的黄帝相遇，两大部落握手结盟，决定举行盛大仪式。

两部旌旗猎猎，号角悠悠。兵士们手执各色兵器，雄赳赳，气昂昂，与旌旗相间，站满了广场四周。广场北端搭起蓝色篷帐，篷帐中摆上一张书案，案上摆着两个双连壶和刻好的盟约竹笺，书案两侧端坐着气宇轩昂的轩辕黄帝和面含喜色的神农炎帝。篷帐前一丈远的地方，立着四脚鼎，鼎中插着立柱纹香。

三通鼓响、六道号声过后，篷帐外侧的人群中走出了司仪官伶伦。伶伦来到书案前，面朝广场人群，背对轩辕、神农二氏，展开竹简，高声朗唱两族盟约。约曰："轩辕神农兮，结约结盟；后世子孙兮，同族同宗；繁衍生息兮，无止无穷；百业千行兮，均起均隆。"

伶伦宣读完毕，广场上的人群欢呼不已。又一通鼓响，黄帝内大臣仓颉宣读了结盟典章："我轩辕、神农，立中州之土，建华夏之邦，故我部落之名，谓华夏部落联盟。八方人等，推轩辕氏为人间共主，天下之帝，因大地乃上苍所赐，大地苍黄，故尊轩辕为黄帝，摄行天子事，有不尊者，天下共诛之，有大逆者，枪戟戮之。追封盘古为开天辟地之祖，女娲氏、伏羲氏、神农氏为我华夏三皇。蚩尤氏如肯束甲来朝，率部归顺，则以结约之仪相待，尊帝号。反之，则以叛乱之酋而诛之。民禁偷盗抢劫斗杀，吏禁欺压卡索贪拿，官禁勾结欺瞒贿赂，军禁违令、反叛、谋逆。如有相违，依危害之情，加以课税、劳役、体罚、斩首之刑……"

仓颉宣读典章完毕，轩辕黄帝和神农炎帝一起走出篷帐，来到鼎前，将鼎中香烛抽起，双手举过头顶，复举三下，又插入鼎中，然后双双跪下，对天祷告曰："苍天浩浩兮，佑我中华；大地茫茫兮，润物如花；日月炯炯兮，光泽万家；妖魔颤颤兮，遁入泥沙。"

炎黄二帝结盟后，信守盟约，天下归一，华夏部族联盟日益强大，子孙称作炎黄子孙。可见我们中华民族的血管里自古流淌着诚信的血液！

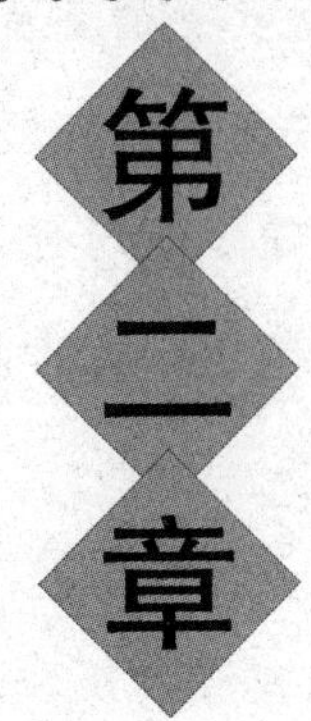

第二章

无信不立：信誉是立足的基础

1.人而无信，不知其可

信誉产生于人与人之间的交往。在人与人的交往中，金钱、权力只能得到别人的屈从和众人的隔离，但屈从和隔离只会产生平庸和冷漠，而绝不是伟大和关怀。只有信誉才产生热情与忠诚，热情可以燃烧沙漠，忠诚则可以创造巨大的财富。

失去信誉的人是最为不幸的，因为信誉的失去，意味着品性的弱小和风格的不佳。一个人有了信誉，在社会上就有了一席之地。一旦失去信誉，就会像倒下的树一样，失去了立足的土壤。

信用对于做人十分重要，古圣先贤认为信用是为人之本，孔子就说："无信不立"。在《论语》中记载了孔子关于"无信不立"的故事：

子贡问孔子："治理国家需要哪些条件？"孔子回答说："老百姓有足够的粮食（是食）；有强大的军队保卫国家（足兵），老百姓对国家有信任感（民信）。"子贡又问："如果迫不得已必须缺少一个条件，三者中少哪一个好？"孔子答："去兵。"子贡又问："在剩下两个条件中，如果必须再去掉一个，去哪一个好？"孔子答："去食，自古以来死亡是正常的，然而民无信不立。"所以在孔子看来，治理国政，"民信"比"足食"、"足兵"更重要，因为一旦老百姓不信任国家，国家就不可能屹立。而这对于个人来说也是一个道理，你可以相对弱小一些，也可以不十分富裕，但你万万不可缺少了信誉。如果一个人得不到别人的信任，他是孤立于各种人群之外的，他就不可能有所作为。因为得不到别人的信任，就得不到别人的支持和拥护，单凭个人的才能是无法闯荡天下的，是成就不了大事的。

“无信不立”,它的范畴相当广泛,其中包括个体和整体。个人没有信用,就没有人相信,不被人相信的人,就不能在社会上立足,干不出什么大事。政府没有信用,人民就不相信,不被人民相信的政府,政令就不能施行,国家就治理不好,终将会垮台。

季札出使徐国,徐国国君对他佩带的宝剑非常爱慕。可季札还要出使别的国家,暂不能将佩剑相赠。当他再次来到徐国时,徐君已去世。季札便把宝剑挂在徐君墓旁的树上跪拜相赠。随从不解,季札说:我心已许之,不能因为他死了,就可以失信!

人无信不立,诚信是一种朴素的美德,就像上述的人物,没有豪言没有壮语,只有默默自觉的行动和最本真的话语,却闪烁着动人的光芒,让人心生尊敬并感受到道德的光彩和人性的温暖,而有着道德光彩和人性温暖的世界才是一个更加美好的世界。

孔子曰:“人而无信,不知其可也。大车无輗,小车无軏,其何以行之哉?”人而无信如同车轮子中心和边缘没有支撑一样,没法行走。诚信是最基本和根本的道德要求,是人之为人的最重要的品德,也是社会赖以存在和发展的基石。一个信用缺失、道德低下的社会,不可能有快速、持续、良性的发展和进步,只有讲诚信,才能建立正常的经济、生活秩序。只有讲信用,才有人和人之间的相互信任,社会生活才能正常地运转、前行。不讲诚信者,也许能获得眼前一时的利益,但难以长久;诚实守信的人,虽然有时眼前会若有所失,但却能“心正、气顺、颜美”,赢得人生长久的可持续发展,能够基业常青——人品名声上和事业宏图上。

诚信,是为人处世的基本准则,也是我们民族的传统美德。有智者言:“失去信用是最大的失败。失去了信用,就再没有什么可以失去的

了。”只有诚信才能取信于人，一个言而无信的人不可能得到他人的尊重和社会的认同，不可能拥有真正的成功。

诚信需要个人的坚守和践行，也需要整个社会的弘扬和保障。让我们从自身做起，同时呼吁有关部门尽快建立起保障诚信的更加有效的机制，当诚信的浩然正气蔚然成风时，我们所呼吸的社会空气将会更加清新宜人——这是人们对理想生活家园的共同追求，从古至今，不曾改变。虽然，它有时会面临考验，甚至让人感觉有些悲观，有时诚信还有可能得不到好名声反而遭人诬陷，但哪种义举会没有一点付出和牺牲呢？社会的文明进步也有代价。当然，义举的代价应该尽量减小。有关部门也应积极努力，让不诚信者付出更大的代价，让事实来告诉人们：诚信有好报。

“我诚信故我在”，诚信只为心安——这应是一个人心中和一个社会不变的主旋律。信义传千古，美德恒久远。

2.信任是生存的根源

只有彼此间的信任，才是我们生存的根源，而绝不是具有法律效力的合同与契约。

人是社会的人，在分工协作的社会中，人与人之间的信任是维系人类生存的纽带。

假如没有了信任——这心灵上的契约，我们的世界将失去平静和色彩。

有一次,两个淘金人在一片起伏的沙海中迷失了道路。白天炎炎的烈日,夜里透骨的寒冷,不仅耗尽了他们的食物与淡水,也消耗了他们的精神与体力。肩上沉重的金子更使他们疲惫的身躯变得极度的虚弱,但横亘在面前的依然是那一望无垠的沙海。

随着时间的流失,淘金人的信念开始动摇。尽管金子的沉重增加了他们行走的困难,他们也知道会因此被夺去生命,但他们仍然舍不得那诱人的灿灿金色。因为,正是为了那些金子,他们才选择了这条人迹罕至的险途。

就在他们百般绝望的时候,淘金人遇到了一个穿越沙漠的当地人,但当地人已没有食物和水送给他们。可当地人告诉淘金者说,只要跟着他走,他会带他们走出沙漠的,因为他已穿越沙漠无数次。

经过反复权衡,两个淘金者中只有一个肯与当地人同行,而另一个却怎么也不相信当地人的话,坚持留了下来。

后来,当地人带着那个淘金者走出了沙漠,而那个留下来的人,就在那沙漠中耗尽了生命。直到很久很久之后,一路驼队才在流动的沙丘中,发现了他早已干枯的尸体。因为黄金的重负,淘金人的一大半身体深深地陷进了沙里。

我们已习惯了邻居猜疑的目光;我们已经认可了危难中的旁观和冷漠;我们理所当然地对来客反复地验明正身;我们更习惯了买东西时售货员仔细地检验钞票的真伪,而我们自己不厌其烦地查明货色真假的场景;甚至在发薪水的时候,面对刚刚从银行提出的钞票,我们也会下意识地揉搓一下,听听声响。

当物质的文明得到发展的时候,我们的精神却在不同程度地开始荒芜。我们开始变得不再相信任何人,我们以往的信任都到哪儿去了呢?

我们可以持有怀疑,但我们又怎能没有信任?只有彼此间的信任,才是我们生存的根源,而绝不是具有法律效力的合同与契约。就像那个枯死的淘金者,仅仅是因为怀疑,就拒绝了信任,从而也就拒绝了原本可以璀璨的生命。

《狼来了》中的牧羊小孩在山上放羊,小孩觉得无聊,便想了个恶作剧。他大声地喊“狼来了”,附近正在劳动的村民闻讯跑到山上一看,原来小孩在撒谎,便批评了他几句就回去了。过了一会儿,那小孩又大声地喊“狼来了”,那些村民们听到叫喊又带了棍棒赶来。那些村民又受骗了,气狠狠地训了小孩一顿又走了。小孩正觉得很开心,一只狼果真来了,小孩吓得大叫“狼来了”,可这一回村民们变得更“聪明”了,听到叫喊,认为又是小孩闹恶作剧,便低头继续劳动。可怜的小孩被狼给吃了。晚上劳动完回家,可不见小孩下山,一些村民觉得纳闷,就上山去寻找那小孩,却只发现一只鞋子和一滩鲜血。

这个故事给人的教训是深刻的,而且谁都明白,可是在今天为什么还有那么多的“狼来了”事件呢?

在一个诚信被肆意践踏、日渐被抛弃的年代,人们正在为失去的东西扼腕叹息。在今天,诚信尤其显得珍贵无比。

将诚信比作“宝剑”,意指它在人际交往中所向披靡、无往不胜;诚信就是一把宝剑,它可以为你披荆折棘,开山辟路;它可以为你扫奸除恶,建信立义。可是,如今这把宝剑却沾上了越来越多的灰尘,已经被有些人所遗忘了。

假设你是领导,你希望你的下属更加服从你的旨意,你希望他们具有更强的能力为你分忧解难,可是你发现他们比以前更加个性化,更加桀骜不驯,你感到迷惑不解;假设你是一个下属,你希望领导比以前更加体贴下属，希望领导能为下属提供更多的福利，可是你发现领导的承诺却如风一般摸不着、看不到，你感到迷惑不解；假设你是一名顾客，你希望花最低的钱买到最好的物品，你常希望碰到物美价廉的商品，可是你发现花了血汗钱却买回来一个废品，你便大骂，感到迷惑不解；假设你是生产厂家，你希望消费者要求别提太高，因为你也是另一条生产线的消费者，可你却无能为力，感到迷惑不解……

人们正更加强烈地意识到了自己正在吞食自己种下的苦果。神话虽然被粉碎，但人们正在把它重组起来，并努力去恢复它。我们往往追求代表真实的人和事物，因为它代表着最崇高的美德——诚实与信任。

重建信任吧，假如没有了这心灵上的契约，我们的世界将失去平静和色彩，也许世界真的就变成了那个枯死的淘金者最后生命中的沙漠。

3.信任是合作的必要前提

宋代的苏洵在《六国论》中总结道：“灭六国者六国也，而非秦也。”为何有此结论呢？

纵观历史，秦灭六国就是利用了六国的不团结、不信任、不合作的这个天大的弱点，逐一击破，留下多少故事和传说。若是当时的六国能够舍弃争议，平心静气地坐在一起协商，那六国可能就会团结起来，建立一个强大的联盟共同抗秦，六国可能不会是这样的结局，中国的历史也可能为此改变。

所以说“团结就是力量”是亘古不变的真理之一。也就是说，在某种

程度上,因为没有很好的合作计划,所以六国为秦所灭,谱写了我们现在都看到的历史,但他们当时六国为什么没有采取合作的策略呢?说白了就是因为他们之间没有相互的信任。

虽然都知道合作才能生存的道理,但因为缺乏必须的信任,而采取了各自为战,遂被各个击破,中国统一的历史由此开始正式进入我们的视野。

既然合作,就要用人不疑。要懂得合作就是要使一加一的结果远远大于二,或者说是一加一加一的效果远远大于三,否则,合作也就没有任何的意义了。

先说资源,无论是自然资源还是人力资源,均来自于上天的赐予。随着资源的开发,利用和交换,其价值也会毫无疑问的增值。而这种增值有赖于人与人之间良好的合作,才能发挥到最佳状态,这种合作有一个重点问题,就是一定要以信任为先。否则就是一纸空文,什么都不值了。如果我们不愿意把现有的资源去交换而获得更大利益,或者说有百般的本领不去利用,万般的智慧不去开发,其价值必受到局限,随着时间的推移,能力或者说可开发力会越来越小,直至消耗殆尽。

我们都知道这样一件事情:在美国,每一届的奥运会都会选出自己最优秀的运动员,组成一支“梦之队”。这支队伍的每一个成员都是从各个职业篮球队挑选出的最佳球员,他们中的每一个几乎都是传奇人物,被美国人民和世界人民津津乐道。当这些精英被整合在一起,代表美国参赛时,全世界几乎都认为他们是不可战胜的,因为他们太强大了。但是呢?在2002的世界杯篮球赛中,他们却遭到了失败,大跌地球人的眼镜啊。总结其原因就是因为队员间的合作缺乏默契。虽然每个运动员都身怀绝技,几乎都是顶尖高手,但因为相互之间不信任,各自为战,力量不仅没有因为整合而放大,反而因为整合而消耗殆尽。

由此可以看出，个人本领再好的队伍或者说集体，如果相互间没有足够的信任，要想成其大事也是难于上青天的。

因此，我们不得不静下心思考，在合作的过程中，怎么才能产生更高的效益。当我们拥有了竞争优势，可以进行资源整合的时候，千万要注意，一定要计算出如何使一加一大于二。否则，就失去了合作的意义，与其说是合作，不如说是相互消耗更直白。

要提高合作效益，想取得更大或者最大的效益，团队中的每一个人或者每一方都要主动倾听他人的声音，采纳正确的意见和长远的建议，而不是以我为中心。其次，一旦共同形成决议，各自都要努力去完成，务必尽心尽职。切记不可自己在取得成绩时，沾沾自喜，居功自恃，容易引起合作者的反感。更不要在失败或者受到挫折时推卸责任，否则将会失去团队成员的彼此的信任，而削弱了合作的力量，失去了合作的最初本意。

合作的最初本意是壮大己方，那合作的作用是什么呢？首先合作出智慧。智者千虑必有一失，俗语说三个臭皮匠，顶个诸葛亮。每个独立的思想相互碰撞，相互激发，相互补充，就可以产生超常的智慧，这也就是“集重思，广群益”。其次合作出力量，合作的双方或者多方，向着共同的目标，形成的力量新组合，远远大于开始时的单一力量。

值得强调的是，既然合作，那么合作双方或者多方都要主动地承担一部分压力，甚至为了最终的目的，主动牺牲自己这一方的利益。如果都有此意，方能坦诚地合作，这种因为相互信任的合作，甘愿为大局损失个人利益的合作，必将产生出无以伦比的整合力，使己方的能力迅速放大，直至取得最终的胜利或者达到最终的目的。

4.失信是做人做事的最大悲剧

失信则失民心，失民心者则必败，这一点，古今的统治者都是非常清楚的。

诚信本身并不足以塑造一个伟人，但它是伟人品格中最重要的元素，是一个人安身立命之道，诚信的人使雇主放心，诚信的人使受雇于他的人安心。

诚信是一种人格的体现，是人类社会平稳存在，人与人和平共处的基础，也是人性中最宝贵的部分，它与伪君子无缘，与空谈家远离，它是一项无字的合同，它是你欠他人的，更是你欠自己的债务。有时，它无体无形，但却比任何法律条文具有更强的行为规范，具有更高的效力，就像神话里头芝麻开门的魔咒，是通行人间的特别证件。

一个人到底怎么样，有时候很难作出正确的判断。在这个五花八门、变化万千的社会里，几乎一切事情都难以给出一个定论。在与人交往的过程中，很多人都是审慎地选择自己对待别人的方式。

在社会上失去信誉之后，很多人就会不愿与之结交。因为，失去信誉的人，会让人觉得不负责任，与一个不负责任的人交往，自然是心里犯嘀咕，总是让人不放心。

1887年，有一个年近60岁，外表高贵的绅士来到一家小杂货店购买水仙花。他取出一张20美元的钞票，等着找钱，店员接过钱后，正准备找钱，然而，她的手因整理水仙花弄湿了，并且她注意到纸钞上掉色的墨汁滴落到了她手上。她感到惊讶，因为这位先生是她的老朋友、邻居和顾客，她认为他不会给她一张伪钞，所以就找钱让他离开了。

但在当时，20美元是一笔很大的钱。于是，她还是把钱拿去让警方鉴定了。警察也为墨汁为什么会被擦掉感到困惑。在好奇心和责任感的驱使下，他们搜查了这位先生的家。果然搜到一张20美元假钞，还发现了这位先生画的3张肖像画。

原来这位先生是一位很优秀的艺术家，他的造诣颇深，能用手绘制20美元的钞票，并蒙过了许多人，直到被杂货店店员的湿手所识破。被捕后，他的那3张肖像画公开拍卖时得款1.6万美元。

可悲的是，受害最深的人正是这位先生本人。如果他能合法地出售他的作品，不仅会变得很有钱，而且也会为他的同胞带来许多利益和喜悦，但当他试图欺骗别人时，最大的失败者却是自己！

失信则失民心，失民心者则必败，这一点，古今的统治者都是非常清楚的。

公元前408年，魏文侯拜乐羊为大将，率领5万人去攻打中山国。当时乐羊的儿子乐舒在中山国做官，中山国国君姬窟利用这一父子关系，一再要求乐舒去请求宽延攻城时间，乐羊为了减轻中山国百姓们的灾害，一而再、再而三地答应了乐舒的要求。三个月过去了，乐羊还不攻城，这时西门豹沉不住气了，询问乐羊为何迟迟不攻城？乐羊解释道："我再三宽延，不是为了顾及父子之情，而是为了收民心，让老百姓知道他们的国君三番五次地失信。"果然，由于中山国国君的一再失信，失去了老百姓的支持，结果一战即败。

吴起在魏国做西河的地方长官，秦国那一侧有一座小山寨，靠着两国的边境，山寨中的秦兵常常骚扰西河的边民，吴起很想拔掉这个山寨，可是小山寨又不值得动用官兵，他想啊想，终于想出了一个办法。

吴起把一个车辕放到北门外，张贴告示:“能够把车辕移到南门外的人,我将奖励上等房屋及田地。”百姓从没见过这样的事,开始都不相信。过了好几天,才有人好不容易把车辕移到了南门外,这个人果真得到了上好的房子及田地。不久,吴起又把一车红豆放在东门外,再贴告示:“把红豆移到西门外的人,也可获上好房屋与田地。”这一次,人人争相抢着做。

于是,吴起又贴出告示:“明日攻打秦国山寨,第一个攻进山寨的人,将得到好地与好房。”这样一来,大家毫不迟疑,争先恐后,一举拿下了那个小山寨,使边境太平了。

这就是诚信的力量!

培根说:“一个人守一两次信用并不难,难的是一生一世都守信用。”老舍先生也曾说过:“守信的人所以失败并非因守信而失败,而狡诈弃信的人所以成功,也并非因狡诈弃信而成功。”这是一句值得大家深思的话。孔子说过:“久而不忘平生言。”的确,信守承诺是我们立于这个社会的上上之策,是人与人相互交往中最高贵的情操。

5.信与义相结合,方能成大事

古能成大事大业者,大多以布信义于天下。信与义相结合,就大得人心,故得人信任、支持和拥护。

齐桓公、晋文公能称霸于天下,就是因此。齐桓公得到诸侯的归附,是

因能遵守所签订的盟约，且能扶弱救弱；晋文公以“尊王”相号召，并能以信服人。诸葛亮平生以信义为其做人行事的准则，他治军也如此，因而得军心，故能以五万兵力抗击魏国三十万大军，使魏主帅司马懿畏蜀如虎。

在历史上，项羽就是一个很典型的例子。

论抱负，项羽在秦始皇出游时，路上所有行人全部驻足观看而不敢仰视，而项羽却敢说出“我可以取代他(当皇帝)”；论能力，“力拔山兮气盖世”的他在垓下突围时，仅率咒骑在层层包围中，杀汉将、夺汉攀，仅以死两个士兵的代价冲出了包围圈；论谋略，项羽在战秦兵时，战无不胜，攻无不克，秦军闻风丧胆。那么，究竟是什么使得一个英雄落得个“自刎”的下场，演出了一场惊心动魄的“霸王别姬”呢？究其原由是信誉使然。

项羽每攻克一座城，并没有和刘邦一样“约法三章”，从而失去了百姓的信任；在鸿门宴上，项羽本打算杀刘邦，但被项伯劝了几句便打消了杀刘邦的念头，谋士范增几次举杯示意除刘，但项羽重感情，爱面子而视而不见，在刘邦托辞离去，项羽还没派人去追，反而接受刘邦托谋士张良所赠送的玉佩，气得范增当场摔碎玉佩，气骂道：“竖子，不足与谋。”又失去了谋士范增的信任；项羽在对待手下将领方面，也和刘邦不一样，项羽动不动就打骂手下将士，手下将士敢怒不敢言，难以对项羽加以信任。这样，在项羽军队强大时，百姓虽然有怨气不敢出，但心已倒向刘邦一边，手下将领也能按命令去行事，但肯定没有刘邦的军士那么卖命。而一旦项羽的军队减弱时，百姓便开始公然支持刘邦，手下将领也无心再战了。范增就更不用说了，自骂了项羽“竖子”以后，便不再相信项羽能有什么作为了。所以，项羽的悲剧是失去信任的很自然的结局。

我们现在的这个时代对个人素质提出了越来越高的要求，但作为个体，单个人的精力和时间却是有限的，没有人能够样样精通，每个人都各

有所长,各有所短。这样,要完成一件综合性强的事情,就必须实现人与人之间的合作。而且,随着信息时代的来到,信息量十分巨大,一个人不可能掌握所有的信息,信息资源在每个人身上所分配的种类和数量也是不同的。作为个体,一个人只有充分发挥自己所掌握的消息资源和尽可能利用别人掌握的信息资源,才有可能完成自己的目标。由此可以看出,在人与人之间发生交流时实现合作是必不可少的,而信誉则是人际交流的法宝和人际合作的前提。

只有合作才有大事业与大成就,合作的前提就是讲信用、有信誉。如果双方中有一人不讲信用、不信守承诺或者两个人都不讲信用,则这种合作是不可能成功的。合同、协议的出现就是针对此类情况而来的,因为它们可能制约合作双方,在有一方不履行合同内容时,可以根据合同强制其履行或用法律制裁他。反过来,信誉又作用于合作。合作双方都讲信用,都有信誉,那这种合作则是顺利的,有利于双方的共同发展。所以可以这么说:“没有信誉则没有真正意义上的合作。”

6.建立自己的商业信誉

时间就是全钱,信用就是生命。

一个人的信用始于他做的第一个承诺,借的第一笔钱。

信用的好坏完全可以影响一个人的工作、婚姻和生活的方方面面。

美国的商业信用发展可以追溯到几百年前。信用在美国商业中的核心地位早在1748年就被本杰明·富兰克林在他跨世纪的《致富之路》的精彩演说中所概括:“时间就是金钱,信用就是生命。”

一个人的信用史始于他做的第一个承诺,借的第一笔钱。一个人最通常是通过使用信用卡,按时付账来建立信用史的。信用卡的使用渗透到美国人生活的所有角落。每个18岁以上的成年人几乎都可以轻易地申请到一个或多个信用卡。在几乎所有交易付费的场合,比方说饭馆、商店、加油站、报摊,人们都可以方便地使用信用卡,而不必用现金。按时付账,日久天长,就构成一个人的良好信用史。一个有良好信用的人可以低利息贷款买车、购房、上保险。信用的好坏还能影响到一个人找工作、婚姻和生活的其他方方面面。

下面是一位在国外求学的中国人的经历。

张某得到第一张信用卡时,恰巧是刚在MIT入学的第一天。信用卡公司将摊位设在校园里,任何学生只要简单填表,就可人手一卡,上面有3000美元(允许透支额),马上可以消费。虽说使起来方便,但张某总是很小心,账单一来总是立刻就付,从不欠账。由于他的信用好,每个星期都会收到从不同信用卡公司寄来的事先批准好的各种各样的信用卡。如果愿意,他任何时候都能拥有几十张信用卡,买10万美元以上的东西不用先付一分现钱,后来找工作,买车买房,从来没有任何麻烦。

张某有一个朋友却很倒霉,阴差阳错加上不小心,欠了某信用卡公司的钱,又七拖八拖,高利贷利滚利,最后竟欠成了一大笔钱。信用卡公司天天打电话逼债,还威胁要告到法庭。为此他去请教一个律师,结论是或者照数还钱或者宣布个人破产。但是后者将意味着他今后12年不能贷款买任何东西,包括汽车和房子。

谈到中国传统的债信文化,宋代袁甫在《袁氏世范》中就反复强调“债不可轻举”,因为“有所许诺,纤毫必偿,有所期约,时刻不易,谓之信

也”。当然，我国古代也有骗赌、假药、假钏、种银子、改甲册、骗押柜银等诸多陋习，但这并非主流，真正的商家都能“平心度物，两不亏损”。随着明清时期商品经济的迅速发展，市场的扩大对商业主体的诚信提出了更高的要求，因为这是其商誉的支柱。

《申报》光绪六年三月十五日刊发的川帮议规就说：“片言重诺千金，无食言者可昭忠信，万法本于一理，守成法者永协公平。”这种商业主体之间的承诺与忠信在当时是非常普遍的。晋商、徽商与宁波、潮州诸商帮的诚信享誉天下，良好的债信文化是其扬帆四海的治业根本。近代中国开埠后，中国商人所表现出来的崇高的债信文化也令世人瞩目。一百多年前美国人何天爵在其游记《真正的中国人》中谈到“中国商人及其生意经”时，就指出：“他们能够充分认识到良好商业信誉的重要性，因此总是时时处处严肃认真地维护它”，并引用英美商界人士的公允评论，大加赞誉“中国商人赢得了所有与他们打交道的外国人的敬重”，“迄今为止，我们从来没有遇到有哪位中国商人不履行信用或合同”。

因此，我们要继承和大力弘扬前人的优良传统，形成具有新时代特色的债信文化。

7.信用“黑名单”的副作用

信用是人一生中最为宝贵的资产，良好的信用可谓是“价值连城”。

一位年长的诺贝尔奖得主认为在他的一生中只有在幼儿园里他才学到了最为重要的东西。他进一步解释说，在幼儿园里学到了把自己的

东西分给小伙伴;不属于自己的东西不能拿;借东西一定要还……

随着市场经济的日趋成熟,个人信用将会成为不可缺少的社会通行证,“一诺”的确要值“千金”了。

信用应该是人的一生中最为宝贵的资产,良好的信用可谓是“价值连城”,所以中国古代就有“一诺千金”之说。现代经济是信用经济,市场经济要求每个人都要做“信用人”,个人信用的价值也正在随着市场经济的发展而日益凸显出来。

如今是信用抵万金的社会,没有信用,你将一事无成。我们以为信用“黑名单”离我们很远,但是一不小心我们的某些行为就会被列入黑名单。

有这样一个真实的故事,一位个体业主王先生有一天来到上海某银行,询问他已申请办理的买车贷款情况。

银行一位小姐热情地接待了王先生,微笑着在电脑上调出一个页面。少顷,小姐转过脸来礼貌地告诉他:“您可能无法在这里贷款,我真的很抱歉。”

王先生的脸顿时涨得通红,他心里嘀咕,可能是住房贷款的事进了个人信用联合征信系统。两年前,王先生用住房贷款买了房,因为生意不好手头偏紧,曾经有几次逾期不还与银行约定的分期付款,而且从未给银行打招呼。

善解人意的银行小姐立刻告诉他:“在上海个人信用联合征信系统中,市民不良贷款记录只保留7年,只要以后注意一些,还是可以挽回自己的信用的。”

实际上,牵涉到个人信用不良记录的现象,还有很多很多。

比如说,仅一年,上海移动就有近3000名手机用户经查实使用假冒身份证入网,恶意欠费300多万元。移动则为催缴欠费动用了大量的社会

力量,上门核对用户的地址姓名。这些被查实的恶意欠费者,当然会被列入黑名单。

再比如,在上海交通大学,最多时放着十几份未被领取的毕业证书,这是当初申请担保贷款的大学生没有按时还贷的“证据”。在银行看来,大学生毕业后较容易获得稳定的工作,具备较强的偿还能力,应该能够还贷,但这些学生却“失踪”了,也许在他们看来这是逃避责任的一种办法,但是这种行为肯定会被列入黑名单。

如今,下列内容已进入个人信用联合征信系统的视野。如银行信用方面的个人贷款和偿还记录;商业信用方面的个人赊销及付款记录;经济状况信息方面的个人及家庭成员收入;参加保险及住房公积金、养老公积金、失业保障金及医疗保险金缴存记录;社会信誉方面的个人法院诉讼、公安处罚、纳税及公用事业费缴交记录等等。

资信调查专家说,在中国社会让每个公民树立牢固的信用观念非常急,但很有希望。“因为人们都知道,在发达国家每个人都有一个终生的社会安全号,每个人都有一份由资信公司做出并保留的信用报告,任何有需要的机构和个人都可以付费查询这份报告。而一旦有不良信用,就会造成当事人贷款、做生意甚至租房、住旅馆、找工作上的极大困难。因此,市民十分重视维护自己的信用。”

在世界上,发达国家的个人消费信贷额往往已占银行贷款总额的30%以上。而在我国,对个人的信贷规模尚不及银行信贷总规模的2%。所以,专家们都认为,无论银行和个人,尽快建立良好贷款机制和个人信用记录显得十分迫切。为此,有关方面一再提醒市民:“如今是信用抵万金的社会,没有信用,你将一事无成。”

个人信用,已成为金融业发展的趋势,成熟的标志,也是个人金融意识成熟的一种象征,所以宁可殚精竭力树立个人良好信用,也别上信用黑名单。

8.讲信用也要讲原则

当然,讲信用要讲原则,不能违背公利,即不能违背国家、人民和民族的利益。孟子就强调一个“义”字,他说:“大人者,言不必信,行不必果,惟义所在。”

意思是说,道德高尚的人,所说的不一定都守信用,办事不一定都落实,只是本着“义”去行事。

孟子这么说,并不是与孔子唱反调,否认信用的重要意义,而是要求讲信用要在“义”的基础上,这是符合孔子对事物的是非评判原则的,即将之纳入道德的规范,以道德行为评判事物是非的准则。

许多年前,一位作家在一次投资中,损失了一大笔财产,趋于破产。他计划用他所赚取的每一分钱来还债。三年后,他仍在为此目标而不懈地努力。为了帮助他,一家报纸组织了一次募捐,许多人都慷慨解囊,这是一个诱惑——接受这笔捐款将意味着结束这种折磨人的负债生活。然而,作家却拒绝了。他把这些钱退还给了捐助人。几个月之后,随着他的一本轰动一时的新书的问世,他偿付了所有剩余的债务。这位作家就是马克·吐温。

诚信,意味着有高度的名誉感。意味着具有道德感并且遵从自己的良知。诚信,就是有勇气坚持自己的信念。这一点包括有能力去坚持你认为是正确的东西,在需要的时候义无反顾,并能公开对你确认是错误的东西。

在一所大医院的手术室里,一位年轻的护士第一次担任责任护士。

"大夫,你已经取出了11块纱布。"她对外科大夫说,"我们用的是12块。""我已经都取出来了。"医生断言道,"我们现在就开始缝合伤口。"

"不行。"护士抗议说,"我们用了12块。"

"由我负责好了!"外科大夫严厉地说,"缝合。"

"你不能这样做!"护士激烈地喊道:"你要为病人想想!"

大夫微微一笑,举起他的手,让护士看了看这第12块纱布。"你是合格的护士。"他说道。他在考验她是否正直——而她具备了这一点。

一个人如果从小就有坚定的意志,把声誉看作无价之宝,觉得全世界都在注视着他,不说一句谎话,那么他就能赢得像亚伯拉罕·林肯一样的声誉,获得所有人的信任,成为一个高尚的人。

"亚伯拉罕·林肯"这个名字,在19世纪中期是正义与诚实的代名词。

林肯当店员时,由于诚实的品格,摸黑跑了6英里路,把零钱还给一位夫人,也没有等到下次见面再还。正是这些事情使"诚实的亚伯拉罕"成为人性中高贵品质的象征。

林肯当律师时,要求一桩土地纠纷案的当事人预交3万美金,那人一时筹不到这么多钱,林肯说:"我替你想办法。"他来到一家银行,告诉出纳他要提3万美金,又补充说:"过一两个小时,我就给你送回来。"出纳二话没说,把钱给了他,连收据都没填。

"如果没有把握为当事人打赢官司,林肯先生就不接案子。"伊利诺伊州斯普林菲尔德的一名律师这样说,"法庭、陪审团和检察官也都知道,只要亚伯拉罕·林肯出庭,他的当事人就肯定是正义的一方。我并不是站在政治立场上说这番话的,我和他属于不同的党派,但事实的确如此。"

有一次,林肯得知他的当事人捏造事实、欺骗律师事务所,就拒绝为他辩护，他说："我不能去。如果我去了，我会忍不住对自己喊道：'林肯，你是个说谎者，你是个说谎者！'"林肯的一个合伙人接了这个案子，而且胜诉了，得到了900美金的律师费。林肯拒绝接受自己那一份，因为他追求正义、追求人格的完美。

有一次，林肯的盟友从芝加哥发电报说，他要想被提名为候选人，就必须同时获得两个敌对代表团的选票。为此，林肯要承诺在将来的内阁中给他们一定的职位。林肯回答说："我不会同他们讨价还价，也不会受制于任何势力。"他具有伯克所说的追求荣誉的个性，他认为人格上的污点比伤疤还要难看。

如果一个人戴着面具，过着虚伪的生活，或者从事不正当的职业，他将受到自己内心的嘲笑，他会产生对自己的鄙视。他的良心会不住地拷问灵魂："你是一个欺骗者，你不是一个正直的人。"这不仅败坏了他的灵魂，而且削弱了他的力量，使他丧失自尊和自信。

一个本来相当能干、心理健康、受过良好教育的人，为了满足自己膨胀的物欲，不惜上下其手，制造阴谋，运用各种欺骗性手段，压制别人，或者玩弄手腕摆布别人，看到这样的转变，真是令人遗憾！

在你准备牺牲崇高的品格来谋取私利时，让你那发自心底的最强音来不断地提醒你。这对塑造自己的性格，保持健康积极的心态，都会起到很大的作用。虽然一个人的行动非常诡秘，可谓神不知鬼不觉，但是在做了恶劣的事后，还想保持正直的品格，那根本不可能。

著名作家爱德华·黑尔说，他在哈佛学习的时候十分幸运，能够师从本杰明·皮尔斯四年。他说："我永远也不会忘记，我周围的二十个同学，也永远不会忘记我们那天所经历的事情。一个学生在学科测试时用了他在家里提前写好的答案。他私下告诉了同学们，但他的欺骗行为不小心

被揭穿了。皮尔斯教授立刻停止了那一堂商业数学课。先生严肃而郑重地教导我们：不论在哪种情形下，做人一定要正直诚实，做事要一定光明磊落。他告诉我们，学习的目的就是为了追求真理，虽然这条道路困难重重，但最终有人会幸运地发现真理。而这个学生却在弄虚作假，在真理的殿堂里弄虚作假，以假乱真！我们追求的是真理！我们二十个人一生一世也不会忘记先生那怒斥虚假的话语。”

“除非你觉得一项工作值得去做，否则不要在工作合同上签上你的名字，”参议员乔治·霍尔在一次对学生的演讲中说，“宁可放弃工作，也不要让雇主强迫你去做你明知是错误的事情。

这里有一个很好的例子。洛威尔城建在梅里马克河边，因而需要建水坝和运河来蓄水。当时美国没有合格的工程师来做这样的工作。于是，他们请一个名叫弗朗西斯的英国年轻人来做。他仔细地查看了已经完工的工程后发现，60年前这里曾经发过一次大洪水。他去找公司的负责人，说：“先生，你必须重建洛威尔城和已完工的工程。”公司的负责人回答说：“我们已经耗费了大笔的资金，那样做的话就没钱可赚了。”“如果是这样，那么我现在就辞职，先生。”弗朗西斯回答说。公司负责人受到了震动，后来他们重新考虑了弗朗西斯的建议，并且在弗朗西斯的指导下重新修建了工程。一年后，一场洪水爆发了，这个小镇和相关的建筑工程经受住了考验，安然无恙。如果没有重建，这场洪水极有可能会让这个小镇从地球上消失。这是一个教训，让我们记住它吧！

无论在思想意识上，还是在实践活动中，无论是为庄稼锄草，还是为国家立法，我们始终要严格要求自己，时刻恪守原则，永远追求真理与正义。

阅读链接：中国古代诚信故事之二

舜帝：诚信广布

中华民族文明史，起始于尧舜，特别是舜，正如《史记·五帝本纪》中所说："天下明德皆自虞帝始。"诚信是中华文明古国贯穿于整个历史发展过程的一条美德红线。一个不讲诚信的人就会被人们唾弃，一个不讲诚信的民族将无法自立于世界民族之林，这个民族就可能走向衰亡。

舜是黄帝、颛顼、帝喾、唐尧、虞舜五帝之中的最后一帝，他不仅继承了先帝的业绩，且具先帝之德之能。舜，历来与尧并称，为传说中的圣王。

舜在20岁的时候，名气就很大了，他是以孝行而闻名的。又过了十年，尧向四岳（四方诸侯之长）征询继任人选，四岳推荐了舜。尧将两个女儿嫁给舜，以考察他的品行和能力。舜不但使二女与全家和睦相处，而且在各方面都表现出卓越的才干和高尚的人格。尧得知这些情况很高兴，赐予舜絺衣（细葛布衣）和琴，赐予牛羊，还为他修筑了几个谷仓。

舜得到这些赏赐，让继母和同父异母的弟弟象很是眼红，他们想杀掉舜，霸占这些财物。象让舜修补仓房的屋顶，却在下面纵火焚烧仓房。舜用两只斗笠作翼，从房上跳下，幸免于难。后来，继母又让舜掘井，井挖得很深了，继母和象却往井里填土，要把井堵上，将舜活埋在里面。幸亏舜事先有所警觉，在井底旁边挖了一条通道，从通道穿出，躲了一段时间。继母和象以为阴谋得逞，象说这主意是他想出来的，分东西时要琴，还要尧的两个女儿给他做妻子。象住进了舜的房子，弹奏舜的琴。这时，舜回来了。象大吃一惊，嘴里却说："哥，我以为你遭了难，正在思念你呢！"舜也不放在心上，一如既往，孝顺父母，友爱弟妹，而且比以前更加

诚恳谨慎。这些都让尧帝看在眼里,记在心头,他更加觉得舜是难得的贤明能干的人。

这时的尧帝,年事已高,但他并没有急于传位给舜,而是先封侯,让舜入朝为官,委以重任,参与政事,管理百官,接待宾客,经历各种磨炼,处理许多棘手的政务。特别是让舜完成一个特殊的任务:在民众中宣扬推行父义、母慈、弟恭、子孝等道德规范。舜做得得心应手,很有办法,很有成效,很得尧的赞赏。这样舜又整整辅尧二十年,尧又对舜言传身教,舜的才干使尧帝十分满意。舜真正具备了一个做帝王的才干,尧帝这才把王位禅让给了舜。

舜称帝后,他施政的道德教育更有力、更系统、更规范化了。在用人上,他重用有道德的人。有人给舜说,有高阳氏与高辛氏,各生了八个儿子,由于他们教子有方,这十六个人都很讲孝道,品德高尚,而且有治国的才干。舜帝说:"天下能兴,用人是最当紧的,用了有道德的人,就能治理出一个好的天下,用了缺德的人,民众就要跟着倒霉。"因此,舜帝重用了尧帝时未曾启用的德才兼备的人。他还分了不同的部门来管理国事,让稷管农业,皋陶管法律,契管教育,伯益管山川林泽,特别是重用禹作为自己施政的得力助手,同时主管治水。好人办好事,他们功绩突出,很得民众爱戴。舜帝不仅会用人,且用人有规范、有标准。《尚书·皋陶谟》记载舜制定了"九德":"宽而栗,柔而立,愿而恭,乱而敬,扰而毅,直而温,简而廉,刚而塞,强而义。"前后每两字组成一"德",如其中的"宽"指宽宏,但过于宽宏,不把握分寸,就会没有威严;与之相同,"柔"也应有度,"柔"指和柔、柔顺,如果一味地强调这一点,就会"植立",难有建树,如此等等。这些德行也为后世所遵行,具体要求人们宽厚而不失威严,柔顺而不失主见,随和而不失庄重,具有治世能力而又谨慎认真,驯服而不失刚毅,正直而不失温和,宽大简洁而不忽略小节,刚正果敢而实事求是,坚强而不失良善。可见,诚信自古被中华民族视为基本美德。

舜帝想，仅仅制定标准与规范还是远远不够的，这些标准与规范必须让每个臣子、每个百姓都知道。因此，他用了各种办法，把制定的律条传播下去。舜帝很有音乐天赋与才能，他懂得如何用诗歌、音乐来把自己的主张宣教下去。他对夔说："教导年轻人是最要紧的，年轻人的道德好了，天下才能长久地好下去。年轻人容易骄傲，容易走邪道，要教他们一定做一个正正道道的人，做一个有礼貌、讲道德、有诚信的人。你把咱们定的律条编成歌，让他们唱，让他们记住，让他们照着去做。"夔按照舜帝的意见，不仅编歌编舞，还亲自参加演奏，吸引了不少人都来参加。尤其是年轻人，唱着、跳着，大家都陶醉了，起到了潜移默化的教育效果。

舜帝时，由于农业的发展，五谷丰登，需要器皿盛装。因而制造陶器作坊慢慢多了起来，但仍然不能满足销售。于是，一些偷工减料、粗制滥造的陶器便充斥市集，坑害百姓。有人将这一情况反映给舜，要求发布法令，狠治这些投机取巧的人。舜想，治罪是可以的，但不是唯一的好办法。他主张，治假先要唱真，惩邪先要扶正，以诚信之德处理此事才是治本之法。

于是，舜帝选了多位制陶巧匠，来到河滨，选择优质陶土，开办了一个很大的陶器作坊。舜帝对工匠要求很严，从取土、配料、制坯、烧结、出窑、检验、出售，每一道工序都有详细规定，谁也不允许走样。哪一道工序出了问题，都有明确惩罚。宁可少出活，也不许出粗品、劣品，废品更不允许了。舜帝自己还亲自参加制作，示范给工匠看。因此，舜帝开办的陶器作坊，出的陶制器皿，不仅质地坚硬、精美光亮、棱角分明，而且质高价低，名气越传越远，陶坊也越办越大。近处百姓购换，远处的百姓也跋山涉水前往买货；不仅普通百姓来买，连有的陶匠也来买。这样一来，舜帝制作的陶器供不应求，劣质陶器很少有人去买，渐渐地没有了市场，迫使他们有的设法提高自己的质量，有的则关门停业。

舜帝为了体察民情，规定五年一次外出巡查，最有名的有两次。五岳

之首泰山一带,在舜的那个古老年代,就是中华大地的一块宝地,是东方最繁华的地方。那里居住的东夷族,是当时华夏民族中数一数二的大部族。舜帝出巡,决定首先到东夷族那里去看一看。

这一天,舜的一队人马出发了。然而,东进不如南发,南渡黄河,是一马平川的中原大地,而东进一步就必须跨越巍峨的太行山。三天赶路,已人困马乏。有人建议,东夷族那里不要去了,改道向南。舜帝说:"东之东,东之重,事有急缓,先急后缓,山再高,路再险,也不能改变先去东夷的决定,出巡时制定的计划,不能随意改变。"

在舜的决心与鼓励下,一队人马历时十天终于跨越巍峨太行,眼前呈现一片平原大地。大家信心足了,眉开眼笑,人不歇足,马不停蹄,星夜兼程,继续向东挺进。

这一天,一行人来到今山东菏泽一带。这里土地肥沃,稼穑茂盛,物阜民康,舜的一行人马便住下来歇息了数日。离开前,有位老臣请求舜帝留他在菏泽长久住下来,这样可以把黄河中游发达的耕作技术在这里传播开去,又可以把这里的先进文化传回去。舜帝认为可取,答应了这个请求。

舜帝一行人马到达泰山,舜帝一看,这里山清水秀,真是一块风水宝地。东夷首领对舜帝到来先是有点漫不经心。过了数日,听下边禀报了舜帝给本部族教耕帮织的动人事迹和人品,东夷首领既感动又佩服,觉得舜所在黄河中游农耕就是比东夷先进,天下之兴,在和不在抗。于是,东夷人杀猪宰羊,盛情接待了舜帝一行人马。东夷成为舜帝管辖之下的东部最富有的一个部族。

年事已高的舜帝,住在禹为自己营造的鸣条行营中,心里却放不下黎民百姓。舜帝决定南巡。一个风和日丽的早晨,舜帝带领几名老臣、几名仆从,从鸣条出发,南渡黄河,经中原大地,向江南进发。毕竟是上了年纪,舜帝的体力已大不如从前,加之一生操劳,到了晚年,人老病就多了。

开始，日行百里，后来八十里、六十里、五十里，行一日，息半日，舜帝的体力日渐不支。一天，因雨中受寒，舜帝病倒了，身边的人劝说，还是回行营为好。舜帝说："风寒小病，不是大事，休息几日就会好的。"娥皇、女英两位夫人每日精心照料夫君。有的地方官和老百姓听说舜帝病了，也纷纷赶来看望，有的送医送药上门，也有的劝舜帝不要南下了，就地住下也可。舜帝不肯，说江南偏远之地，有些地方至今还不懂农耕，他一定要去。娥皇深知丈夫的脾性，她附耳给劝舜帝的人说："不要再劝了，他从来就说到做到，他要办的事情，不会半途而废。"果然，舜帝休养数日后病情好转，挣扎起身，又继续过长江，向南进发。

这一天，舜帝一行人来到苍梧一带。那里，主要居住的是三苗人部落。舜帝带诸位老臣，走村串户，访问百姓。他亲眼看到，有的地方人仍住在山窑土洞里，阴暗潮湿，病倒的很多。舜帝便教他们营造土屋，改变居住条件。有的以兽皮为衣，又脏又厚，夏天热得要命，舜帝便教他们学习织麻，改变服饰。有的以人代牛，不懂牛耕，舜帝便教他们耕作技术，发展农业……三苗人对舜帝的英明早有所闻，这下更是佩服得五体投地。

一个深冬的黄昏，积劳成疾、年事过高的舜帝病逝在苍梧。这一年是公元前2203年。"舜年二十以孝闻，年三十尧举之，年五十摄行天子事，年五十八尧崩，年六十一代尧践帝位。"舜帝德高望重，英明无比，惠及后人，万人敬仰。

第三章

一诺千金：不仅是商业更是做人

1.诚信是经商的立身之本

红顶商人胡雪岩说,江湖上做事,说一句算一句,答应人家的事,不能反悔,不然叫人家看不起,以后就吃不开了。可以看出,胡雪岩确实是一个“说一句算一句”的诚信君子。

阜康钱庄开业不久。那一天,阜康钱庄来了两个当兵的,要提他们的老乡罗尚德的一万二千两银子。可是这两个兵,却空手来了,没有任何存执凭证。伙计们当然不肯付钱。这件事情给胡雪岩知道了,他很快查明这两个人的身份,不仅付了钱,而且是付一万五千两银子。

这是怎么一回事情呢?还得从事情的一年前说起。一年前的一天,门口来了一个当兵的在那里荡来荡去。胡雪岩那天正好在店里,这个人的行动引起了他的注意,就上前与此人攀谈起来。原来这个人是驻杭州绿兵营的一个“千总”,叫罗尚德。他今天来找钱庄是想存一笔钱。存钱在钱庄,哪个钱庄都愿意。但是他有一个条件,不要存执,也不要利息。这个条件很奇怪,再看他是一个兵,所以很多钱庄都不敢答应。罗尚德来到阜康钱庄,很犹豫要不要进去。胡雪岩听到这个条件也是一楞:他是不是来闹事的?

胡雪岩问他为什么。罗尚德说,他的老家在四川。原来是一个赌徒,把什么都赌光了。家里为了他定了一个亲,可是为了赌,他居然将老丈人家里的一万五千两银子赌掉了。老丈人生气,但是对他没有办法,就提出退婚,这个一万五千两银子就不要了。这件事情对罗尚德刺激很大,一个血性男儿不会赚钱,只会输钱,结果老婆都输掉了。他跑出来当兵,就是要还掉这笔钱。

他当兵十三年，辛辛苦苦地存了一万二千两银子。如今接到命令要到江苏与太平军打仗。银子带在身上不方便，又没有亲戚可以托付，于是想到了钱庄。自己是上战场，生死未卜，于是也不想把存执放在身上。

得知到这个情况，胡雪岩当场决定：一、虽然对方不要利息，钱庄还是以存三年的高额利息计算，到三年后，连本带息给罗尚德一万五千两；二、钱庄规矩还是要立一个存执，交钱庄掌柜保存。后来，罗尚德果然阵亡了，临终前，他托付两位老乡到阜康钱庄取钱转给老家的老丈人。

两位老乡就这样口说无凭地来阜康钱庄取钱，阜康钱庄也就口说无凭地付钱，而且连承诺的利息一起付。没有凭证，当事人也不在了，阜康钱庄完全有理由“黑”下这笔钱，但是胡雪岩不做这样的事情。这件事情不仅在同行中广为流传，更在军队中流传，于是那些当兵的纷纷将钱存在阜康钱庄。

无论是从做人的角度看，还是从做生意的角度看，这两点其实都非常重要。

一个生意人的信用，既要看他在某一桩具体生意运作过程中的守信程度，更要看他一贯的信誉状况，生意人的信誉形象是由他一贯守信建立起来的。而且建立信誉形象难而破坏信誉形象易，一次的信用危机，足以使用一辈子的努力建立起来的信誉形象彻底坍塌。这是任何一个生意人都不能不时刻注意的。

胡雪岩深知生意场上诚信的重要，他用俗语的“赌奸赌诈不赌赖”告诫手下，做生意可以凭借计谋智慧获取成功，但绝对不能依靠不讲信用来骗取财富，因为这样即使可以骗得一时，也绝非长久之计。

诚信是经商的立身之本，这是个真理，胡雪岩在商场纵横数十年，其取得的成就相当辉煌，其中奥妙当然并非只言片语可以概括，但讲信用是不变的基本法则，这是确定无疑的。

虽然人人口头上都说坚持正道，但真正付诸商业活动，尤其是面对商业利润的诱惑，能够做到正路上去走的无疑少之又少。许多人对经商坚持正道的理解过于片面，认为只要坚持正道就意味着名利双损，其实不然。名利因为坚持正道可能会有暂时的损失，但从长远来看，坚持正道，名利不仅不会损失，反而更有利于树立诚信之名和赢取商业利润。胡雪岩敏锐地发现了两者的辩证关系，唯其如此，他提出了上述了“从正路上去走，不做名利两失的傻事”的说法。

一个对别人用完就扔、过河拆桥的人，绝没有信义可言，人们也决不会相信这样的人会有信用。正所谓“无论做人还是做事，都要善始善终，方能从从容容在江湖上行走，广交天下朋友，助已成就一番伟业”。

2.质量就是产品的生命

再好的广告宣传也比不上产品的质量，因为质量就是产品的生命。一种产品要想在市场上赢得顾客的青睐，归根结底靠的就是它的质量。那种欺骗顾客的产品也许能欺骗得了顾客一时，但终究会被市场所淘汰的。

“采办务真”是胡雪岩保证药店产品质量的首要前提。由于作为中成药主要原料的品种多、分布广，属性复杂，仅典籍所载就有3000多种，而中药特点是多味配方，每味药材的真伪优劣直接关系到药品质量。一味掺假，疗效就大不一样。有鉴于此，胡雪岩每年都派熟悉药材产地、生长季

节、质量优劣的专人到全国各地的药材产区自设坐庄，收购道地药材，如：到河北新集、山东濮县等处收购驴皮；去淮河流域采办怀山药、生地、牛膝、金银花；去陕西、甘肃等省采办当归、党参、黄芪；去江西樟树采购贝母、银耳；去四川、贵州等省采办麝香、贝母、川莲；去湖北汉阳采办龟板；去东北三省采办人参、虎骨、鹿茸；向进口行家直接订购外国的豆蔻、西洋参、犀角、木香等。“胡氏秘制辟瘟丹”由胡雪岩邀集江南名医，收集古方验方，以74味药材研制而成，其中有一味叫“石龙子”，就是我们俗称的四脚蛇，是能够入药的，却惟有在灵隐、天竺一带金背白肚的“铜石龙子”。为了这“道地”两字，每年入夏，胡庆余堂药工携师带徒，一起到灵隐、天竺捕捉。久而久之，连灵隐寺的僧人也熟悉了胡庆余堂这一惯例，只要听说是胡庆余堂来抓石龙子，总会提供方便，让他们采药济世。直接从产地进货可以克服从药材房进货中间环节多的弊病，从而降低了成本，使胡庆余堂能以低于别家药店的价格销售产品，让利于消费者，更为重要的是能够确保药材质量。

“修制务精”就是在原料加工到成品制作的全过程中要精工细作，绝不允许偷工减料。如治疗癫狂症的“龙虎丸”，内含剧毒药品砒霜，按古方炮制规定，用白布把砒霜包起来再嵌入豆腐中，文火慢煮，待豆腐变黑(即砒霜中的部分毒汁被豆腐吸附)才能入药。为了防止服药者中毒，严格要求把已排除部分毒汁的砒霜与其他磨成细粉的药味搅拌得非常均匀。“局方紫雪丹”是一种镇惊通窍的急救药，在制作过程中因其中一味“朱砂”易与铜或铁发生化学反应，为确保药效，胡庆余堂不惜工本，耗黄金4两多、白银4斤，打造成金铲银锅，专门用于紫雪丹的生产。

同时，胡雪岩在胡庆余堂的经营过程中，还引用“真不二价”的准则。

关于“真不二价”，还有一段传说。

在古代有个叫韩康的人，精通医药，以采药卖药为生，市场上别的卖药者常常以次充好，以假乱真，买主讨价喋喋不休，而韩康卖的都是货真价实的药材，他不许讨价还价，他说我的药就值这个价，叫“真不二价”。于是胡雪岩把“真不二价”引用了过来，就是想向顾客证明，胡庆余堂的药，货真价实，童叟无欺，只卖一个价。胡雪岩为了得到正宗的鹿茸，自己就亲自饲养鹿。并且胡庆余堂在制作全鹿丸时，要叫伙计穿着号衣抬着活鹿，扛着写有“本堂谨择×月×日黄道良辰虔诚修合大补全鹿丸，胡庆余堂雪记主人启”的广告牌，敲锣打鼓游街一圈，然后回来当众宰杀，以示货真无诈。

“戒欺”是一种理念，更是一种文化。在经济活动中，只有以诚待人，才能做成大生意；只有以诚待人，才能长盛不衰。在这里，诚信不仅仅是一种个人修养，不仅仅是一种包装，而是一种可以直接带来财富，转化为金钱的无价之宝。

获得众人的信任，铸就自己的信誉，不论你采取何种方法，但笃诚、守信及勤劳是根本的要诀。

3.商道让利：帮顾客节省每一块钱

在我国古代，商人位居士、农、工、商的末席，虽然生活比较富裕，社会地位却比较低，长期受到其他阶层的轻视。《韩非子》中有一句话说：“故舆人成舆，则欲人之富贵，匠人成棺，则欲人之夭死。”意思是，造车的

人盼人富贵，好买得起他的车，造棺材的人盼人早死，好需要他的棺材。可见，早在两千多年前，商人就是以一种自私自利的形象出现的。

在我国传统文化中，“义”和“利”往往是对立的。《论语》中说：“君子喻于义，小人喻于利。”商人因为重利的缘故，常被儒家人士视为不义的小人，甚至有了“无商不奸”的说法——这其实是对商人的莫大误解。

据当代人考证，“无商不奸”其实是由“无商不尖”逐渐讹传而来的。两者一字之差，意思却截然相反。

所谓“无商不尖”，说的是古代卖米的商人，在量米的时候通常会用一把戒尺抹平升斗内隆起的米，以保证分量的准足。钱货两清之后，米商还会余点米加在米斗上，在米的表面鼓成一撮“尖”。不管做哪一行的，只要是会做生意的商人，都会给顾客加一点“添头”。久而久之，这成了一种习俗，由此有了“无商不尖”的说法。

商家多给了这一点“添头”，看似吃了小亏，但从长远来看，商家仍然是最大的受益者。因为这一点点米，商家赢得了客户的信任。这种信任感一旦形成，顾客就会再次上门，成为米店的“回头客”。

据《哈佛商业评论》的一项调查结果显示：减少5%的客户流失，利润可提高25%~85%。而另一项研究则表明：开发新客户付出的成本，是维护老客户所付出成本的5倍还多。因此，大量吸引回头客，是做任何生意都离不开的成功法则。

无数事例证明，水桶理论是一种非常有效的商业规则，凡按照这个规则行事的商人，比其他人更有希望赢得事业的成功。

在商业经营之中，如果只顾眼前的利益，而不从长远利益去谋划，那么，必然会连眼前的利益也失掉。

在中国，沃尔玛是受争议最大的跨国企业之一。沃尔玛中国公司给员工的待遇不如其他外企高，对供货商的要求也近乎苛刻，这些都引起人们对沃尔玛的口诛笔伐。但是有一个很奇怪的现象是，即使是那些对沃尔玛批判得最凶的人，也照样每个礼拜都要去沃尔玛购物，而且总是乘兴而来，满意而去。其中的原因很简单——沃尔玛的东西便宜。

世界上的超市不止沃尔玛一家，为什么沃尔玛的商品比其他超市便宜呢？

这要从沃尔玛的创始人山姆·沃尔顿说起。1962年，当沃尔顿在家乡本顿维尔市经营第一家超市时起，沃尔玛就与“天天平价”这块招牌连在了一起。沃尔顿立下一条规矩：将一般性管理费用严格控制在销售额的2%之内，这一规矩至今仍很少被破坏，对于商人而言，这是非常不易的，但沃尔玛却始终坚持这么做。

沃尔顿曾说过：“我们重视每一分钱的价值，因为我们服务的宗旨之一就是帮每一名进店购物的顾客省钱。每当我们省下一块钱，就赢得了顾客的一份信任。”为此，他要求每位采购人员在采购货品时态度要坚决。他告诫说：“你们不是在为商店讨价还价，而是在为顾客讨价还价，我们应该为顾客争取到最好的价钱。”正因为将采购成本和管理成本都压到了最低，所以沃尔玛才能将“天天平价”这块招牌一直挂到今天。

沃尔玛员工的不满、沃尔玛供货商的抱怨，这些可能都是不争的事实，但更为重要的一个事实是：数量庞大的沃尔玛顾客群，通过长年在沃尔玛的购物获得了巨大的实惠。正因为这一点，沃尔玛在世界范围内仍是一家受人尊敬的公司。1992年美国总统选举之时，乔治·布什为了挖克林顿的选票，居然亲自跑到本顿维尔市授予沃尔顿“名誉勋章”，以表彰这位杰出人士的贡献。这充分表现了沃尔玛及其创立者沃尔顿在世人心目中的分量。

沃尔玛公司的著名口号“让穷人过上富人的日子”，尽管有夸大其辞

之嫌,但也确实体现了沃尔玛公司“让利于顾客”的一贯宗旨。曾经有一位顾客在沃尔玛店买了一台果汁机,用了几天以后,顾客无意中发现果汁机上有多处划痕。于是,顾客拿着这台机器与购买时的付款小票,来到了沃尔玛的一家连锁店,营业员了解情况后立刻给他换了一台新的果汁机,并且还告诉顾客:果汁机降价了,我们还需要退给您5美元。

那么,秉持这一宗旨的沃尔玛,财富有没有不断萎缩呢?

先来看沃尔玛在美国的情况:1974年,沃尔玛公司在纽约上市,其股票价值在随后的25年间翻了4900倍。1985年,美国著名财经杂志《福布斯》把沃尔顿列为全美首富。2008年7月11日在美国《财富》杂志公布的2008年世界500强排行榜中，沃尔玛以3780亿美元的年营业收入超过埃克森美孚,再度跃居榜首。

再来看看下面一组数据:截至2009年5月,沃尔玛在全球14个国家共开设了7900家商场,员工总数210万人,每周光临沃尔玛的顾客1.76亿人次。几十年来沃尔玛一直蒸蒸日上,而且还有不断扩张的趋势,即使在全球经济不景气的情况之下,沃尔玛仍然以良好的速度在增长。

由此可见,企业要发展、要壮大,就必须像沃尔玛那样让利于顾客。

目前,中国企业普遍存在的问题,就是太在乎眼前的利益,使劲想掏走顾客口袋里的最后一分钱,将桶里所有的水都拉到自己这边来,这完全违背了“水桶理论”。恰恰是沃尔玛这样一个以“帮顾客节省每一块钱”为宗旨的企业,成为世界500强之首,这一事实,难道不值得我们中国商人深思吗？因此商人们需谨记:若想让企业做大、做强,请先保护好顾客口袋里的每一分钱。

4.阳光下的财富最受尊重

比尔·盖茨曾说:“你活着的每一天,都应该努力地去追求财富。只要你创造的财富是正大光明的,你就会得到所有人的尊敬与赞扬。”确实,在这个世界上,很多人在追求财富。财富本身并没有任何颜色,只是因为追求的方式不同,才让财富有了“金色”或“灰色”,甚至“黑色”等不同的颜色,其中只有阳光下的财富才是最具有亮色的。

“君子爱财,取之有道”,人们对阳光下的财富心怀敬意。因此,阴暗中的财富自然会遭到人们的质疑。求富贵、去贫贱都应以“义”为准绳,以义导利,以义去恶,否则将适得其反。

明朝的开国皇帝朱元璋曾给他的下属算过一笔账:老老实实地当官,守着自己的俸禄过日子,就好像守着“一口井”,井水虽不满,但可天天汲取,用之不尽。朱元璋的这个账算得颇有哲理,“一口井”的比喻说出了明哲保身的财富哲学:靠自己的劳动获取财富最踏实,不义之财最终葬送的将是整个人生。

古往今来,被法办的贪官都有一个最大的教训,那就是守不住自己的那口“井”。贪得无厌之徒,总嫌“水井”不满,于是利用职权,贪赃枉法,不择手段地谋取不义之财,当他们的不义之财如江河之水滚滚而来时,就是自己的毁灭之日。此时,不仅大量的金钱财宝自己享受不到,就连浅浅一口井的水也丧失了,正是“机关算尽太聪明,反误了卿卿性命”。

人生的辩证法是无情的,有得必有失,想得到更多,反而失去更多。过于贪心的人不仅享受不到“一口井”给自己带来的幸福,弄不好还会把

自己的性命也搭进去。有人说,在一个高速发展带来巨额财富的时代,想明白财富在哪里是一件再正常不过的事;在一个社会急剧转型、贫富悬殊已损害社会公平的时代,追问财富、透视财富,是财富得以久远保持的正义保障。

小张是某公司的财务人员,两年来,他工作兢兢业业,深得领导的赏识,薪资也比刚进公司时涨了一大截。如果按目前的情况发展下去,小张的前途不可限量。但是几个月前,小张看到别人炒股票赚了大钱,自己也蠢蠢欲动。无奈手头钱财有限,他绞尽脑汁想了几天后,决定铤而走险,利用自己的职务之便挪用公司的钱款炒股。他想,当时股市火爆,用不了多久自己就会连本带利把钱赚回来了,然后再把钱打回公司账户。这样一来,神不知鬼不觉的,肯定没有什么大问题。说干就干,小张立刻挪用了公司的一笔钱投进股市。

谁知,两周以后,股市大跌,小张的这笔钱被牢牢地套住了。他到处筹措钱款弥补亏空,但终因数额巨大没能及时把这个亏空给补上。月底时,公司查账,发现了这件事。公司将小张起诉上了法庭。结果,小张被勒令补足亏空,并赔偿由此给公司造成的损失。经过这件事后,小张遭受了巨大的经济损失,其职业生涯被抹上了一个永远也擦不去的污点。

岳飞曾赞一匹千里马:“受大而不苟取,力裕而不求逞,致远之才也。”意思是它食量大而不苟取,拒食不精不洁之物,力量充裕而不逞一时之能,称得上负重致远之才。人亦是如此,不义之财毋纳,不正之道毋走,这样才能肩负重任,有所成就。

世上的路千千万万,但只有两个方向可以选择,即正与邪。很多人对“君子爱财,取之有道”产生了质疑,从而选择邪道走下去,一步步迈向黑暗的沼泽地，到了万劫不复之时，才发现自己曾经拥有最珍贵的幸福——踏实付出，获取正义之财。

只要你创造的财富是正大光明的，你就会得到所有人的尊敬与赞扬。

5.保持平常心，降低欲望

西方有句谚语：金钱就是上帝抛给人类的一条狗，它既可以逗人，也可以咬人。这一句话便道出了金钱的两面性。对于金钱，人们只有两种选择：要么去驾驭它，做它的主人；要么去被驾驭，做它的奴隶。很显然，选择前者才是明智之举。可是在现实生活中，不少人也选择了第二种。

赚钱是为了什么？也许很多人都认为这是一个“傻瓜式”的问题，赚钱不就是为了让自己的生活过得更好一些，更快乐一些，更幸福一些吗？可是，不知道那些整天为了钱而奔波的人想过没有，当你忙着淘金的时候，是不是还记得自己最初的愿望呢？你真的得到快乐了吗？你真的感到幸福吗？在金钱面前，你是否连最后的一丝自尊与道德也变得不堪一击呢？

追求金钱是没有错的，正是因为这种欲望，人们才会去努力奋斗，去创造财富。但错的是，在财富面前很多人却迷失了心志，他们不顾一切地去“掠取”财富，甚至不讲仁义道德，发不义之财，在欲望的漩涡中打拼、彷徨、挣扎，难舍难弃，无法自拔，终日为钱所累，也泯灭了自己的本性。最后，虽然金钱越来越多，但是却无法满足他们的“野心”，欲望也越来越强烈。

从前有个大财主，他家里非常富有，以至于他不得不请来十几个账房先生为他管账。可是即便是这样，先生们还是忙不过来。虽然拥有这么多让别人羡慕的财产，但这个财主却并不快乐，甚至每天都寝食难安，愁眉不展，因为白天忙得不能睡觉，夜晚又兴奋得睡不着觉，还总是担心小偷来偷他的钱。而在他家的隔壁有一对穷苦的夫妇，他们靠卖豆腐过日子，尽管日子过得十分清苦，但老两口每天从早到晚却有说有笑，显得十分快乐。

每当听到老夫妇的笑声时，财主便会觉得百思不得其解，不知道有什么事情让他们这么高兴，便去问一位账房先生："为什么我这么富有却快乐不起来，而隔壁的邻居日子那么苦还能那么高兴呢？"账房先生回答说："老爷，这您就有所不知了，想知道答案其实很简单，只需隔墙扔过去几锭银子就行了。"于是，富翁趁晚上夜黑无人，将五十两银子扔到了豆腐店里。卖豆腐的老夫妇捡到了"天上掉下来的馅饼"，自然欣喜若狂，他们赚一辈子也未必可以赚到这么多。于是老两口忙着藏银子，又考虑如何花，还要担心被别人偷……这些银子弄得他们吃不好饭、睡不好觉，日夜难安。从此以后，财主再也听不到往日的歌声和笑声了，这时才恍然大悟："原来让我不快活的原因，就是这些钱财啊！"

故事中的财主虽然有豪华的物质享受，但他的内心却从未得到过真正的快乐，而隔壁的穷夫妻尽管日子清苦，但却没有过多的烦恼。"从天而降"的五十两银子打破了他们平静的生活，不知他们作何感想呢？

世俗的人们总是认为，金钱的多少是衡量一个人成败和存在价值的标准。这也正是为什么那么多人苦苦追求金钱的原因之一，但事实真的如此吗？一个依靠卑劣的手段发家致富的人，值得我们去尊敬吗？就像是守财奴葛朗台一样，他的一生都在为金钱所累，甚至为了钱可以不顾妻子和女儿的幸福。试问,这样的人活在世上是否有价值呢?

固然,追求金钱是没有错的,它可以让人们实现很多理想,得到想要的东西。但人生在世并不是只有金钱才值得追求,倘若一个人的眼中只有金钱,那么天长日久之后便会形成一种可怕的习惯。这种习惯主宰着他们的意识,控制着他们的思想,影响着他们的人生,直到有一天火烧眉毛了才会发现:原来这样的生活一点都不快乐,原来这样的人生一点都不值得。

一个欧洲观光团来到了一个原始部落,这里有很多具有地方特色的物品,引起了来访者极大的兴趣。其中,一位老者正在十分专注地做草编,看起来非常精致,观光团中的一位法国游客想:"如果把这些草编运到法国,一定会得到女人们的喜爱,引起疯狂的抢购。"想到这儿,法国游客问老者:"请问,这些草编多少钱一个?"

老人回答:"10比索。"

"天哪,这太便宜了!",法国游客看起来有些欣喜若狂,他接着问,"如果我要买10万个这样的草帽和10万个这样的草篮,那么需要花多少钱呢?"其实,法国商人是想把价钱再往下压一压,这样他也可以赚到更多钱。

可是出人意料的却是,老者竟然不动声色地回答说:"如果这样的话,那我得收你20比索一件!"

周围的人都以为老者是在说胡话,法国游客自然也不例外,他几乎不敢相信自己的耳朵:"什么?20比索?这是为什么?"

老人生气地说道:"为什么?如果我做10万件草帽和10万件草篮,那么我就没有一点时间来做其他事情了,这样会让我觉得乏味死的!"

老人的回答,值得我们每个人深思,他不为金钱所动的精神实在让

人佩服。也许换成别人,早就已经高兴得忘乎所以了,即便把自己忙得晕头转向、天昏地暗也在所不惜。可他宁愿享受快乐,也不愿以金钱来换取单调的生活。在我们的周围,这样的人又有多少呢?

贪欲,是人类的众恶之本。一旦产生贪婪之心,后果将会是很可怕的。一个国王若是过于贪婪,那么他作为国君的日子就所剩无几了;而一个官员若是过于贪婪,他的政治前途也不会红火太久;而一个商人若是过于贪婪,很可能会让自己葬身于"钱"海之中。一个品格高尚的人,他更加注重自身修养,而不是那些充满铜臭气息的身外之物。

有位哲人说过:生命就是一团欲望,当你得不到满足时会痛苦,但一旦满足便会觉得无聊。这句话是有道理的,但也是有缺憾的,欲望得不到满足时固然会痛苦,但那是因为还没有找到一个正确的解脱方法。这个方法就是:保持平常心,降低欲望。做到这一点,你便不会感到痛苦。

6.惟一的抵押品是信誉

许多商人因为一场意外失去所有的财富,却能在很短的时间内东山再起,有的甚至成了规模更大的批发商。这就是正直、诚实、信用在发挥作用。商业机构认为他们是正直的人。他们从不拖欠,也很勤奋,对所有的人都讲信用。这种声誉就是东山再起的资本。这种声誉让一个身无分文的人可以买到数千万美元的货物。一场意外毁掉了他们的财产,却毁不掉正直的声誉。

圣·路易斯银行主席最近在一次银行家会议上说:"成千上万美元借

出去了，惟一的抵押品就是信誉。有的人虽然不富有，却有高尚的品质。他们借款从来不超过自己的承受能力。”当他被问到做小生意的人的偿还能力时，他是这样回答的。另一个银行家说得更加明了：“我宁可借钱给那些诚实的穷人，也不愿借钱给不诚实的富人，虽然这些富人有很强的偿还能力。”这些话表明，精明的商人非常重视商业信誉。信誉就是资本，而且是每一个人都可以拥有的资本。

对于准备从事商业活动的人来说，开始最重要的是了解商界的规则。商人们根据你过去的记录采取行动。你的所作所为都要言而有信。一旦进入这个圈子，商业机构就记录着你的一举一动。人们永远不会借钱给狡猾无耻的人，商人和银行家根据他们对顾客信誉的评判来决定自己的行动。

萨克雷说：“大自然已经在某些人的脸上刻了一个代表信用的符号，无论他在哪里出现，都将受到尊重。你会情不自禁相信这样一个人，他们的外表就能给人以信任感。在他们的脸上写着‘恪守承诺’几个字，与另外一个人的书面保证相比，你甚至更倾向于相信前者。”

现代社会中，不少老板都要求雇员采取一些欺骗手段，对商品的瑕疵和顾客的不满熟视无睹。可想而知，在这样的老板和“榜样”的带动下，年轻雇员们怎能不把骗人的把戏当成商业手段呢？

下面这则故事深刻地揭露出现代人弄虚作假的行为：

四只苍蝇饿了。第一只落在一根诱人的香肠上饱餐了一顿，没想到立刻得了胃溃疡，死了，原来，香肠里搀了苯胺；第二只苍蝇的午餐是面粉，可是它刚吃完就得了胃痉挛，疼得满地打滚，原来，面粉里搀了过量的明矾；第三只苍蝇喝的是牛奶，一阵剧烈的咳嗽又把它噎住了，它不得不放弃这毒药般的液体，因为里面搀了好多粉笔灰。看到前面几个伙伴的下场，第四只苍蝇可怜巴巴地念叨着：“我还是早点死了算了，免得活

受罪。”它看到一张黏糊糊的纸上写着“苍蝇药”,就飞上去舔,味道不错,它心满意足地舔呀舔,可奇怪的是,它越吃越精神,越想死却活得越有劲,最后它没有死,反而比以前更舒服、更有活力了。哎,就连苍蝇药也是假的!

有的公司总是企图欺骗顾客来购买他们没有多少价值的商品或服务,使人相信那是“好东西”。这些人或者公司的名字最终会成为质量低劣的同义语,人们在谈及他们的时候总是带着鄙视。人们会尊重货真价实的销售商,但从不会尊重一个总是仿冒他人产品的投机者,也不会尊重制假和贩假的人。

人们热爱真理,喜欢那些闪烁着真理光辉的东西,而痛恨虚假。

有的人整整一生都编造花言巧语蒙骗顾客,贩卖拙劣产品:珠宝、服装、家具、股票和债券,无所不做。这些所作所为足以破坏一个人正直的品格,侵蚀优秀的才能。

只要从事这种不诚实的、卑鄙的工作,哪怕只有一点点,你也会觉得心虚气短。世界上有那么多高尚而美好的事情可以去做,没必要去和卑鄙的人同流合污。做一个正直的人吧,看看我们的社会是多么需要他们。

我们需要这样的医生:不了解病人的病情或者对药物剂量没有把握时,不会不懂装懂;我们需要这样的政治家:不会沉湎于组织各种各样的委员会或者为一些鸡毛蒜皮的事无休无止地争辩;我们需要这样的律师:不会为了赚代理费拼命说服客户打一场根本打不赢的官司;我们需要这样的牧师:不仅爱听欢呼和掌声,也能听其他声音;我们需要这样的商人:诚实正直、童叟无欺,不缺斤少两;我们需要这样的记者:不会在主编唆使下写一些下流的花边新闻。我们需要这样的人:不会说“别人都这么做,所以我也这么做”。总之,不能昧着良心做事,我们需要的是以欺骗为耻的人。

7.用尽心机，不如静心做事

《菜根谭》中写道："君子与其练达，不若朴鲁。"这个"朴鲁"就是老实的意思。意思是说，与其精明老练，熟悉人情世故，不妨朴实笃厚。要知道，工于心计的人反而会聪明反被聪明误，比如被曹操杀掉的杨修。

人人都说自己聪明，可是一旦被驱赶到罗网陷阱中去，却又都不知躲避。老老实实做事、做人，永远不会吃亏，不会自取其辱，也永远不会被人抓住把柄。

季羡林六岁时，从老家临清到济南投奔叔父，他的人生发生了重大转折。他开始从一个只想浑浑噩噩做一名小职员的少年，一步步走向今天世人尊崇的大师、泰斗。但是，在季羡林晚年的叙述里，他却不是这么说的，他说："到济南求学后，说句老实话，我当时并不喜欢读书，也无意争强，对大明湖蛤蟆的兴趣都远远超过书本。"

谁都没有想到，季羡林如此老实地把自己的"老底"交代出来。

季羡林在清华大学读书的时候，清华大学与德国交换研究生，季羡林虽有机会前往，但是却没有钱作为路费和生活费。

季羡林在济南读高中时的校长张还吾听说后，便提出带着他去找山东省教育厅长何思源帮忙，二人曾同为北大学生，交情不错。没想到的是，张还吾带着季羡林刚到那里，还未开口，何思源似乎早已知其来意，一口回绝。季羡林也不说话求情，最后事情只得作罢。

出来后，张还吾责备季羡林太老实，不会说话。这让季羡林非常为难，为自己求情这种事他实在做不出来。最后季羡林只好四处借贷，这才

筹齐了路费。

季羡林曾说过:“做人要老实,学外语也要老实。学外语没有什么万能的窍门。俗语说:‘书山有路勤为径,学海无涯苦作舟。’这就是窍门。”季羡林把老实之道发挥到了生活的方方面面,所以他无论做学问,还是做人都非常踏实,让人信服。

做人老实应该体现为不总是耍心机,不投机取巧。“揠苗助长”的故事大家都听说过。故事中的人自作聪明地把苗“提了一提”,结果“苗则槁矣”,得不偿失。总有那么一些人,他们会借用自己的智慧来“帮助”自己,提高自己的做事效率,以为这样做定能事半功倍。提高效率无可厚非,但是若将这种聪明若是放在学习、做人上面,就很容易出问题了。与其这样,倒不如老老实实做事为好。

《应谐录》中记载了这样一个寓言故事。

乔奄家里养了一只猫,这只猫非常漂亮,他以为此猫非常奇特,就称它为“虎猫”。乔奄经常抱着“虎猫”在客人面前炫耀。

有一天,乔奄请客人吃饭,席间,他又把“虎猫”抱了出来。客人们为了讨好乔奄,争着说好话巴结他:“虎虽然勇猛,但是,不如龙神奇。我认为应该叫‘龙猫’。”另一个人说:“不妥,不妥。龙虽然神奇,但是没有云气托住,龙升不到天上,所以应该叫‘云猫’。”

第三个人争着说:“云气遮天蔽日,气象不凡,但是,一阵狂风就可以把它吹得烟消云散。我建议叫它‘风猫’。”随即有人反驳:“大风确实威力无比,但是一堵墙壁就可以挡住狂风。不如叫‘墙猫’。”

又有人说:“这位的意见我非常不满意。墙壁对风来说,是可以抵挡一阵,但是跟老鼠一比就不行啰。老鼠可以在墙上打洞。请改名为‘鼠猫’。”这时,一位老人站起来斥责他们:“你们啊,争奇斗胜,把脑子都搞糊涂了。逮老鼠的是谁？不就是猫嘛！猫就是猫，搞那么多名堂干什么呢！”

这群人自以为只要夸赞乔奄的猫就能够巴结他，结果却闹了个大笑话。

很多无比聪明的“精明人”，却无论是在做人还是做事上，都很难有大的成就和建树。反倒是那些看起来傻得要命的老实人，往往能赢得更多的诚信和尊重。所以，用尽心机不如静心做事，老老实实地做，就一定会得到别人的认可。

8.别答应你无法兑现的事

如果承诺不能兑现，他人就会对自己失望，自己也就自然失去了影响力。最为痛楚的是，下次你说的话、做的事，即便是真心实意踏踏实实做下来的，别人也会在心里给你打个折扣，发个疑问，这种不被人相信的痛苦确实难以忍受。

红顶商人胡雪岩曾经有过一个承诺二十多年后才兑现的事情：

那时胡雪岩用信和钱庄的外债，收回后资助王有龄去京中捐官。这等于是断了自己杭州的生路，于是，他去投靠上海一位从小一起长大的朋友，试图在上海谋条路子，同时也兼学生意。

刚到上海，却发现这位朋友已经由于家乡有紧急事情，回到浙江绍

兴去了，别人告诉他不会等很久，这位朋友就会回来的。于是胡雪岩找了一家小客栈住了下来，这家小客栈就是“老同和”。谁知这一等就等了十天，人没等到，盘缠用光了，只好在小客栈里苦熬日子，囊中无钱，一筹莫展，只好闭门不出。

但客栈钱好欠，饭却不能不吃。他每天都在“老同和”吃饭，先是一盘白肉，一大碗血汤，再要一样素菜。后来减掉白肉，一汤一素菜，再后来大血汤变成黄豆汤，最后连个黄豆汤也吃不起了，买两个饼，弄碗白开水就算一顿饭。

这种日子过个有七八天，实在过不下去了，头晕眼花，倒还在其次，心中慌得很，那种滋味真不是人受的，好像马上就要大祸临头。于是这天发个狠，拿一件夹线长袍子当掉后，头一件事就是到“老同和”去“杀馋虫”，但仍旧是白肉、大血汤和一样素菜。

吃饱后付账，回到客栈，忽然发现当票弄丢了，这样以后即使有钱也赎不回来了。胡雪岩当时倒并未如何在意，丢了就丢了，到以后有钱做件新的也一样，但第二天，却有人将当掉的那件长袍子送到了胡雪岩的住处。一打听，胡雪岩非常感动。

原来当时老板的女儿阿彩，由于在前堂招待客人，天天见胡雪岩来吃饭，是大血汤和白肉，后来只有大血汤，再后来变成黄豆汤，这天忽然发现和原来一样，但身上却变成了“短打”。后来胡雪岩付账时，将长袍当票掉在地上，晚上打烊时被店里伙计阿利发现，送交账台阿彩。阿彩于是悄悄将长袍赎了出来，关照阿利送回。

胡雪岩了解到事情经过，便托阿利给阿彩带了句话：代我谢谢你们阿彩，她替我垫的钱，以后会加利奉还。从此也就没有再见阿彩的面。

在以后的二十多年中，胡雪岩也曾想起要还款，但不便对人说明缘故，办得不遂。此后想起来，不是时间不对就是辰光不对，这件事情就这样搁下了，直到胡雪岩的生意濒临危险，胡雪岩到上海与古应春商量办法，正事谈完到夜市逛逛。偶然中，胡雪岩踏进了“老同和”的门。

“年年岁岁花相似，岁岁年年人不同”真是物换星移转头空。阿彩，这位当初站账台招待客人的姑娘家，如今已成“老同和”的老板娘，平时再也不会出来侍奉客人了。

当年的伙计阿利是现在老同和的老板，他入赘，成了阿彩的丈夫，膝下一子一女，当时阿利阿彩正准备将“老同和”翻造，因要修马路，老同和房子前面要削掉一半，平房改建成楼房。若要造得好一点，将老同和后面的一块地皮买下来，方方正正成格局，要用到一千五百两银子。盖成之后，老店新开，重起炉灶这笔本钱也要一千五百两银子。

夫妻俩正为此发愁，胡雪岩问明了情况，决定一定要好好为这事上帮一把。按着他的性格，原想帮阿利“老店新开”弄得轰动一下，但想一下当时自己的处境，自嘲地摇一摇头，最后叫古应春带三千两银子的汇票给阿利，再叫古应春去跟阿彩谈一番，告诉她事情的前因后果。一路做下来，胡雪岩和古应春二人都觉舒畅，胸怀不禁为之一宽。

正因为有当时的许诺，胡雪岩始终未敢忘记这件事，终于碰上一次兑现诺言的机会，胡雪岩大报特报，将一桩陈年小事引起的承诺实现得漂漂亮亮。要么就不做承诺，承诺一旦做出，则必须竭力兑现。

胡雪岩的做法不仅仅适用于商业领域。在任何情况下，如果你已经许下诺言，那不论发生什么事情，你都不能反悔。假如你已经做出了某个承诺，而你却言而无偿，最终将导致糟糕的局面。

《郁离子》一书中有如下一则故事：

济阳某商人过河船沉遇险，他拼命呼救，渔人划船相救。商人许诺：你如救我，我付你一百两金子。渔人把商人救到岸上，商人只给了渔人八十两金子，渔人责商人言而无信，商人反责渔人贪婪。渔人无言走了。后

来，这商人又乘船遇险，再次遇上渔人。前次救商人的渔人对旁人说：他就是那个言而无信的人。众渔人停船不救，最后商人淹死在河中。

这就是轻诺寡信或言而无信的后果。如果承诺不能兑现，就会失去对他人的影响力。更为痛楚的是，下次你说的话，做的事，即便是真心实意踏踏实实做下来的，别人也会在心里给你打个折扣。

当朋友托我们给他办事时，我们能提供帮助是在情理之中。但是，办事要量力而行，不要做“言过其实”的许诺。因为，诺言能否兑现除了个人努力的问题，还有一个客观条件的因素。平时可以办到的事，由于客观环境变化了，一时又办不到，这种情形是常有的事。因此就需要我们在朋友面前不要轻率地许诺，更不能明知办不到的事还打肿脸充胖子，在朋友面前逞能，许下“寡信”的“轻诺”。

当你无法兑现诺言时，不仅得不到朋友的信任，还会失去更多的朋友。

有一个年轻人在银行工作。他过去的老师想开一家公司，却缺少资金，便去问他能不能帮忙贷款。他想：“这是老师第一次找自己帮忙，怎么能拒绝呢？”当即一口答应。可是，他毕竟刚参加工作不久，还没取得说话的资历，老师的贷款请求又不完全合乎规章。所以，当老师租好门面，请好员工，等着资金开业时，他这里却拿不出钱来，搞得很被动。老师大怒，责备他说：“你这不是捉弄我吗？你即使不想帮我，也不该害我！”他能说什么呢？只好苦笑而已。

有些人是不好意思拒绝别人而向他人承诺，而有些人则喜欢胡乱吹嘘自己的能力，随随便便向别人夸下海口，承诺自己根本办不到的事情。结果不但事情没有办成，自己的人缘也搞臭了。

某厂职工小方，经常向同事炫耀自己在市房管所有熟人，能办房产证，而且花钱少、办事快。开始人们还信以为真，有些急于办理房产证的同事便交钱相托，但时过多日，不见回音，问到小方，他说："近来人家事儿太多，再等等。"拖得时间长了，同事们对他的办事能力产生怀疑，便向他要钱。他找理由说："谋事在人，成事在天。懂不懂？你的事儿虽然没办成，可我该跑的跑了，该请的请了，你不能让我为你掏腰包吧？"言下之意，钱没了。

从此以后，小方的话再也没人信了，以至于人们在闲暇聊天时，只要小方往人群里一站，大伙好像有一种默契似的，始而缄默不语，继而纷纷散去。

既然许下诺言，无论刀山火海都不能反悔——你不能言而无信。

所以，干脆不要轻易向人承诺，不轻易向人许诺你可能办不到的事——这是不失信于人的最好方法。

要获得守信的形象并不容易。最要紧的一条是：别答应你无法兑现的事。这不仅是一个主观上愿不愿意守信的问题，也是一个有无能力兑现的问题。一个人经常答应自己无力完成的事，当然会使别人一次又一次失望了。

对于有点权力而又不大的人更应注意，因为你有权，别人托你办的事儿肯定多。这时你应该讲点策略，不能轻易答应别人。有的朋友托你办的事儿可能不符合政策，这样的事最好不要许诺，而是当面跟朋友解释清楚，不要给朋友留下什么念头，不然，朋友会认为你不给办事儿；有的朋友找你办的事儿可能不违反政策，但确有难度，就跟朋友说明，这事难度很大，我只能试试，办成办不成很难说，你也不要抱太大希望，这样做是给自己留有余地，万一办不成，也会有个交待。

当然，对于那些举手之劳的事情，还是答应朋友去办，但答应了后，

无论如何也要去办好,不可今天答应了,明天就忘了,待朋友找你时,你会很不好看。

我们在这里强调不要轻率地对朋友做出许诺，并不是一概不许诺，而是要三思而后行。尽量不说“这事没问题,包在我身上了”之类的话,给自己留点儿余地,顺口的承诺,只是一条会勒紧自己脖子的绳索。

阅读链接:中国古代诚信故事之三

神农舍身尝百草

我国的医家有这样一个行医传统，为了证明自己药店的药货真价实,通常在柜台上放一尊獐狮的石雕。这獐狮到底为何物,为什么和医家的诚信行医相关？这得从神农与獐狮的故事说起,而要讲这个故事,还得先讲神农尝百草。

炎帝神农是我国上古时代姜姓部落的首领，号烈山氏或厉山氏,与黄帝是两兄弟。炎帝成长于姜水(今陕西姜水)流域,长成后,身高八尺七寸,龙颜大唇。因以火得王,故为炎帝,世号神农,建都山东曲阜。由于他的功绩显赫,亦尊为人皇。

上古时代人们对自然界的认识刚刚开始，生产工具又十分简陋,在恶劣的自然环境面前,原始先民们生存十分艰难,茹毛饮血,风餐露宿,常受野兽袭击和疾病的困扰。因此,怎么生存和发展,对原始先民们来说,是时时刻刻摆在他们面前的一个急迫的问题。

神农从小就喜欢与草木为伴，三岁就知道栽种一些植物用来食用，长大后更爱种草植木，观察研究各种草木的生长、开花、结籽等现象。当时人们为了采集更多的食物，又担心误食有毒之物，总是让一个人先尝，安全无毒后，其他人才吃。神农往往就是第一个尝食的人，因此，受到氏族成员的拥戴。无论山上、水中、路边、地里生长的植物，神农都要采来亲自品尝，并记下其特性，比如有的酸、有的甜、有的苦、有的辣、有的涩、有的麻，有的吃了兴奋、有的吃了头晕、有的吃了清醒、有的吃了欲困、有的吃了添力、有的吃了拉稀、有的吃了耳聪目明、有的吃了胃胀脸肿……由此他逐渐积累了许多植物特性的经验和知识。

在解决人们食物来源的同时，神农尝百草时逐渐发现，草木因有酸甜苦辣等各种味道，人们吃了之后身体会有不同的反应：味苦的草，咳嗽不止的人吃后咳嗽立刻减轻不少；味酸的草，肚子有病的人吃后肚子就不疼了……由此，神农发现草木还有治病的功效。为了更好地给部落族人治病，他开始更有目的地去尝试各种植物，了解它们的生长、采取、性味、功用和毒副作用等各种情况。

神农尝百草是十分辛苦和危险的事，不仅会在山林里遭受毒蛇、野兽的袭击，还会面临不曾食用过的草木的毒性伤害身体甚至危及生命的情况。神农尝草时常常一天之内几十次中毒，最多时一天中毒达七十多次，被毒素折磨得死去活来，痛苦万分，有时又意外地发现中毒后食用其他的草木可以缓解症状。在多次的中毒、解毒的过程中，他逐渐发现很多草木的根、茎、叶、花、果各具不同的药性。

世上的草木品种数也数不清，神农为了加快尝草的速度，增加尝草的安全性，他改进了寻找药物的方法，制作了一种工具“赭鞭”，据晋代干宝所著《搜神记》第一卷载：神农以赭鞭鞭百草，尽知其平毒寒温之性。这个赭鞭如同我们现在用的一张检验酸碱性PH试纸，草木经过赭鞭一打，它们有毒无毒，或苦或甜，或寒或热，各种药性都自然地显露出来。神农就根据这些草木的不同赋性，给人们治病。他在成阳山上，曾经使用赭

鞭,发现不少疗效显著的草药,如甘草可以治疗咳嗽,大黄可以治疗便秘等等。神农利用这个办法采集草药为人治病,医好了很多受病痛折磨的人。因此,神农被世间传为神医。

部族里的生活越来越好,人们的健康状况也有了很大的改善,人口也逐渐增多,许多周围部族也逐步归附,神农把许多小部族融合成为一个更大的部族,他也成为一个伟大的部族领袖。

神农虽然被尊为领袖,但他却没有停止为部族成员尝草治病,依然不断地坚持在山里寻找更多的药物。有一次, 神农捉住了一只奇异的动物——獐鼠,又叫獐狮。它周身像水晶般透明,能吃百草和百虫,各种药性均可通过观察它吃药后的肺腑、经络的状况而一目了然。有了这只识别药性的活“仪器”,神农可以从药草进入獐狮体内的行动路线,判断出药草的药性:如果药通心则医心病,药通胃则医胃病……人们说这是神农跋山涉水,尝遍百草,找寻治病解毒良药,甚至差点为此丧命的举动感动了上苍,于是上苍派出在昆仑山上修仙的一只獐狮来帮助他。自从有了獐狮,神农识药再也不用发愁了。一天,獐狮吃了巴豆,腹泻不止。神农把它放在一棵青叶树下休息,过了一夜,獐狮奇迹般地康复了,原来是獐狮吸吮了青叶树上滴落的露水解了毒。神农摘下青叶树的青叶放进嘴里品尝,顿感神志清爽、甘润止渴。神农教人们种了这种青叶树,就是现在的茶树。这就有神农架民间传唱的“茶树本是神农栽,朵朵白花叶间开。栽时不畏云和雾,长时不怕风雨来。嫩叶做茶解百毒,每家每户都喜爱”的山歌。

神农过去只尝百草,而对鸟、兽、虫、鱼能不能当药无法断定。有了獐狮的帮助,神农开始用动物入药治病。在动物入药上,獐狮给他的帮助最大,最后却因此付出了生命的代价。一天,神农在山中发现了一条黑虫,一遇动静它就蜷成一团,像颗圆溜溜的黑珠子,咕噜噜地滚下山去。神农从未见过这种怪虫,十分好奇,拣了一个放在手心把玩,并递给獐狮试服。獐狮闻了闻,龇了龇牙,不愿吞食。神农便把“黑珠”塞进了獐狮的嘴里,獐狮只好小心翼翼地嚼了嚼,就赶快吐了出来。谁知这虫的毒汁仍迅速进入獐狮的肠胃,霎时间獐狮遍体发黑,口吐白沫,神农急拿解药灵芝草喂食也无济于事。獐狮望着神农,落泪而亡。神农亦悲痛万分,懊恼不已。

原来那“黑珠”名叫“滚珠虫”,又称“滚坡虫”、“千脚虫”,身有剧毒。在湖北省房县神农尝百草的神农架北坡桥上乡杜川村山区,从此流传着“獐狮什么都不怕就怕坡上滚地虫”的说法。后来行医人为了纪念獐狮帮神农尝百草以救天下苍生,并为了证明自己药店的药货真价实,通常在柜台上放一尊獐狮的石雕,表明自己店里的药是经过獐狮尝试过了,肯定灵验,所以就有了“药不过獐狮不灵”的说法,也告诫医生千万不可滥用错用药物!这个医俗至今在鄂西北地区特别盛行。

神农痛失獐狮,寻找药物的工作变得更加艰难,虽然他面临着随时可能中毒而亡的危险,但他从不放弃尝草寻药。一次,他在品尝一种攀缘在石缝中开小黄花的藤状植物时,把花和茎吃到肚子里以后,没有多久,就感到肚子钻心地痛,好像肠子断裂了一样,痛得他死去活来,满地打滚。最后,神农没有能顶住,被这种草毒死。神农虽然被毒死,却用他的生命发现了一种含有剧毒的草,人们给它取名叫断肠草。李时珍在《本草纲目》中记载,断肠草也叫钩吻,能破积拔毒,祛瘀止痛,杀虫止痒。断肠草在现代医学中能辅助治疗肝癌、食道癌、胃癌等消化系统肿瘤及淋巴肉瘤、骨肉瘤、皮肤癌等,也治风湿痹痛、疖疮肿毒、疥癣、皮肤湿诊等病。神农用他的生命,换来了无数子孙的健康,他是伟大的,是当之无愧的华夏始祖。

神农为了民众的自我牺牲精神,为后人所传颂。神农尝百草更是一种实事求是的科学精神,獐狮是他在医学和药学实践中第一个用于科学实践的动物,是中药学第一只极为灵敏的实验动物,尽管有些神话色彩,但这种科学思想和方法无疑是正确的。这是一种科学的诚信。

第四章

君子慎独，对自己也要讲诚信

1.人前君子,人后亦君子

"慎独"这个词出自《礼记·中庸》:"君子戒慎乎其所不睹,恐惧乎其所不闻。莫见乎隐,莫显乎微,故君子慎其独也。"它的意思是说在最隐蔽的时候最能看出一个人的品质,在最微小的地方最能显示人的灵魂,一个真君子,即使在没人的时候也不会显现出一点不好的言行,而是像在人前一样。

也就是说,一个人在无人独处的时候,对自己的行为也要加以检束。

曾国藩在他的《金陵节署中日记里》说:"慎独则心安。自修之道,莫难于养心。心既知有善知有恶,而不能实用其力,以为善去恶,则谓之自欺。方寸之自欺与否,盖他人所不及知,而己独知之。故'大学'之'诚意'章,两言慎独。果能好善如好好色,恶恶如恶恶臭;力去人欲,以存天理,则'大学'之所谓自慊,'中庸'所谓戒慎恐惧,皆能切实行之。即曾子之所谓自反而缩,孟子之所谓仰不愧、俯不怍。所谓养心莫善于寡欲,皆不外乎是。故能慎独,则内省不疚,可以对天地质鬼神,断无行有不慊于心则馁之时。人无一内愧之事,则天君泰然,此心常快足宽平,是人生第一自强之道,第一寻乐之方,守身之先务也。"

疾风知劲草,烈火见真金。只有在独处的时候,才能知道一个人真正的品行。

杨震是东汉时期的名臣,一次因公出去。途经昌邑之地,曾经受到杨震提拔的昌邑县令王密在夜深人静的时候敲开他的房门,献出十两黄金以表

达自己对他的感激。杨震拒绝了王密，王密对杨震说："半夜三更没有人知道，您就收下吧！这是我的一点心意。"杨震义正言辞地回答："天知，地知，你知，我知，谁说没人知道！"于是，他态度绝决地把黄金退给了王密。

元代大学者许衡也有过类似经历。一日，许衡与人结伴外出，天气十分炎热，这一行人口渴难耐。所以在经过一颗挂满成熟果实的梨树时，他人纷纷跑到树下摘梨解渴，只有许衡站在那里一动不动。于是就有人问许衡："你为什么不摘梨，难道你不渴吗？"许衡回答说："这不是我的梨，怎么可以随便乱摘呢？"大家讥笑他迂腐，哄笑着说："世道这么乱，谁还管这棵树是谁的呢！"许衡却不以为然，他说："世道乱，而我的心不乱，梨虽无主，可我心有主。"

"慎独"就是人前君子，人后亦君子，这一点对于修身是非常重要的。坚持"慎独"，就会在"隐"和"微"上下功夫，即人前人后都是一个样，不让任何邪恶念头萌发，才能防微杜渐，使自己的道德品质高尚。然后才能"站着说话也不腰疼"。

从小我们受到的教育就在我们内心埋下了善恶的标准，但重要的不是我们心里有善恶，而是在我们的行为中能够遵守内心的标准，而不做违反善的行为，尤其是在没有别人监督的情况下。

君子慎独，话虽这么说，但是慎独不该只是先哲和圣贤们的追求，每个人都应该努力去践行之。无论何时何地，何种处境，都要时时刻刻注意自己的言行。

慎独是社会生活的净化器。一旦离开了别人的眼睛，个人的私欲成为至高无上的追求，降低自己的道德标准来快活自己的时候，你已经在悄悄地腐败。即使再华丽的外表，也掩不住真实的自己。

慎独来自于不断的反省自己，它可以使你的内心不断的清朗透彻，可以让你的人格越发的坚韧。慎独还是一面盾牌，它可以使你抵御来自方方面面的不良诱惑，可以使你踏实做事，坦荡为人，使得我们这个社会更加的文明有序，相处和谐。

还有一些人，平时看起来中规中矩，但一遇到事情，他的本性就暴露无遗，所有的美好形象不复存在，行为举止不再温文儒雅，言谈不再礼貌舒服，取而代之的是粗俗、毫无气质和美德可言。

著名的漫画家丰子恺先生画过一幅非常能体现“慎独”题材的漫画，画上的题词是“无人之处”。画上的那个人在有人的时候总是戴着一个面具，笑容礼貌客气，但是没有人的时候他将摘下了面具，面目狰狞，令人作呕。这就是伪君子、小人，当面一套，背后一套，表里不一，真正的君子和此类人的区别是：真君子任何时候都是一个样，不会因为有人或没有而改变自己的言行。

慎独是一个人内在品质的试金石，也是人生正己修身的必修课。生活在这喧嚣的浮世中，难免会有鲜花、掌声和赞美，有时使我们不得不高贵矜持起来。但是慎独却可以锻炼我们，警醒着自己不可失了分寸，不能没了尺度，久而久之就会成为一种习惯，而慎独之人也就真正成了表里如一的君子。

慎独是一种宝贵的品德，它如空谷幽兰，即使不在人们的视野范围之内，在高山峡谷中也能坚守自己的本分，保持自己的操守，守着天地，径自绽放，静默飘香。

2.克服猜疑心理

《列子·说符》中说，有个人丢了一把斧子，猜疑是邻居的儿子偷的。由于思想上有这个框框，所以，邻居儿子的一举一动，甚至走路的姿势，面部的表情，说话的腔调，在他看来，也都像是偷了斧子的模样。后来他在山沟里挖地时，无意中找出了自已丢的斧子。以后再看他邻居的儿子，

觉得其举止、态度，便都不像偷斧子的样子了。这个疑人窃斧的故事，很形象地刻画了猜疑者主观武断的心理。爱胡乱猜疑的人，经常想一想这个故事，对于克服偏见，增长一些科学的态度，学会全面、准确地看问题，是有好处的。

有些人产生猜疑心，往往与轻信道听途说有很大关系。

《三国演义》上的长坂坡一战，刘备所部被曹军打得七零八落。正在他慌乱之中，糜芳又报告说："赵子龙反投曹操去了也！"张飞一听，便猜疑赵云背信弃义，立即大怒道："待我亲自寻他去，若撞见时，一枪刺死！"尽管刘备告诫他："休错疑了……子龙此去，必有事故。吾料子龙必不弃我也。"张飞仍是不信，径自引二十余骑，到长坂坡寻杀赵云。其实，赵云是为救甘糜二夫人和刘备的儿子阿斗，才匹马单枪，杀回乱军之中。幸亏简雍亲眼目睹，并报信给张飞，这才避免了一场误会。

耳听为虚，那么眼见是否就一定为实呢？也不见得。

孔老夫子在陈蔡绝粮的时候，有一次亲眼看到颜回在煮饭时捞了一把，填到了嘴里，便猜疑颜回揩了油，又是旁敲侧击，又是启发诱导，说什么这饭很清洁，我要先祭祖先。颜回忙说："不可！刚才有灰尘落到了锅里，我已经捞出来吃掉了。"这时孔老夫子才恍然大悟，知道自己弄错了。并由此深有所感地说："知人固不易矣。"并强调指出："道听而途说，德之弃也。"

老先生从实际生活中得到教训，懂得了单凭自己的眼睛，有时候也并不可靠，真正了解实情，还得做些深入调查。

俗话说："疑心生暗鬼。"猜疑情绪是妨害正常的人与人之间关系的腐蚀剂。一个人一旦被猜疑情绪支配了自己的思想和行动，那他就必然

不信任别人,离心离德,或捕风捉影,或无中生有。这样,不仅不能正确看待别人,也会错误估价自己;从历史上来看,当权者倘爱猜疑,其危害就不是一人一事,而将要误政误国。

隋文帝"不明而喜察",疑下而独裁,酿成群臣"唯取决受成,虽有愆违,莫敢谏争"。李世民说他:"此所以二世而亡也。"到了隋炀帝,更是"多猜忌",更加快了隋朝的完蛋。"君臣相疑,不能各尽肝胆,实为国之大害也。"李世民的这一见解,实在言简意赅!

克服猜疑情绪,首先要自己待人以诚。俗话说:"人上一百,形形色色。"各人的出身经历、脾气秉性,文化修养都不同,风格气质也千差万别,不能够强求一律。别人对问题有不同看法,采取了不同态度,那是人家的民主权利,要尊重、支持人家的权利,切忌不合自己心意,就猜疑别人动机如何如何;不拥护自己,就猜疑人家想要如何如何。那样,就要把简单问题复杂化,不仅无助于交流思想,融洽感情,统一认识,团结同志,逐会使矛盾和分歧越来越大。正确的态度只能是设身处地,将心比心,多为别人想一想,多站在别人角度想一想。如果确有原则性问题,也要本着严以责己,宽以待人的态度,热情诚恳进行批评和自我批评,以便消除分歧,取得互谅互让。那种对别人吹毛求疵、神经过敏,乱加猜测的做法,不仅影响团结,伤害同志,也会孤立自己,伤害自己。

对别人不可胡乱猜疑,而如果有谁猜疑到自己头上,也要有个正确的态度,切不可冒火怄气以眼还眼。要相信组织,相信群众的大多数。也要相信猜疑自己的同志随着时间的推移,自然会冰化雪消,变猜疑为不疑。这里最要紧的是要有个"任凭风浪起,稳坐钓鱼台"的气度,正像刘少奇同志所说:"只要自己的思想正确,行为正大,对于别人不负责任的误会和批评,必要时可以申明和解释一下,如果解释不了,只好让别人去说……而误会迟早都是可以弄清楚的。"有了这样的胸怀,便不会去猜疑别人,一旦受人猜疑,也便能君子坦荡荡了。

3.坦率真诚，做人本色

对普通人来说，我们往往内心紧张，忧郁而不快乐，佛家认为，这都是由于“内心不知足”的缘故。无论做什么事情，都怀着强烈的期望，如果期望太高而不能实现，就会痛苦，但是换个角度，也许在别人看来，如果降低期望，其实反而是件值得高兴的事。

这个世界越繁荣，诱惑越大，期望就越高，内心反而快乐越少。而消除这种压力的办法，就是设法安心，也就是说，要修“止”。

要知道，内心简单的人更容易坚定，更能看到别人看不到的东西，更能做到别人做不到的事。但可惜的是，要做到内心的简单，恰恰是这个世界上最不简单的事情。

一个人行事的真伪，是逃不过他人的眼睛的。有内心的真实，才有外在真诚的表现。

有一天，奕尚禅师从禅房出来就听到阵阵悠扬的钟声，禅师立刻被那种与众不同的钟声吸引了，他仔细聆听，神态极其专注。钟声停了以后，他向侍者询问道：“今天早上敲钟的人是谁？”

侍者回答道：“他是新来的，才来没几天。”

奕尚禅师说：“你去把他找来，我有话要问他。”

那个新来的小和尚来了，奕尚禅师问道：“今天早上你敲钟的时候是什么样的心情呢？”

小和尚回答道：“没有什么特别的心情，只为敲钟而敲钟而已。”

奕尚禅师道：“我看不是这样的，敲钟的时候你一定是想着什么，否则，你不会敲出这样的钟声的。我仔细听过了，今天的钟声格外响亮，只

有真心向佛的人才能敲出这样的声音。”

小和尚想了想，然后说道：“我没有刻意要想着什么，在我还没有出家以前，我的老师告诉我说：‘做什么事都要用心，打钟的时候想到的只能是钟，因为钟即是佛，只有虔诚、斋戒、敬钟如佛，才配去敲钟。’”

奕尚禅师面露喜色，提醒他道：“敲钟是这样的，做任何事也要这样。要保持今天早上敲钟的禅心，以后你的前途一定不可限量。”

这位小和尚从此事事恭谨，无论做什么事都牢记禅师的教诲，保持敲钟的禅心，终于取得了巨大的成就，他就是后来的悟由禅师。

以真诚的心去对待工作，才能体会到工作的真正意义；以虔诚的心对待人生，才能领悟到生命的真谛。其实无论做什么事情，只有用心去做才能成功，相反，如果只是抱着应付的态度去做事，那么无论如何都是不可能获得成功的，因为成功只眷顾有心之人。

有一个年轻的居士，前去拜访一位法师。他们从早上一直谈到中午，法师觉得这个居士十分博学。到了吃饭的时间，小和尚看两人谈得投机，便为两人准备了一大一小两碗面。

法师看了一下面条，将大碗推到年轻居士的面前，说道：“你吃大碗的吧！”

按照常理，居士应该将大碗再推回到法师面前，以示恭敬，可是居士一点儿都没有推让，张口就吃。法师见他这样，不由皱起了眉头，心里想：“本以为他慧根不浅，可是居然一点儿都不懂得礼仪！”

居士吃完后，看见法师根本就没有动筷子，而且面有愠色，便笑着问法师：“师父为何不吃？”

法师一言不发。居士笑着说：“我确实是饿了，只顾自己狼吞虎咽，忘记让师父了。如果我将您推给我的大碗再推到您面前，那不是我的本

愿。既然不是我的本愿，我为什么要那样做呢？我要问师父，您推让我的目的是什么？”

法师答：“吃饭。”

居士严肃地说：“既然目的是吃饭，您吃是吃，我吃也是吃，何必你推我让！难道您把大碗让给我不是真心的吗？如果不是真心的，那您为什么要那样做呢？”

做人一定要真诚才不会烦恼，不管是谦虚自己还是赞赏别人，都要发自内心。虚情假意的奉承和谦恭，非但不能使别人欣喜、满足，自己也会因为背叛了本意而心生不快。说自己不想说的话、做自己不想做的事，为了满足别人而难为自己，心里就会有不满、生怨恨，又怎么能感到快乐呢？

所以，坦率真诚才是做人的本色，真心做事，真诚做人，才会得到别人的认可，自己也能收获快乐。

4.说谎比过失更严重

一个人必须为自己的行为负完全的责任，不管是说谎或过失，都要受到惩戒。只不过说谎应该要比过失严重得多。

美国著名的西点军校对诚信有着严格的要求。他们认为说谎是最大的罪恶。西点曾对说谎问题作了如下规定：“学员的每句话都应当是确切无疑的。他们的口头或书面陈述必须保持真实性。”故意欺骗或哄骗的口头或书面陈述都是违背《荣誉准则》的。信誉与诚实紧密相关，学员必须赢得信誉。

西点对诚实的重视和对学员有关诚实、不说谎的规定中就能领悟到

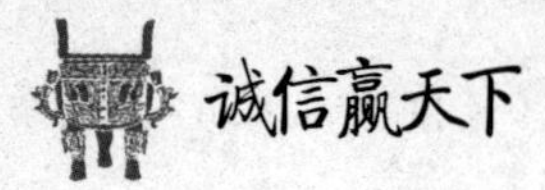

诚实的极度重要性。

西点认为,个人签名或姓名起首字母肯定包含了一种书面信息。学员在文件上签名就是正式地表明文件是真实的,准确的,否则就不会签上高贵的名字。

每个人不仅对自己的行为负责,也要对别人的行为负责。这是西点经常对学员提出的要求。因此,学员要常以口头或书面陈述的方式来表明他履行各种义务的情况。不论是口头或是书面的报告,都必须是最完整、最准确的正式陈述。学员要保证报告在呈递前后的正确性。列队报告时,组织者只有确认缺席学员是得到批准时,才能认为这个学员的缺席有正当的理由。假如报告上交了,后来又发现其中有不准确之处,必须尽早报告新的情况。

在西点军校,具有特权和执行公务的学员在连队外出登记簿上的签名表明:该学员使用的特权已获批准,或者身负公务并将履行公务。

西点认为一个人不单单在军队中应诚实可靠,在任何其他环境中也应保持这种品格。

西点有一系列的荣誉课程,让学生明白在日常生活中如何遵守荣誉守则。如何从最基本的地方做起:"绝不可说谎。"这样一点小小的无心之过,根本没有欺骗之心,何必如此小题大做呢?原因就在于如果一个人无须面对自己的错误,无须为自己的错误负责,将来就更有可能故意地说错,也就是说谎,而且会自圆其说,并认为这样做理所当然。

西点会严惩过错但也会区别有心和无心之过。蓄意、故意的行为,不同于无心的行为;谎话也不同于过错。如果无心之过也要以退学处分,那就是失之严苛、毫无意义了,并且会使犯错的人毫无改过从善的机会。然而一个人还是必须为自己的行为负完全的责任,不管是说谎或过失,都要受到惩戒只不过说谎要比过失严重得多。

再以跟同学借用东西为例。西点军校里，所有的门都没有上锁，所以如果学生需要什么东西，比如说一本书，可能到别的同学房里借用一下。如果房间没有人在，借用的人至少要留张字条，说明他把书借走了。但是有时候因为赶时间，借用的同学可能把东西拿了就走，忘记留下字条。只要他确实打算用后就归还，这样的行为就算是判断上严重的过失，但不能算偷窃，因此也就不是违反《荣誉守则》的行为。同样，这件事如果经人检举，也要记过、处罚。

当然，西点对于违反荣誉守则的行为，会给予最严厉的处罚。学校会召开荣誉听证会，就像法庭的审判一样，有关违规行为的正反证据，都在听证会上列举，最后由荣誉委员会共同判决。如果判决结果是确实违反了荣誉守则，违规学生就必须退学。

在我们的生活中，谎言是难免的，尽管有些谎言是善意的，但如果我们自己不慎，谎言与真理相距并不遥远，它要变成真理常常是在悄无声息中进行，并不需要千百遍的传播，也不会给你一个提醒。只要搞定了人的心理，谎言自然就成了真理。从客观危害上来看，这种习惯相信和想当然的做法，比“三人成虎”更可怕，它已侵入人的心灵深处，浸人血液和骨髓，所以，说谎比过失更严重。

5.做好事要量力而行

一位伟人说过：“一个人做好事并不难，难的是一辈子做好事。”如果每件好事都难度极高，需要竭力而为或是倾囊而出，就难以坚持，不仅是意志方面的问题,而且精力与财力也难以维系。

有些人为了收养流浪小动物,在付出极大爱心和热情的同时,却没有考虑到自己的承受能力,虽然付出了常人无法理解的代价,结果却常常落到倾家荡产的地步。

有媒体就报道过这样的一位女士,她为了救助那些可怜的猫狗,用光了家里的几十万存款,甚至包括丈夫去世时的抚恤金,最后实在没钱,只好把房子卖掉了。为此,她得不到儿子的理解,他去贵州打工一年多,从来都不和她联系。她年岁已高的老母亲,她也没有能力去照顾。多年来,因为周围的居民受不了猫狗的叫声和散发的浓重气味与她争吵,她不得不多次搬迁,远离市区,独自居住,承受着众人无法体会的压力。如今她没有钱、没有亲情,只是有她眼里最漂亮最善良的“孩子们”。

公益事业跟商业活动一样,也需要周密的计划和完善的组织,否则多半会不了了之。饲养大量宠物需要空间,需要粮食,需要药物,需要设备,需要工作人员……其实是一笔庞大的开销,作为个人是很难维持的。

然而太多人固守着自己的理想,却不愿看清眼前的现实世界。他们大多忌讳提钱,常会拒绝一些宠物用品商的有偿赞助。他们认为公益就是无私奉献,因此他们吃不饱穿不暖,饿着肚子闹革命。但是饿肚子的公益事业是发展不起来的,饿肚子的志愿者也是壮大不起来的。公益事业需要资金,需要计划,需要组织,需要制度,需要管理,需要团结一切可以团结的人。

现实生活中,常常有人做了好事还会被人误解。比如几年前被热议的“彭宇案”,一位老太太在等公交车时被人撞倒,刚下车的彭宇出于好心扶起老太太并送到医院,却被老太太一口咬定自己是肇事者,还要赔偿高额的医疗费用。看来,光有做好事的善心还不行,要把好事办好,还需要一定的智慧和能力。

著名作家刘墉在一次采访中说:“帮助人的同时, 我们也要保护自己。”他说在美国有一些州,甚至不准许民众在街上停下来接那些拦车的

人。如果在荒郊野外，你看到一个单独的孩子在拦车，而且他看起来还有点受伤，你刚停下来，正在招呼他，这边枪已经顶过来。所以说虽然人要有同情心，但大家一定要防范意识，注意保护自己。

他还举了一个例子：有一年，我去上山扫墓，看到一个孩子受伤，是从山上骑脚踏车冲撞到石头，骨头断了，后来抱着他去医院，一进医院门，医院的人就喊了，你是好心人，你麻烦了，小心他怪你。我当时回了一句话，我说怪我就怪我，要赔我赔。我觉得今天每个人要活得壮丽，今天你被坑了，要赔多少，你能够承担得了，你在经济能力上能够承担得了，你的心情能够承担得了，那么你就去做。我们不做傻子，但我们不能见死不救。你非要去救他，自己一定贴上你自己的命，贴上你一家人，贴上别人要救你们的那些人？那么你很可能是笨的举措，你今天要找别人来救，而不是不会水的人跳下水去救，这个是死板的，是鲁莽的善。良知的善重要，思想之后有计划的善最重要。

做好事不能空有一腔热情，要三思而后行：一个腿部有缺陷的人在公交车上时也不一定要给老人让座，因为他自己在这一方面也需要照顾；如果对电子设备不是很熟悉，就不要帮别人修坏掉的电器，修成废品还只是经济损失，如果修成定时炸弹那是害人；见到有人溺水，如果你本人就是一只晕水的旱鸭子，那绝对不要扑通一声跳下去救，那样做的结果是导致后来者要救两个人，你应该做的是一边寻找工具救援一边寻求别人的帮助。

行善是一种美好的品德，给别人带来无私的帮助，我们并不是不推崇做好事。碰到老人摔倒，我们每个公民都应该去扶起老人，但在扶之前应该也要学会保护自己。比如请旁边一个人来作证，或者用随身带的手机拍下当时的照片，打电话通知其家人及120等等，然后再去扶起老人，这样即使以后出现不愉快的事情，也有证据来为自己解脱；在做慈善或公益时，不要只凭一己之力，要知道世界上需要帮助的人很多，一个人的力量是远远不够的。

我们在同情别人的同时还应该保持一份应有的理智，要考虑自身的经济、家庭状况，考虑自身的能力和承受力，先对自己的亲人负责，再去对别人负责，量力而行，学会做一个明智的好人。

6.守得住清廉，经得起诱惑

常言道："贪如火、不遏则燎原；欲如水，不遏则滔天。"人一旦贪欲之口一开，就很难在诱惑面前止步，最终必然会滑入泥潭难以自拔。为官者，两袖清风，廉洁清正是根本。而要守得住清廉，经得起诱惑，不做贪官，就必须要有足够的辨别是非和自我约束能力。

为官者要想清正有为无是非，拒贿也算一门"必修课"，自古以来，拒绝贿赂的方法很多，有的棒打喝止，有的题文自勉，有的明牌警告，有的厚谢婉拒。古代廉吏的这些拒贿"妙术"，对于我们不无启发。

唐代著名诗人白居易，为官时通过自己的诗歌作品向社会公布个人收入与财产，清名永传于世。刚入仕途时，白居易担任政府机关校书郎，是个抄抄写写的"文秘"，他在诗中说："幸逢太平代，天子好文儒，小才难大用，典校在秘书。俸钱万六千，月给亦有余，遂使少年心，日日常晏如。"不久，升为左拾遗，工资翻了一番，作诗："月惭谏纸二千张，岁愧俸钱三十万。"接着，外派到苏州任刺史："十万户州尤觉贵，二千石禄敢言贫。"随后，白居易调回京城，为宾客分司，工资已是他刚入仕时的十倍："俸钱八九万，给受无虚月。"最后，为太子少傅时，工资最高，而且工

作还相当清闲自在："月俸百千官二品，朝廷雇我做闲人。"到了晚年，他回到洛阳颐养天年，领到原来月薪百分之五十的养老金："寿及七十五，俸占五十千。"

白居易就是用这样的方式，不让别人有行贿的机会，也不给自己留下受贿的空间。

清代张伯行在福建和江苏任巡抚、总督时，极力反对以馈赠之名行贿赂之实，并写过一篇禁止馈送的檄文："一丝一粒，我之名节；一厘一毫，民之脂膏。宽一分，民受赐不止一分；取一文，我为人不值一文。谁云交际之事，廉耻实伤；倘非不义之财，此物何来？"

此文言简意赅，浩气凛然，表现了他对拒礼拒贿的深刻认识。这种严格自律，堂堂正气，使行贿送礼之辈望而却步。张伯行正是凭借着这种坚定的为官立场，成了"清廉刚直，政绩卓著"的楷模，从而彪炳史册。

我们从古人这些拒贿的不同方式中可以看出，拒贿关键是自己要树立"以廉为美，以贪为耻"的人生态度，才能做到"风吹云动星不动，水涨船高岸不移"；才能始终保持一颗廉洁奉公之心，干净做事，清白做人。

要廉洁清正，为官者必须知可得与不可得，明礼明度，知足常乐。俗语说"莫伸手，伸手必被捉"，如果贪得无厌，欲壑难填，就必然会不择手段、不顾后果地去攫取，结果不但葬送了自己的前途乃至性命，还会成为人民之害、国家之祸。

正如荀子所言，"欲不可去，求可节。"也就是说，欲望不能去除，但对于欲望的追求是可以节制的。所以，为官者要处处严于律己，洁身自好，时刻谨记"勿以善小而不为，勿以恶小而为之"的箴言，拒绝诱惑。

7.内省是净化灵魂的督察

一个人要想让自己变得更加强大,就要懂得不断内省。

曾国藩被称为中国历史上“最后一位理学大师”,他如饥似渴地学习知识,想尽办法来提升自己的智慧。同时,他还发挥自己强大的内省功夫,不断检视自己的思想和行为,找到不足或者不正确的地方,然后有则改之无则加勉,不断提升自我的道德修养。曾国藩的内省功夫之所以强大,是因为他是随时随事、时时处处反省自己的,这就使得他的内心始终有一位称职的警察,时刻监督着他的一举一动,让他不敢越雷池一步。

曾国藩到京师的最初几年里,每天迎来送往的应酬特别多,并不是因为他有多重要,而是借此来消磨时光。

道光二十年四月,庶吉士散馆,曾国藩留在翰林院。“本要用功”,但“日日玩愒,不觉过了四十余天”。此后的一段时间,除了给家里写一封信商议家眷来京之事外,“余皆怠忽,因循过日,故日日无可记录”,每天都是送往迎来,吃酒、读书、闲侃。所以他早期的《日记》每天都在“检讨”,但每天都会故态复萌。很显然,一开始曾国藩的自省并没有收到好的效果,但是他知道这样的品行如果不能改掉,是无益于成大事的。尽管会不断地犯,但他一直在坚持反省。

和同僚的交往固然可以加深了解、沟通,却也会荒废时日。道光二十二年十月的一天,曾国藩读了《易经·损卦》后,即出门拜客,在杜兰溪家吃了中饭,随即又到何子敬处祝贺生日,晚上又在何宅听了昆曲,到了“初更时分”才拖着疲惫的身体回家。当天的日记充满了自责,说“明知

（何子敬生日）尽可不去，而心一散漫，便有世俗周旋的意思，又有姑且随流的意思。总是立志不坚，不能斩断葛根，截然由义，故一引便放逸了”。尽管《日记》中不忘“戒之”二字，但很快就又犯了。

当月的二十四、二十五两天，京城刮起大风，曾国藩“无事出门，如此大风，不能安坐，何浮躁至是！”、“写此册而不日日改过，则此册直盗名之具也。既不痛改旧习，则何必写此册？”

如此大风也不能安坐家中，曾国藩的浮躁可见一斑，他也认识到了浮躁的危害，于是决心强迫自己静坐下来读书，但甚至连“白文都不能背诵，不知心忙什么。丹黄几十页书，如勉强当差一样，是何为者？平生只为不静，断送了几十年光阴。立志自新以来，又已月余，尚浮躁如此耶！”他也分析为什么如此交游往来，无非是“好名”，“希望别人说自己好”。并说这个病根已经很深，只有减少往来，“渐改往逐之习”。

几天后，他听说菜市口要斩杀一位武臣，别人邀他一同看热闹，他“欣然乐从”，虽然内心很挣扎，但也不好驳了朋友的面子，因此“徘徊良久，始归”。他说自己“旷日荒谬至此”。虽然没有去，但是心却没有静下来，于是又去了雨三家，他不顾正在忙碌的雨三，非要东拉西扯地谈谈“浑”。《日记》中说：“谈次，闻色而心艳羡，真禽兽矣。”从雨三家出来，本来已经很晚了，但他仍不愿回家，又到子贞家中，三更才归。《日记》说自己“无事夜行，心贪嬉游”。

参加进士同学的团拜，他也“目屡邪视”、“耻心丧尽”；赴朋友的喜筵，他“谐谑为虐，绝无闲检”。周身为私欲所纠缠，使得他的理学功夫大减，一听别人谈论理学，感到隔膜不入。于是，决定一改昔日所为，“截断根缘，誓与血战一番”。

曾国藩为了改掉自己的坏习惯，提出了三戒：一戒吃烟，二戒妄语，三戒房闼不敬，后来都做到了。

其中，吸烟有害健康，曾国藩还认为吸烟有害精神。他说：精神要常令有余,做起事来才能精气十足而不散漫。“说话太多,吃烟太多,故致困乏。”他觉得应酬过多,精神就难以集中,做起事来也会出差错,而吸烟对此有很大影响。

曾国藩认识到,沉溺于色是会妨碍事业的。他曾经有“喜色”的毛病,看到朋友纳了小妾就会浮想联翩。为了能他日有所作为,他严格限制自己的情欲,甚至夫妻之间正常的情感交流都严加克制。他认为,人的私欲、情欲一旦膨胀就难以收拾,终会妨碍大事业。他始终坚决不纳妾,生活作风上也严格自律,这正是他精神品格上突出之处。

当然,尽管曾国藩一意要自立,要与过去的缺点告别。然而,要改过要自立是何其艰难,其改过自立的过程何其曲折。不过,曾国藩刻苦自立的努力并没有白费,到了道光二十三年,上述诸多的毛病已经得到了有效的遏止,在这一年的日记里,很少看到他再为上述毛病而忧心了。新的一年里,曾国藩致力于纠正忿、欲两大毛病。

曾国藩的成功不是偶然的,他终其一生的内省功夫是一个强大的助力,他在这种强大的内省中修炼了自己的内心和品德,提升了自己的人生智慧。

古人云:吾日三省吾身。内省历来是儒家所提倡的道德修养方法,孔子在《论语·里仁》中说:“见贤思齐焉,见不贤而内自省也。”荀子则把“自省”和学习结合起来,作为实现知行统一的一个环节。他说:“君子博学而日参省乎已,则知明而行无过矣。”朱熹说:“日省其身,有则改之,无则加勉。”

以上种种,无不说明,内省是查漏补缺的最好办法。肯反省才会有进步,要知道“智者事事反求诸己,愚者处处外求于人”。当今最具影响力的心理学家加德纳强调,内省智能是多元智能中一种十分重要的智能。内省智能强的人能自我了解,意识到内在情绪、意向、动机,以及自律、自知和自尊的能力,了解自己的优劣,科学谨慎地规划自己的人生。

8.诚信要从小事做起

事实上，对于一个普通的人而言，关于诚信的修养是从一些很小的事情上开始的。

比如你和同事约好在一起吃饭，到了该去的时间了你却因为别的事情而不去了，你就失信于你的朋友了。下一次再约吃饭的话，你的朋友肯定就会对你的可信度打个问号了。

你说好在周末带孩子去公园的，但到了周末你又忙别的事情去了，你就是失信于你的孩子了。下一周你再说带孩子去玩，孩子对你也肯定要打个问号的。

领导让你完成一件很轻而易举的事情，你都没有完成，你能够想象领导还会把重要的工作交给你吗？

建国是个才毕业的大学生，专业知识很扎实，可是他的求职却一直不顺利。万般无奈之下，他找到了自己的叔叔，请他跟当地的一家知名化工企业的老板介绍一下自己，看能不能到化工公司工作。

没过几天，建国的叔叔给他打来电话，说正在一家酒店和这位老板喝酒，让他赶紧过来跟老板见个面，老板现在也需要这样的专业人才，只要过了老板的法眼，工作这事就算定下了。

建国非常高兴，打扮整齐，急匆匆赶到酒店，和叔叔、老板一起就坐，老板问了建国几个化工方面的问题，建国胸有成竹，对答如流，老板一看就高兴了，又要了一瓶酒，三个人喝了起来。

宴会结束后，建国得意洋洋地等着公司给他打电话，可一等不来，二等也不来，建国等不及了，给叔叔打电话，问什么时候去上班。叔叔接了电话，告诉他那件事没希望了。老板不同意接收他。

“不同意接收？喝酒那天不是说得好好的吗？”建国愣了。

“这还不全怪你自己！”叔叔气冲冲地说，“还记得最后要的那瓶酒吗？”

“记得，可我也没有因为喝多酒失态啊？”建国奇怪地问。

“那瓶酒的酒盒里放着一个礼品打火机，是不是你拿了？”叔叔问。

建国点了点头，说：“那个打火机也不是什么精品，根本就不值钱，他一个大老板怎么会缺这种东西？所以我就拿了。”

“问题就出在这里！”叔叔说，“老板说你这个人学问还行，就是太爱贪小便宜了，打火机一拿出来，你的眼睛就没离开过它，你既不抽烟，也不爱收藏打火机，但对打火机却那样专注，说明你是个贪小的人，贪小的人，他是不敢用的，因为将来万一别人给你点儿小恩小惠，没有人保证你不会背叛公司。”

建国理解得不错，是，那个打火机老板并不稀罕，但是建国对打火机的过分关注使老板产生了反感。在中国的传统观念里，逢光必沾、斤斤计较、爱贪小便宜的人是不受欢迎的。

诚信缔造社会整体形象，也反映在我们每一个人身上，守信要从小事做起，从自己开始。

比如：有的人爱耍权术，善长玩弄权术，因而不讲信义。这类人的脑子特别好使，好耍小聪明，将他人统统当做傻瓜，为了达到自己不可告人的秘密，往往隐瞒事情的真相，一个东西明明很糟，却将它说得天花乱坠，引人上钩，今天骗这个，明天又骗那个，只要自己获利，也不管他人的损失是多么严重。这是一种“奸诈小人型的不讲信义”。

比如：有的人爱贪小利，因而不讲信义。这些人私心很强，爱占点儿“小便宜”，今天问这个人借一点钱不还，明天又向另一个人借一点钱不

还，自以为很聪明，认为只有一点点钱，谁也不会向他人说什么，然而时间一长，吃亏上当的人多了，人们便开始警觉起来，慢慢知道你就是这样一种人，就会讨厌你，提防你，懒得与你交往，不愿与你共事，以后即使发生最大的困难，人们也不会帮助你。这是一种“私利型的不讲信义”。

比如：有的人对什么事都持一种无所谓心态，因而不讲信义。这些人性格大大咧咧，什么都不放在心上，约好他人晚上7点钟见面，过了30分钟也还不见人影，好不容易到了，也不对他人说一声对不起，对他来说迟到早退似乎是一件天经地义的事，总认为这类纯属鸡毛蒜皮的小事，没什么大不了，不值一提，谈不上什么人品不人品，渐渐地养成了一种坏习惯。这是一种“不拘小节的不讲信义”。

总之，当和谐已成为这个时代的主旋律，当诚信已成为和谐社会的必备品质时，诚信无需惊天动地，只需你去用心，从小事做起。从现在做起，从点滴做起，对企业忠诚、对工作负责，不找任何借口，做到政令畅通，令行禁止；为人诚实，做一个言而有信的人！

阅读链接：中国古代诚信故事之四

曾子诚信日三省，教子不食言

曾参，字子舆，春秋末年鲁国南武城（山东平邑县）人。曾参十六岁拜孔子为师，他勤奋好学，颇得孔子真传。作为孔子晚年重要的弟子之一，曾参对孔子的学说领悟较深，能得其要旨，他重视仁德，提倡孝道，主张自我反省。孔子的孙子子思，就是曾参教导培养出来的，子思又传于孟子，使儒学进一步发扬光大，世人便称曾参为曾子。

曾子每天都要“三省吾身”。三省的其中一省就是要反省自己与朋友交往是否做到了忠心诚实。曾子不但以诚待友，在教育子女方面也是十分注重诚信，并且以身作则。

曾子少年时母亲就去世了，继母十分凶狠，对曾子十分苛刻，百般虐待。家境本来就穷，再加上继母的无情，曾子不堪继母的折磨，小小年纪就逃到卫国靠卖苦力为生。他天性纯孝，当得知父亲去世后，便赶回鲁国，对上了年纪的继母以德报怨，十分孝顺，这使他的孝名远播。齐国曾用厚礼相聘，想封他为上卿大夫，但他为了不使年迈的继母受到冷落，不肯到齐国任职，丧失了一个大好的从政机遇。从此，曾子一直没有出仕为官，过着清贫的生活。

一天，曾子的妻子打算出门去集市卖自家织的布，儿子又哭又闹，嚷着要跟着去，妻子就对儿子说：“乖孩子，你在家好好玩，妈妈去集市把纺的布卖了，一会儿就回来。”儿子仍然哭闹不止，抱着妈妈的腿不放。妻子抱起儿子，看着他瘦弱而发育不良的身体，一股酸楚之情涌上心头——家里已经半年多没沾荤腥了。她亲亲儿子说：“孩子你听话，在家好好玩儿，一会儿妈妈给你买猪肉回来吃。”儿子一听说有肉吃，立刻就答应好好在家里等妈妈回来。

妻子到集市上卖完布，本要去肉铺买肉，可想到家里婆婆近日有病，还需要请郎中抓药，只好买了些蔬菜，把钱余下请了郎中回家为婆婆看病。妻子回到家里，儿子很高兴地去妈妈的菜篮里找猪肉，结果发现只有青菜没有猪肉，于是号啕大哭。妻子告诉儿子，她忘记买猪肉了，下次再给他买，但是儿子还是继续哭，说妈妈不该骗他。

曾子回到家后了解到事情的缘由，十分难过和自责，连饭也没吃，就独自回房思过。他越想心里越不安，一方面觉得对不起儿子，好久没有让孩子吃上肉了；另一方面，更担心会因这件事教坏了儿子，让儿子染上不

诚信的毛病。但是天色已晚，集市早已经散了，还能到哪去买肉呢？妻子在旁边一边织布，一边安慰他说："小孩子哭一哭，闹一闹，我已经哄他睡下了。孩子睡一觉，明天起来啥都忘记了。你何必放在心上，自寻烦恼呢？"这时，猪舍传出一声声小猪的叫声，这是家里唯一一只小猪，一家人都指望把它养大后，卖个好价，贴补家用。曾子听到猪叫，到厨房去拿刀准备杀自己家的小猪。妻子见状，连忙拦住曾子说："你要干什么？我还指望把猪喂大后，卖了把我们早已漏雨的房子修整下，你也有几年没有添件新衣了。小孩子哄一哄就好了，你至于这样认真吗？"但是曾子严肃地告诉妻子："孩子幼小的心灵是非常纯洁的，父母的一言一行、一举一动都是孩子学习的榜样。做父母的如果欺骗孩子，孩子就会认为说谎话骗人是无所谓的，转而就会欺骗别人，这就等于父母在教孩子欺骗人。另外，父母欺骗了孩子，父母在孩子心目中就失去了威信。以后，孩子就不再会相信父母，就会听不进父母的教诲。这样，就很难把孩子培养成才，后果不堪设想。"

妻子听了曾子一席话，后悔自己不该欺骗孩子。于是她和曾子一起动手磨刀杀了自己家的小猪，烧了一锅香喷喷的猪肉。夫妻俩先端一碗给卧床的继母，然后才叫醒儿子，让他起来吃猪肉，儿子非常高兴，一边吃一边向父母投去信任的目光。夫妻俩看着这一老一少吃得津津有味，自己却没动一下筷子。

一天晚上，曾子的儿子刚刚睡下，又突然爬起来，从枕头下抱起竹简向外跑。曾子问他做什么，儿子说："这是我从小伙伴那里借来的书，我答应今天还回去，再晚也要还给人家，不能言而无信。"曾子望着儿子远去的背影，宽慰地笑了。

第五章

认真负责：莫因细节失诚信

1.良知产生责任,责任产生信誉

诚信的本质在于责任,诚信的意义在于责任,诚信的真谛在于责任。如果一个人逃避和推卸了对自己的责任,无疑他是不会有信誉的。

“人生的责任像天空的星光一样照耀着大地;那抚慰、医治人类并给人类带来福音的慈爱之心,就像大地的鲜花一样洒满人间。”这是英国19世纪伟大道德学家塞缪尔·斯迈尔斯的嘱托——良知产生责任,责任产生信誉。

有这样的一个故事:

动物园里有三只狼,是一家三口。这三只狼一直是由动物园饲养的。为了恢复狼的野性,动物园决定将它们送到森林里,任其自然生长。首先被放回的是那只身体强壮的狼父亲,动物园的管理员认为,它的生存能力应该比其他两只强一些。

过了些日子,动物园的管理员发现,狼父亲经常徘徊在动物园的附近,而且看起来很饿,无精打采。但是,动物园并没有收留它,而是将幼狼放了出去。

幼狼被放出去之后,动物园的管理者发现,狼父亲很少回来了。偶尔带着幼狼回来几次,它的身体好像比以前强壮多了,幼狼也没有挨饿的样子。看来,公狼把幼狼照顾得很好,而且自己过得也很好。为了照顾幼狼,狼父亲必须得捕到食物,否则,幼狼就会挨饿。管理员决定把剩下的那只母狼也放出去。

这只母狼被放出去之后,这三只狼再也没有回来过。动物园的管理员想,这一家三口看来是在森林里生活得不错。后来,管理员解释了这三只狼为什么能重返大自然生活。

“公狼有照顾幼狼的责任，尽管这是一种本能，正是这种责任让它俩生活得好一些。母狼被放出去后，公狼和母狼共同有照顾幼狼的责任，而且公狼和母狼还需要互相照顾。这三只狼互相照顾，才能够重回自然，重新开始生活。”

由此可见，责任是生存的基础，无论是动物还是人。

责任确保了生命在自然界中的延续，责任直接决定了一个人的工作绩效和生活质量，是高效能人士必备的一项习惯。

著名管理大师德鲁克认为，责任是一名高效能工作者的工作宣言。在这份工作宣言里，你首先表明的是你的工作态度：你要以高度的责任感对待你的工作，不懈怠你的工作，对于工作中出现的问题能敢于承担。这是保证你的任务能够有效完成的基本条件。

可以说，没有做不好的事情，只有不负责的人。一个人责任感的高低，决定了他工作绩效的高低。当你的上司因为你的工作很差劲批评你的时候，你首先问问自己，是否为这份工作付出了很多，是不是一直以高度的责任感来对待这份工作？一个高效能的人士是不会给自己的工作交一份白卷的。

20世纪70年代中期，日本的索尼彩电在日本已经很有名气了，但是在美国它却不被顾客所接受，因而索尼在美国市场的销售相当惨淡。为了改变这种局面，索尼派出了一位又一位负责人前往美国芝加哥。那时候，日本在国际上的地位还远不如今天这么高，其商品的竞争力也较弱。在美国人看来，日本货就是劣质货的代名词。所以，被派出去的负责人，一个又一个空手而回，并找出一大堆借口为自己的美国之行辩解。

但索尼公司没有放弃美国市场。后来，卯木肇担任了索尼国外部部

长。上任不久，他被派往芝加哥。当卯木肇风尘仆仆地来到芝加哥市时，令他吃惊不已的是，索尼彩电竟然在当地寄卖商店里蒙尘垢面，无人问津。卯木肇百思不得其解，为什么在日本国内畅销不已的优质产品，一进入美国竟会落得如此下场？

经过一番调查，卯木肇知道了其中的原因。原来，以前来的负责人不仅没有努力，还糟蹋公司的形象：他们曾多次在当地的媒体上发布削价销售索尼彩电的广告，使得索尼在当地消费者心目进一步形成了“低贱”、“次品”的糟糕印象，索尼的销量当然会受到严重的打击。在这种时候，卯木肇完全可以回国了，并且可以带回新的借口：前任们把市场破坏了，不是我的责任！

但他没有那么做，他首先想到的是如何挽救局面。但是要如何才能改变这种既成的印象，改变销售的现状呢？

一天，他驾车去郊外散心，在归来的路上，他注意到一个牧童正赶着一头大公牛进牛栏，而公牛的脖子上系着一个铃铛，在夕阳的余晖下丁当丁当地响着，后面是一大群牛跟在这头公牛的屁股后面，温顺地鱼贯而入……此情此景令卯木肇一下子茅塞顿开，他一路上吹着口哨，心情格外开朗。想想一群庞然大物居然被一个三岁小儿管得服服帖帖的，为什么？还不是因为牧童牵着一头带头牛嘛！索尼要是能在芝加哥找到这样一只“带头牛”商店来率先销售，岂不是很快就能打开局面？卯木肇为自己找到了打开美国市场的钥匙而兴奋不已。

马歇尔公司是芝加哥市最大的一家电器零售商，卯木肇最先想到了它。为了尽快见到马歇尔公司的总经理，卯木肇第二天很早就去求见，但他递进去的名片却被退了回来，原因是经理不在。第三天，他特意选了一个估计经理比较闲的时间去求见，但回答却是“外出了”。他第三次登门，经理终于被他的耐心所感动，接见了他，但却拒绝卖索尼的产品。经理认为索尼的产品降价拍卖，形象太差。卯木肇非常恭敬地听着经理的意见，并一再地表示要立即着手改变商品形象。

回去后,卯木肇立即从寄卖店取回货品,取消削价销售,在当地报纸上重新刊登大面积的广告,重塑索尼形象。

做完了这一切后,卯木肇再次扣响了马歇尔公司经理的门。听到的是索尼的售后服务太差,无法销售。卯木肇立即成立索尼特约维修部,全面负责产品的售后服务工作;重新刊登广告,并附上特约维修部的电话和地址,24小时为顾客服务。

屡次遭到拒绝,卯木肇还是痴心不改。他规定他的每个员工每天拨5次电话,向马歇尔公司询购索尼彩电。马歇尔公司被接二连三的求购电话搞得晕头转向,以致员工误将索尼彩电列入“待交货名单”。这令经理大光其火,这一次他主动召见了卯木肇,一见面就大骂卯木肇扰乱了公司的正常工作秩序。卯木肇笑逐颜开,等经理发完火之后,他才晓之以理、动之以情地对经理说:“我几次来见您,一方面是为本公司的利益,但同时也是为了贵公司的利益。在日本国内最畅销的索尼彩电,一定会成为马歇尔公司的摇钱树。”在卯木肇的巧言善辩下,经理终于同意试销两台,不过,条件是:如果一周之内卖不出去,立马搬走。

为了开个好头,卯木肇亲自挑选了两名得力干将,把100万美金订货的重任交给了他们,并要求他们破釜沉舟,如果一周之内这两台彩电卖不出去,就不要再返回公司了……

两人果然不负众望,当天下午4点钟,两人就送来了好消息。马歇尔公司又追加了两台。至此,索尼彩电终于挤进了芝加哥的“带头牛”商店。随后,进入家电的销售旺季,短短一个月内,竟卖出700多台。索尼和马歇尔从中获得了双赢。

有了马歇尔这只“带头牛”开路,芝加哥市的100多家商店都销售索尼彩电。不出3年,索尼彩电在芝加哥的市场占有率达到了30%。

卯木肇的成功得益于其强烈的责任感和荣誉心，这是他屡败屡战，力挽败局的强大动力。可以说,正是这种始终以公司利益为重的责任感,使卯木肇没有为自己寻找借口,而是迎难而上,凭借自己的洞察力和毅力打开了局面。

责任感是我们在工作中战胜种种压力和困难的强大精神动力,它使我们有勇气排除万难，甚至可以把不可能完成的任务完成得相当出色。一旦失去责任感,即使是做自己最擅长的工作,也会做得一塌糊涂。

一个拥有责任感的人,他总是具备一种主动承担责任的精神,会为他所承担的事情,付出心血、付出劳动、付出代价;他会为达到一个尽善尽美的目标付出自己的全部努力;他一定是一个善始善终的人,他懂得责任意味着承担,意味着付出代价。当事情出现危机,他仍然不放弃。

责任的范围是没有固定界限的,它存在于生命的每一个方面。在我们的一生中,无论我们是富有还是贫困,是幸福还是不幸福,我们可以努力却无法选择，但我们却能够去履行那些在我们身边无处不在的责任,而不惜一切代价和甘冒一切风险去遵从责任的呼唤的人更是高大的,是值得信赖的。

古希腊诗人朗德罗曾描写过理想的人生,它是这样子的:“当一个人离开人世以后,他留给后代的光芒将超越他的视野,永远照亮人们前进的道路。”、“我躺在床上,梦想着生活是多么的甜美。猛然醒来,我才发现生活就是责任和义务。”

让我们记住康德的话:“责任和义务,这是多么奇妙的字眼,在它面前,任何阿谀奉承都是多余的,任何威胁利诱都是可笑的。任何人,只要你保持着你自己内心原本率直的天性,即使这种率直的天性有时并不那么顺从,但只要你仍然童心未泯,尽职尽责,人们都会由衷地对你表示尊敬。在职责和义务面前,其他的一切欲求都会最终低下头来,不论在此之前,其他的各种欲求曾多么不安地在内心骚动过！”

2.越简单的事情越要认真做

汪中求先生在《细节决定成败》一书中所说的:“芸芸众生能做大事的实在太少,多数人的多数情况总还只能做一些具体的事、琐碎的事、单调的事,也许过于平淡,也许鸡毛蒜皮,但这就是工作,是生活,是成就大事不可缺少的基础。”

海尔总裁张瑞敏说:“把简单的事做好就是不简单, 把平凡的事做好就是不平凡。”很多人认为,一个人的成功,很多时候只是偶然。可是,谁又敢说,那不是一种必然?有许多不起眼的小事情,谁都知道该怎样做,问题在于谁能坚持做下去。许多人终其一生都在追求伟大,最后,他收获的可能只是失败。谁能想到,其实伟大就存在于你身边的平凡之中呢?

事实上,成功往往是简单的事情脚踏实地的做,重复的做,并能持续做好,才能不断地成长,不断地实现自己的目标。

从前在美国标准石油公司里,有一位叫阿基勃特的小职员。无论在哪儿需要签单的时候,他总是在自己签名的下方,写上“每桶四美元的标准石油”字样,在书信及收据上也不例外。他因此被同事叫做“每桶四美元”,真名反倒没有人叫了。公司董事长洛克菲勒知道这件事后说:“竟有职员如此努力宣扬公司的声誉,我要见见他。”于是邀请阿基勃特共进晚餐。后来,洛克菲勒卸任,阿基勃特成了第二任董事长。

一个简单的事情重复做,做到了极致就成功了。这是许多成功人士

带给我们的启示。

2004年，第57届戛纳国际电影节的评委会主席是一位名叫昆汀·塔伦·蒂诺的美国人。在进入好莱坞之前，昆汀只是曼哈顿的一家音像出租店的伙计。

昆汀从小就有一个梦想，那就是拍电影。但是因为他的家境贫困，没有机会接受系统的电影教育。昆汀在音像店的主要工作就是整理数不清的录相带，当有顾客上门的时候，他就需要帮他们查找他们需要的或者为他们推荐录像带。

除了做好自己的工作外，昆汀会利用闲暇的时间，一盘一盘地观看自己感兴趣的电影。看过无数电影之后，昆汀开始觉得电影并不是那么神秘，他开始自己学习表演，并利用业余时间自己尝试创作电影剧本。在看电影的时候，他开始由原先的随意观看变为有目标的研究。

昆汀一边不停地看电影，一边构思着自己的剧本。每天他都至少要看一至两部电影，就这样，在音像店工作期间，他几乎看遍了全世界所有经典电影，并逐渐熟识了大量电影知识和拍摄技法，对世界各国电影的风格特点、构思技巧烂熟于胸，而且摸清了电影创作的基本规律和套路。

功夫不负有心人，昆汀终于完成了自己的第一部剧本。后来还被好莱坞导演看中，昆汀以5万美元的价格把它卖给了好莱坞。这次的成功让昆汀信心大增，并从此开启了他的电影创作之路。

1993年，昆汀的电影《低俗小说》获得戛纳电影节金棕榈奖和奥斯卡最佳编剧奖；2004年，他拍出的《杀死比尔》系列电影风靡全球。他被人们称为好莱坞的鬼才。

昆汀的成功可以用“熟能生巧”四个字来形容。什么是不简单？能够

把每一件简单的事情千百遍都做好，就是不简单；什么叫不容易？能够把大家公认是非常容易的事情高标准地认真做好，就是不容易。

马云刚刚创办中国黄页的时候，他和他的同伴们凭着一个美国电话和几张图片到处宣传互联网。这里没有高科技，没有复杂的理念、模式，就凭着一个推销员简单的推销方式，逐渐让人们认识到互联网，认识到互联网给人们带来的种种好处。

刚创立阿里巴巴的时候，曾有漫长的3年时间，一直在亏损。但是，马云明白，成功不是那么容易的事，他和他的团队依然坚持踏踏实实做好每天的日常工作，三年如一日的为赢得每个客户的信赖而奋斗。直到后来，互联网迎来了春天，而所有这些，也为阿里巴巴以后的发展打下了坚实的基础。

有很多事情，虽然很简单，但我们仍然不能马虎大意。我们要把它们看作是一件需要付出全部热忱、精力和耐心的伟大事业。当你能够把一件简单的事情做得非常好时，你就变得很不简单，也就是不平凡。

世界上没有绝对简单的事，只有把事情简单化了的人。许多年轻人总是不屑于做一些小事、单一的事，却总是想着一步登天，殊不知，这样往往也会摔得很惨。

一定要甘于从最简单的事情做起，并赋予自己最高的热忱和耐心，脚踏实地地做下去，才能迎来最终的成功。

事实上，成功并不难，任何伟大的事业都有一个微不足道的开始，把简单的事情重复做，你也可以达到常人难以达到的高度。

3.勇于承认自己的不足

著名的心理学家邦雅曼·埃维特指出：那些动不动就喜欢说“我知道”的人,实际上在人际交往的过程中是不被喜欢的;而那些敢于说“我不知道”的人,显示的则是一种富有想象力和创造力的精神,给人以谦逊的风度。埃维特认为如果我们勇于承认自己某方面的不足和无知,那么我们的生活方式就大大改善。

由于地域不同、文化背景各异,再加上个人能力的参差,偶尔说一说“我不明白”、“我不太清楚”、“我不是很理解您的意思”、“我不知道”之类的话,会使对方觉得你富有人情味,真诚可亲。相反,不懂装懂,则会引起人家的反感。

在美国加州著名教授的演讲会上，有人提出问题等着看他出丑,但是他却坦然地对大家说:“我不知道。”就是因为这句“我不知道”,台下响起了经久不息的掌声。

布朗先生受邀来到一个著名烹调师的妻子举行的晚宴上,在晚宴中布朗先生和女主人以及另外一位男宾交谈的时候,他发现女主人的神情不那么的自然。

谈话中女主人忽然指着桌子上的一个黑色金属用具问道:“像这种特别的工具是用来做热吃干酪的,你们知道什么是热吃干酪吗？”

布朗先生刚想脱口而出说知道的时候，那位男宾忽然叫了起来:“噢！是吗？我完全不知道。什么是热吃干酪？你能告诉我吗？”

男宾的回答使女主人露出了微笑。她自信满满地向客人做了详细的介绍,之后脸上变得喜笑颜开了。

听完女主人的介绍,布朗先生才恍然大悟,原来所谓的"热吃干酪"不是布朗先生想的那么回事,而是干酪火锅的一种吃法。这次宴会使布朗先生受益匪浅:不仅是知道了自己不知道的事情,更重要的是,这件事使布朗先生看到了自己身上很自以为是的缺点,那就是他以为自己什么都知道。

我们不也是如此,假如我们学会抱着一种学习的心态与人交往,能学到东西的同时,更加表现出了一个人的谦逊的风度。

在与人交谈的时候,什么都可以谈。但是对于你所不知道的事情,要留心地避免它或者干脆承认,谁都知道没有人是十全十美的,没有人要求你是百科全书,即使你已经是一个学富五车的人。

冒充内行,是一种自欺欺人的虚荣心理,也会令别人心生反感,所以坦白承认你对于某些事情的无知、不知道,这并不是一种耻辱。相反地,这使别人认为跟你的谈话是十分愉快,值得参考的,因为这些语言成分里没有浮夸、没有虚伪。

《两小儿辩日》中那两个小孩子问孔圣人,太阳是中午离我们近还是傍晚离我们近时,作为著名的思想家,为人师表的孔子竟然一时哑口无言,因为他自己也不知道答案。两个小毛孩子竟将一代大师孔子难住了,但是孔子并没有掩饰假装自己知道,只是大方地承认了。也正是由于这份真实和敢于承认自己的局限,孔子才更加受到欢迎。

物理学家丁肇中因发现了粒子而获得诺贝尔物理学奖。在2004年11月的时候,丁肇中受南京某大学的邀请去他们学校做报告。报告会上气氛很热闹,大家不断地在向丁肇中提问。忽然有一位男生站起来问道:"您觉得人类在太空上能找到暗物质和反物质吗?"丁肇中想了想,坦言

道:“不知道。”另一位学生站起来又问道:“那您觉得您从事的科学实验有什么客观的经济价值吗?”丁肇中依然认认真真地回答:“不知道。”下面已是一片哗然,第三位同学也站起来问他:“那么您可以为我们将一下物理学未来二十年的发展方向吗?”丁肇中依然像回答前两个问题一样镇定坦然而又十分认真地回答说:“我不知道。”

刚才还气氛热烈的报告厅内一下子静下来了。没过多久,报告厅的各个角落几乎在同一时间爆发出雷鸣般的掌声,这掌声持续了好长时间。

回过头认真地想一想，这三个学生提出的问题的确没有准确答案,即便是对物理学有着深刻研究的丁肇中博士也无法给予提问者一个精确的回答。在大家看来,他完全可以用一种不懂装懂的回答敷衍过去,在那样的场合是不会有人与他较真的。因为在那些敬仰他的大学生眼中,他说的话就相当于金科玉律。但是丁肇中选择了直截了当地说不知道,给人留下非常诚实的印象。并且敢于当众承认自己知识和认知的局限,他的勇气也足以让人佩服。

维纳斯像之所以被世人誉为美神,就在于她的残缺美。那折断的双臂不仅没让她黯然失色,反而使她熠熠生辉,成为万众瞩目的女神。所以我们也一样,不要怕暴露你的缺点,不要羞于承认自身的局限,有时直面它会使人觉得你更加诚实可信。

世界本不完美,人生当有不足。没有遗憾的人生才不完美,没有缺点的人不能称之为人。对于每个人来讲,不完美是客观存在的,无需怨天尤人。再优秀的人也有缺点弱项,再蠢再笨的人也有自己的优点和吸引人的地方。对自己的局限性要勇于承认,才使你显得更加真实,也会更加烘托出你的长处。

4.没有可以随意糊弄的“小事”

许多时候，我们会不经意地处理、打发掉一些自认为不重要的事情或人物，但这种随意、不负责、不敬业或者是不道德的行为会造成一些很不好的影响或后果，在你以后的人生道路上，不一定在什么时候，会突然显现出来，令你对当年的行为追悔不已。

五年前A君还在一家营销策划公司工作，当时一位朋友找到A君，说他们公司想做一个小规模的市场调查。朋友说，这个市场调查很简单，他自己再找两个人就完全能做，希望A君出面把业务接下来，他去运作，最后的市场调查报告由A君把关，当然了会给A君一笔费用。

这确是一笔很小的业务，没什么大的问题。市调报告出来后A君也很明显地看出其中的水分，但他只是做了些文字加工和改动，就把它交了上去。

去年的某一天，几位朋友拉A君组成一个项目小组，一块去完成北京新开业的一家大型商城的整体营销方案。不料，对方的业务主管明确提出对A君的印象不好，原来此位先生正是当年那项市调项目的委托人。

因果循环，A君目瞪口呆，也无从解释些什么。

这件事给他以极大的刺激，现在返回头来看，当时他得到的那点钱根本就不值一提，但为了这点钱，他竟给自己造成如此之大的负面影响！

人，有时往往是在一些小事上的疏忽大意，不加重视，而致使自己失去了良好的信用。

美国总统竞选时，每个候选人参选前必须把自己的经历全部在天平

上过一遍,任何一点的污点都会让竞选者为之付出代价,仅管那可能只是早被他忘掉的数十年前的一件小事。一个人的名誉、能力要想得到社会公众长久地认同,必须持续地在每一件事上都为自己负责。

海尔的管理层有一句名言:"要让时针走得准,必须控制好秒针的运行。"这句话说明对小问题加以管理的重要性。海尔的掌门人张瑞敏就经常称赞执行总裁杨绵绵是一个很善于抓事关全局的"小事"的人。她可以通过一个很容易操作的模式,把"小事"变为大局面。当海尔老总们在北京商场的海尔专柜上具体过问一些细节小事的时候,很多同行业的老总说:"你们都做到这么大的老板了,还抓这么细小的事,真是不可思议。"张瑞敏的回答是:"企业管理中我信奉这么一句话,每天只抓好一件事就等于抓好了一批事,因为每一件事都不是孤立的,抓好了一件事会连带着把周围的一批事都带动起来。"

原冰箱二厂厂长在广州出差期间,厂里的员工上班打瞌睡,正好被张瑞敏抓到。张瑞敏因为这件事加倍处罚了厂长。张瑞敏认为,这件事反映了当时干部中的一种普遍思想倾向,觉得企业发达了,日子好过了,多少有些骄傲自满的情绪,"企业发展到今天,自己没有功劳也有苦劳,即使工作中出点毛病,也不能像过去创业时那样惩罚了。"这样的想法是十分危险的,这种趋向性的问题应该是领导人紧抓不放的。张瑞敏拿这位厂长开了刀,以威慑整个集团的干部。

虽然张瑞敏仅仅是处理了一件小事,却让整个海尔员工的思想意识发生了变化。近些年,很多企业大起大落,根本原因就在于规章制度不可谓不细、不严、不实,但往往说在口上,没有落实到行动上,而出现这种情况的原因通常与管理者看不起、看不上、看不见"小事"有关。一个连小事都解决不了的企业管理者又该如何去处理大事呢?

在你的工作事业中，没有可以随意打发糊弄的小人物、小事情，种下什么种子，将来必定收获什么样的果子，大事是由一件件小事组成的，小事情处理时不认真，那么大事情还有谁敢认同呢？请认真对待你身边的每一件事，每一个人，以及你自己。

有个伐木工人在一家木材厂找到了工作，报酬不错，工作条件也好。他很珍惜，下决心要好好干。

第一天，老板给他一把利斧，并给他划定了伐木范围。这一天，工人砍了18棵树。老板说："不错，就这么干！"工人很受鼓舞，第二天，他干得更加起劲，但是他只砍了15棵树；第三天，他加倍努力，可是只砍了10棵。

工人觉得很惭愧，跑到老板那儿道歉，说自己也不知道怎么了，好像力气越来越小了。老板问他："你上一次磨斧子是什么时候？"

"磨斧子？"工人诧异地说，"我天天忙着砍树，哪里有工夫磨斧子！"

可能你的主要工作是"伐木"，但不应忘记"磨斧子"这类的小事。有时一件小事就能让你事半功倍，能让你的命运发生转折。认真地对待每一件小事吧，用你的踏实和诚实表现你的"富有"。

5.勿以恶小而为之

事物都有一个量变到质变的过程。人们常说：合抱之木，起于毫末，九层之台，起于垒上。积少可以成多，积小可以变大。

许多古人都重视防微杜渐,对恶"谨小慎微"。

古代有位名叫乐羊的人,在路上拾到一块金子,拿回家里,被他妻子批评了一通,指出"拾遗求利"会"污其行",劝他要励志洁行,不要苟取贪得;三国时的刘备,临终时还嘱咐刘禅"勿以恶小而为之"。他们都认识到了"由小变大"的可能性,"小恶"会发展到"大恶",小错误会发展成大错误,到头来,多行不义必自毙。那就要悔之不及了!

刘备临死前曾告诫他的儿子刘禅,要"勿以恶小而为之"。但在这个遗嘱中,他还提出了"勿以善小而不为"的要求。真是"人之将死,其言也善"。这后一句话,同样是流传千载的至理名言,对帮助人们立身处世也十分重要。

生活中有这样一种人,他们不愿意在平时一点一滴做好事,不愿一步一个脚印地锻炼自己,不断前进,而奢望有朝一日"一鸣惊人",作出一番惊天动地的大事业,转眼间一举成名天下知。不客气地说,这只是幼稚者的幻想。常言说:不积细流,无以成江海。

古人说皆可以为尧舜,只要"不以善小而不为",是可以由小善而成大善的。

人生在世,总要有个基本的生活态度,起码要自觉做到为善不为恶。对于善与恶的解释,不同的阶级当然有不同的标准。对我们来说,就是要为人民做好事。不做坏事,要有益于人民群众,不是有害于人民群众。好事可以有大小,而做好事的精神不可以有懈怠,尤其对于不为人们注目甚至不为人们理解的好事,也要坚持不懈地去做;对于小的好事,仍然认真去做。山不拒细壤,固能成其高;海不拒涓流,才能成其大;坚持做小的好事,才可以做大的好事。

然而,有的人虽然想做大好事,却对小好事不重视,懒怠去做。

《后汉书》中写了一个叫陈蕃的踌躇满志的少年，不要说做别的好事，他当时独居一处，却搞得窝窝囊囊，连自己住处的环境卫生，也不愿打扫。一天，他父亲的一个好朋友薛勤来访，见他的屋里、院里脏得实在不像话，问他为何不去打扫，陈蕃却振振有词地说："大丈夫处世应当扫天下，岂能只扫一屋？"薛勤反问他："连一屋都不肯扫，你又怎能扫天下？"问得他张口结舌，无话可答。

"扫一屋"虽然不足挂齿。然而，薛勤将它与"扫天下"联系起来看，认为不愿扫一屋的人，便不可能扫天下。这见解是很对的。你想，小事都不愿去干，怎么能干出大事？"小善"尚且不去"为"，怎么能"为"大善呢？

明朝礼部尚书杨翥骑驴上朝，邻居家有幼子，见驴便大哭，邻居不敢怨言。此事被杨翥知道后，他立即把驴卖了，步行上朝，只为博小孩一笑。

南宋人刘宰一生乐善好施，他曾任过江宁尉。有一次，刘宰路过观城，恰逢当地遭遇蝗灾。眼见田里的庄稼即将不保，刘宰急忙命令兵士帮助农民灭蝗，这才使得此地庄稼免遭绝收。

宁宗开禧年间，韩侂胄率兵伐金，刘宰认为打仗只会徒耗民力，极力反对北伐。北伐失败后，刘宰因厌倦了官场的生活，便辞官隐居故里。就在刘宰回到家乡后不久，也就是嘉定二年，金坛又发生饥荒。刘宰遂在当地创办了中国历史上第一个私人粥局，救济灾民。

此后几年内，刘宰又两次设立粥局。据史料记载，每天受到粥惠的老百姓超过万人。此外，在隐居的三十年里，刘宰还在家乡设置义仓，创立义役。只要乡里有人无地可种，或者无家可归，刘宰一定会倾力相助，把对方当成自己家人一样看待。

嘉熙三年，刘宰去世。他出殡的那天，当地百姓"罢市走送"，人群绵

延数十里，“人人如哭其私亲”，可见当地老百姓对他的爱戴之情。朝廷为奖刘宰善义，赐谥号“文清”。

这些事情虽小，却体现了一个人的善心，体现了一种“你快乐，我更快乐”的善。如果每个人都能够做到与人为善，彼此善意以待，这个社会一定会更加和谐。

法国作家亨利·肖曾说道：“一个乐善好施的人，随着他不断施舍，会在他身上形成一种越来越强烈的幸福感。”确实，每做一次好事就能给人带去一种幸福感，随着做好事的次数不断增多，一个人的心情就会更加愉悦。至于坏事，只要一直秉承着无论影响多小都不做的原则，就一定能够让我们时刻保持在正轨上。

6.树立正确的取舍观

古往今来，只要是人，都有一定的追求和舍弃。但凡成功者，总是会把自己锻炼得“恬淡平安”，只有这样才能清楚地认识何为“祸福”。因为只有清心寡欲的时候，心中才最坦荡、最清醒，心神安宁、心智不乱，不为外面的变化迷惑，做到了这些，才能正确辨别不同的人才，才能保证用人的准确。

我们的欲求有超过生命的，我们的恐惧有超过死亡的，不是圣贤的人才有这样的心境，每个人都有。但只有圣贤的人才能保持，使之不丧失。

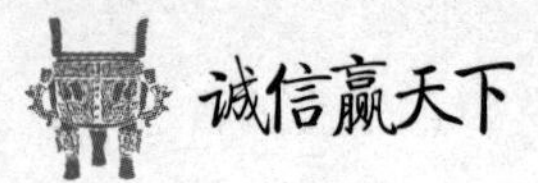

春秋战国时期的宓子贱，是孔子的弟子，鲁国人。有一次齐国进攻鲁国，战争迅速向鲁国单父地区堆进，而此时单父正由宓子贱治理。当时正值麦收季节，大片的麦子快要成熟，不久就能收割入库了，可是战争一来，眼看到手的粮食就会被齐国抢走。当地一些父老向宓子贱提出建议，说："麦子马上就熟了，应该赶在齐国军队到来之前，让咱们这里的老百姓去抢收，不管是谁种的，谁抢收了就归谁所有，肥水不流外人田。"还有的说："是啊，这样把粮食打下来，可以增加我们鲁国的粮食，而齐国的军队也抢不走麦子作军粮，他们没有粮食，自然也坚持不了多久。"

尽管乡中父老再三请求，宓子贱坚决不同意这种做法。过了几天，齐军一来，把单父地区的小麦一抢而空。

为了这件事，许多父老埋怨宓子贱，鲁国的大贵族季孙氏也非常愤怒，派使臣向宓子贱兴师问罪。宓子贱说："今年没收到麦子，明年我们可以再种。如果官府这次发布告示，让人们去抢收麦子，那些不种麦子的人就可能不劳而获，得到不少好处。单父的百姓也许能抢回来一些麦子，但是那些趁火打劫的人以后便会年年期盼敌国的入侵，民风也会变得越来越坏。其实单父一年的小麦产量，对于鲁国实力的影响微乎其微，鲁国不会因为得到单父的麦子就强大起来，也不会因为失去单父这一年的小麦收成而衰弱下去。但是如果让单父的老百姓，以至于鲁国的老百姓都存在有这种借敌国入侵来获取意外财物的心理，且这种绕幸获利的心理难以整治，这才是我们几代人的大损失呀！"

宓子贱自有它的得失观，他拒绝了父老的劝谏，让入侵鲁国的齐军抢走了麦子，他认为这样舍去的只是有形的、有限的那一点点粮食，而得到的却是彻底消除民众存有的侥幸得财得利的心理。

很多先哲都明白得失之间的关系。

柳下惠是鲁国的大夫,曾任士师,三次被国君免官,可他却不走。故此《鲁论》上记载说:“柳下惠,担任士师,三次被罢免。”

有人对他说:“你怎么不离开鲁国呢?”他回答说:“正直清白地做官,到哪里去不会被多次罢黜?没有正义感地做官,那又何必离开自己的国家?”孟子说:“柳下惠被免了官也没有怨言,穷困了也不显出可怜的样子。”

因为他明白要做一个清白正直的人,势必会遭到邪恶势力的嫉恨,而使自己的利益受到损失。但即便是个人利益遭受损失,也不能放弃自己的主张。他看重的是自身的修养,而并非一时一事的得与失。

假如一个青年人为了一点眼前利益就不惜牺牲自己的人格和尊严,做出那些伤天害理的事情,他们哪里还有脸去面对自己的亲人和朋友?换另一个角度看,如果仅为了满足一时的欲望和快乐而置一生的名誉于不顾,这种做法明智吗?这世上最可悲的事,就是一个人违背自己的良知和意志,去做他本不愿做的事。

凡是能成就大事的人当他们遇到重要的选择时,一定会仔细地考虑:“我到底应该把精力放在哪一方面呢?怎么做才能既不使我的品格、精力与体力受到损害,又能获得最大的效益呢?”

一个人在世上有许多职业可以选择。即使从事掘沟渠、开煤矿、搬砖石、砌瓦片等比较辛苦的工作,也不应该去做那些有损人格、妨害自尊、违背天良、牺牲快乐、违情理的事情。

7.凡事留一线,日后好相见

老话常说:凡事留一线,日后好相见。在人际关系中,可不要小看这一线的力量,他可能会让你多几个朋友,少几个敌人,从而让你的事业发生截然不同的改变。也许你不在乎这一点,全然不留余地。西瓜也要,芝麻也不放,那可能会给你带来短期的利益,但却会让你失去道义、信用、名节、信任等等!

有人说,堵塞别人的道路等于断了自己的退路!凡事留一线,这一线不光光是留给别人的,有时候,也是留给自己的。

一只狼发现了一个山洞,这个山洞是动物们去往树林唯一通道。这只狼很高兴,觉得只要守住这个洞,那它不就衣食无忧了。于是它便等在山洞的另一头,等着动物们来送死。

第一天,来了一只羊。狼拼命地追了过去,可是这只羊发现了一个可以令它逃命的小洞,羊便从小洞中仓皇逃跑。狼气急败坏,于是堵上了这个小洞。

第二天,来了一只兔子。狼照旧地追赶兔子。结果,兔子在危急时刻又发现了一个比昨天更小的洞,从小洞中逃脱了。于是狼再次把类似的小洞全堵上了。

第三天,洞口出现了一只松鼠。狼奋力追捕,但是松鼠却还是找到了一个比较小的洞口钻出去了。狼这次再也受不了啦,它疯狂地封住所有的洞,并且在上面糊上厚厚的泥巴,连一只小鸟都跑不了。它心想,这回可算是万无一失了吧!

第四天，一只老虎从洞口蹿了出来，狼被吓得拔腿就跑，可是所有的洞口都被它自己封死了，狼在里面找不到任何出路，最终被老虎吃掉了。

这头贪心的饿狼，因为没有留下丝毫的余地，所以也将自己置于死地，断送了自己逃生的希望。

谦让是一种美德，也是一种智慧。绝壁小道上，两人交错而行，若是都不肯相让，最后的结果可能是双双地掉进悬崖。拥有美味的时候，若想一人独享，只怕也会遭人嫉恨，而若是与人共享，说不定就会有意外的收获。

据说韩国北部的柿农在收柿子的时候，经常会留下一些熟透的柿子给过冬的喜鹊，让他们在冬季不至于挨饿，而受益的喜鹊则整天忙着捕捉果树上的虫子，从而也保证了来年柿子的丰收。

这是一个讲求"双赢"的时代，对手有时候也是伙伴，若是丝毫余地都不留，那恐怕也没有谁会与你合作交往了。

在印尼的苏门达腊岛上，生长着许多的咖啡树，岛上的居民都靠采集咖啡豆制作咖啡谋生。同时，岛上还生活着一种叫做棕榈猫的动物，平时以咖啡果为食。而且它们比人类更善于爬树，往往在人们还没有开始采摘时，那些最熟最圆润的咖啡果，就已经成为这些棕榈猫的美餐了。于是，为了生计，岛上的居民开始捕杀棕榈猫。

然而，有一天突然有人发现，那些棕榈猫的排泄物中，竟有很多没有消化的咖啡豆。原来，棕榈猫只是喜欢吃甜美的咖啡果实，但果实里的咖啡豆却因无法消化，所以就被排出了体外。

这个人就试着把这些咖啡豆收集起来，卖给经营咖啡的商人。没想到，人们在品尝到这些咖啡时，却震惊了。原来，棕榈猫的消化系统，对咖啡会产生特殊的发酵过程，使得原本很普通的咖啡豆，变得更加美味。

现实生活中也是，有时候为了别人的利益，可能会牺牲到我们部分的利益，表面上看，我们仿佛是吃亏了。但是从大局来看，我们可能是赢家。

王洪明说：人情反复，世路崎岖。行不去处，须知退一步之法；行得去处，务加让三分之功。

留一步让三分，不仅给别人留一条活路，也是拓宽人际资源的绝妙之策。今天你让了他一步，明天他会还你两步。如果你不懂利益均沾，凡是好处都自己独吞，那你的路只怕会越走越窄。

8.得意不忘形，少夸夸其谈

古往今来，凡是能够建立功业成就功勋的全都是谦虚圆融的人士，那些执拗固执、骄傲自满的人往往与成功无缘。

三国中曹操败走华容道，虽然是败军之将，却对诸葛亮的军事才能百般嘲笑，结果全都落入孔明套中，这时才羞惭万分，要不是关羽为报答恩情放他一马，恐怕曹操要死于赤壁的硝烟中。

古话说得好："得意者终必失意。"人生在世，无论什么时候都要内敛，学会谦虚。

有一位满腹经纶的学者，不远千里去拜访一位作家。作家在桌上准

备了两只斟满茶水的杯子,然后边坐下,开始讲解人生的意义。

这位学者听着听着,觉得其中某些话似曾相识,好像也不是什么高深的理论。于是认为这位作家不过是浪得虚名,区区一般凡夫俗子而已。

学者越想越觉得心浮气躁,坐立不安,不但在作家的讲道中不停地插话,甚至轻蔑地说:"哦,这个我早就知道了。"

作家并没有出言指责学者的不逊,他只是停了下来,拿起茶壶再次替这位学者斟茶,尽管茶杯里的茶还剩下八分满,作家却没有把杯子里的茶倒出,只是不断在茶杯中注入温热的茶水,直到茶水不停地从杯中溢出,流得满地都是。这位学者见状,连忙提醒作家说:"别倒了,根本装不下了。"

作家听了放下茶壶,不温不火地说:"是啊!如果你不先把原来的茶杯倒干净,又怎么能品尝我现在倒给你的茶呢?"学者恍然大悟,惭愧不已。

做人大忌,就是得意忘形。纵观历史,凡得意忘形者,必没有好下场。得意忘形是摧毁心智的一把利器。

不知你是否注意到,日常生活中,人们惯于津津乐道自己最高兴、得意的事。事实上,对于你怀有最大兴趣的事,有时也很难引起别人热烈的响应,而且还让人觉得好笑。

"那一次的纠纷,如果不是我给他们解决了,不知还要闹多久。你要知道他们对任何人都不放在眼里,不过当着我的面他们就不敢含糊了。"即使这次纠纷确实是因为你的调解解决了,可是一句"当时我恰巧在场就替他们调解了",不是更让人敬佩?一件值得称道的事,被人发觉之后,人们自然会崇敬你。但假如你自己不讲究技巧,一味地夸夸其谈,所得到的效果,必然会遭到大家的蔑视或嘲笑或嗤之以鼻。

法国大哲学家罗斯弗柯说:"圣人谈话, 如果把自己说得比对方好,便会化友为敌,反之,则可以化敌为友。"

1858年,林肯到半开化的伊里诺伊州南部去演讲。我们知道林肯是主张解放黑奴的人,而伊里诺伊州南部的人民,思想正和林肯相反,他们憎恨反对黑奴的制度,正如他们好斗酗酒一样。当他们听说林肯要去演说,就预备闹乱子,想把林肯赶出当地,而且还想把他杀死泄愤。

林肯早已经知道在这个地方演讲是很危险的,然而,他说:"只要他们肯给我一个说几句话的机会,我就可以把他们说服!"他在开始演讲之前,亲自去会见对方的头目,并且和他们热烈握手。

然后,他用十分温雅的态度,做了一篇妥善演说。这篇演说极为有名,讲话的声音也十分的谦逊恳切,因此,把一场即将发生的险恶波涛,变得风平浪静。他们本来仇视他,现在反把仇视变成了友谊,而且对他的演说,还以怒涛般的鼓掌。后来,这群粗鲁的人,还成为林肯竞选总统时最热烈支持的群众呢。

对于谦逊,我们还要指明一点的是:在这个现实的世界,如果你有好的道德与才能,却没有人知道,那就不会得到很好的回报。这不仅是在欺骗自己,也是在欺骗别人,更是对自己功绩的诋毁。所以,过度的谦虚并不是一种可取的美德。

谦逊与恰当的自我标识相结合,也是一个人获得成功的途径之一。古人说:"谦恭有度",讲的是君子的情操和待人接物的态度。君子待人要谦虚,对待长辈更要恭谦有礼,但也不可谦虚过度,如果太谦虚太礼让,矫揉造作,虚伪狡诈,也会给人留下华而不实的印象,这就是过犹不及的道理。因此谦让要有度,要恰恰当当的。

阅读链接:中国古代诚信故事之五

陈君贤诚信教子,拾金不昧

东汉明帝时,有一个叫陈君贤的人,家住庐州府的陈家村。庐州府在今天安徽省安庆市一带,这里曾经是商朝的小诸侯国皖国(亦称古桐国)的所在地。

有一天,陈君贤十二岁的小儿子陈爵和他的好朋友陈挺在湖边玩耍,玩了一会儿两个人都累了,陈挺就对陈爵说:"我带了钓鱼竿,咱们去钓鱼吧。如果钓到大鱼,今晚让你爹给咱们做红烧鱼吃!"

陈爵性格比较倔强,说:"不用你给我钓,我要自己钓!不过我没带渔竿,你在这等等,我回家拿!"话音刚落,也不等陈挺回答,就飞快地跑了。一会儿,陈爵回来了,问陈挺:"你钓到鱼了么?"陈挺说:"你看,我钓了好几条又肥又大的鱼。你赶紧到我这边来钓吧,这边鱼多!"

陈爵说:"我要自己找钓鱼的地方。挨着你,钓到了也是抢了你的福气!"说着,他跑到离陈挺不太远的地方,坐了下来也开始钓鱼。忽然,陈爵看到湖边的水中好像有个黄色的罐子,就想把它捞出来看个究竟。于是,他先用一块大石头将渔竿压住,然后脱了鞋子,挽起裤管,下到水里捞罐子。可是罐子有一半截陷在泥里,他拔不动。

陈挺见他下到了水里,觉得很奇怪,就大声地喊道:"陈爵,你不好好钓鱼,跑到水里干什么呢?"陈爵听到陈挺的喊声,就说:"这儿有个大罐子,挺沉的,赶紧过来帮忙!"陈挺跑过来一看,水里果然有个黄色的大罐子,旁边还有一个盘子呢,于是也赶忙脱了鞋下去帮忙。

两人使出吃奶的力气往外拔,罐子是拔出来了,他俩却都后仰摔进了水中。那个罐子被甩到了一边,两个孩子互相搀扶着爬起来,一屁股坐在岸边喘粗气。

过了好一会儿,他俩把那只又滑又重的罐子抬到岸上。陈爵开始以为是一个铜樽,可是将它洗净后,罐子发出黄灿灿的光芒。两人都呆住了:罐子是黄金做成的!这时,被搅浑的湖水又变得清澈了,陈爵在发现金樽处的周围搜索,看见水中有许多像铜钱似的小东西,数不清究竟有多少。他捞起一个洗掉污泥一看,原来是金币!

他俩都想不明白:这个湖里怎么会有这么多的金器呢?他俩连钓竿也忘了拿,每人抓着两把金币就飞跑回村里。陈爵满头大汗、气喘吁吁地把事情的经过告诉了父亲。陈君贤一听,惊得说不出话来。

陈爵的父亲陈君贤曾是皖国的官员。春秋时,小小的皖国相继依附楚、吴、越等大国;楚汉争霸时,皖依附楚国。皖国在战乱中灭亡后,归属了汉朝,陈君贤就隐居在陈家村。

陈君贤,在皖国为臣时忠心耿耿,国家灭亡后他心灰意冷。这些年来,他一直为下落不明的皖侯难过。现在看来,皖侯必然是自沉在大湖里了,随身带的金器才会出现在湖中。他声音颤抖地对儿子说:"那些都是皖侯国的金币啊!走,你带我去看看!"

父子俩奔到湖边。只见那里已经来了不少村民,都是听到陈挺的话后跑来的,他们争着趟进水里捞金币,抢夺着那个金樽。陈君贤大声说:"乡亲们,不要抢!这些都是皖国的东西,也就属于汉朝,是国家的财富!"

陈君贤平素为人诚挚、助人为乐,在村里享有很高的威信,大家都听他的。在陈君贤的指挥下,村民们把金币、金器打捞上岸加以清点。除了那个金樽,还有金盘等器皿,光是金币就有十多斤。

一下子捞到这么多金子该怎么办呢?陈君贤把儿子陈爵叫到跟前,问道:"儿子,你可知道这湖是国家的还是咱自家的?"儿子说:"那还用问吗,当然是国家的!"陈君贤接着又问:"既然湖是国家的,那么,在湖里捞

到的金子是应该交给官府呢,还是应该自家藏起来呢?"陈爵想了一下,很懂事地说:"不应该自家藏起来,应该交给官府!"

陈君贤高兴地说:"你真懂事,真是我的好儿子!做人就应该诚诚实实的,再好、再贵重的东西,不是自家的就不能要。咱可不能为了这些黄金而做昧心事,忘掉了比黄金还重要的做人的道理!"

接着,陈君贤又说服了陈挺和他的家人以及众乡邻,把从湖里捞出来的黄金全部交给了当地的官府。当地官府又把这件事上报朝廷。汉明帝知道陈君贤和陈家村村民拾金不昧的事迹后,非常高兴,特别下了一道诏书,表彰并且奖励了他们。

陈君贤将皇上的赏赐全部分给了村民,自己分文不留。村民们领到赏赐后都欢天喜地的,纷纷称颂陈君贤高尚的情操。

第六章

以德为先：价值观是诚信的基础

1.价值观是人生的指南针

正确的价值观是一切决定的基础。决定是围绕着价值、以价值为根本做出的。

清楚地知道自己人生中最重要的价值的人，往往都能很快并且很正确的做出决定。就好像那些杰出人物,他们都有很明确的一套属于自己的价值观。价值观就好像是茫茫大海中的一块指南针,引导你的航行成功。

每个人都有与别人不同的价值观,这是每个人经过深思熟虑,并在不断地选择中得到的。就如不同的人有不同的人生、生活、命运一样,不同人的价值观也是不同的。

海伦是个专门报导内幕新闻的某报专栏作家,薪水也相当高。朋友们都羡慕她,也认为她是幸运的。但海伦从没感到过幸福,更不用说成功的喜悦了。

做内幕新闻作家,好比是挖别人的隐私,海伦认为这是很不人道的。她总觉得自己是在害别人、剥削别人,而海伦喜欢帮助别人,喜欢做善事。海伦的“内在倾向”也是如此。

海伦不喜欢做这种专写内幕新闻的工作,她认为这不适合自己。在她的观念里做这种工作是在自我伤害。做的时间越久,她越是看不起自己。也许这种专栏作家的职业对别人来说是一直寻求的梦,是不可多得的发挥自己能力的机会,但对海伦来说这是毫无成功所言的工作。

如果海伦清楚地知道自己的价值观，那么她也就不会如此的痛苦，并且挣扎了。她也可能会放弃这个专栏，重新选择属于自己、适合自己的新工作，比如好人好事专栏等。

价值观就是我们人生旅途中的指南针，也就是每个人判断是非、黑白、对错的信念体系，它引导我们去追求想要的东西。

不同的价值观导致不同的人生。我们的一切行为与决定都是以价值观为基础的。没有价值观的人生是不健全的人生。没有价值观的人同样是不健康的人。价值观影响着我们的一切反应，主宰着我们的生活方式。

在电脑上执行某种程序，首先要把相关的程序设定，然后输入资料。这样不管或多或少，复杂或简单的资料，只要是与程序对应的，它都会给你做出处理与决定。价值观好比是电脑的执行系统，不同之处是价值观不是设定好的程序，而是融在人脑中的决定、判断是否进行的系统。

一个人的人生价值的体现取决于他的人生价值观。有什么样的价值观就会有什么样的人生。如果给自己设定的价值观是低于常人的，那么不仅你过的生活不如常人，你的能力也得不到发挥。若你的价值观高于他人，那么你的生活也会高于他人，你的能力也会得到更好的发挥。

人的价值观不是一成不变的。随着时间的流逝，所得到的经验会使你的价值观不断地得到改变，一次的改变只准提高不准降低，这样你的能力也不断地得到提高、发挥。

“属于你的逃不掉，不是你的强求不来。”我们常会听到这句话。人生就是如此。所以不是你的不要假装拥有，是你的就要勇于承认。无需羡慕别人，因为别人也是以同样的心态羡慕着你。每个人所需要的东西是不同的：有些人喜欢自主，又有些人喜欢好的环境。其实这些都以价值观的一部分表现着的。人的一切决定喜好都是来自于价值观这一本质。了解和接受自己的价值观是做一个诚挚的人的必经之路。

2.做有个性、有自我品牌的人

要建立好正确的人生观，首先要弄清什么样的价值对你来说是最重要的，是你应该去坚持的。也就是说，找出自认为最重要，一生当中所能坚信的价值，树立起正确的价值观是在人生中做出正确决定的前提。

能记住当你面临选择的关头，使你做出决定和行动的永远是你的价值观。你的价值观就是你人生的指南针，引导你前进方向的探照灯。

这个指南针不只是为你找正确方向而存在的。它的功效好坏取决于你。若使用不好这个指南针，你将面临的是黑暗、伤害、挫折、失望、沮丧，甚至掉进阴暗的世界，就这样慢慢地死去，永远不得翻身；若你使用得恰当，你的人生会是一片光明，成功也在不远处和你招手。无论遇到什么困难你都会找到解决的方法，你会以乐观的态度对待人生的一切挫折与失败。许多的成功人士都是这样的。

好好深思一下你的过去，是用什么样的价值观塑造了今天的你。是否对现在满意，若不满意你就要对自己的价值观做一番检讨，重新制定好的价值观，发现错误就要马上改正。以后的路还长，不能继续错下去，因为价值观是一切决定的根源。

对自己的价值观有了了解，你就会明白为什么你的人生是如此的，而他们的人生又是那样。你也会知道自己的价值体系，就能找到难以做出决定的原因，以及有时候内心挣扎的原因。

当你知道了自己的价值观后，你便会有更明确的目标与方向，做出相应的行动，不会不知所措。

马斯洛也曾说过：“音乐家作曲、画家作画、诗人写诗，如此方能心安理得。”一部机器在其各部分结构协调一致相互支持,达到最佳配合状态时,方能达到最佳的动作,做出最好的效果。每个复杂体系的运作都是如此的。包括人,当我们的想法做法不一致时,从内心开始便会不适应,会越来越笨拙。这种情况下不要说达到成功,发挥自己的潜智,恐怕连最基本的工作也做不好。

追求的东西与内心的理念相冲突的时候，便会陷入内心的混乱状态,无法做出决定的行动。

只有拥有了正确的价值观、人生观,找到正确的成败标准时,才能淋漓尽致的发挥出想象力,才能成功、兴奋、幸福,否则只成为富有的乞丐。

很多人不能发挥出他们想象力的原因就在于他们违背了自己的理念,去做与自己的价值观不符的、自己不喜欢做的事情。从此我们更能正确的了解到,发挥智商与拥有正确的价值观是分不开的。

因选错行,没能成功的人不乏其例。那是因为他们选的行业刺激不到想象力、发挥不出能力。例如,适合做医生的去创业做老板,该创业做老板的去做医生,有商业头脑的人去做老师,该做老师的却又去做律师。这些都是违背道理的做法。这种错误只会给你带来挫折,使你变得愚蠢。

只有正确地认识你的价值观,找到目标,才能使你走向成功,并且你的想象力也会得到更大的发挥。

所有的价值观没有好与坏之分。它的体现是要看你以什么样的方式来实现它。同样的价值观的实现所用的方法不同得到的结果也会不同。

希特勒与甘地价值观不同,希特勒的野心与霸权主义、不仁道的做法使他成了反面人物;与他相反的甘地则成了正面人物。建设性的价值观与破坏性的价值观,即好的价值观与坏的价值观其实都取决于你所选择去实现的方法,取决于用何种价值因素组成你的价值观。

世上不存在一模一样的树叶、雪花。每个人的声音、指纹、长相、DNA也是各不相同。类比于这些,我们每一个人也是独一无二的、唯一的、不可取代的。

即使每一个人都不相同,我们也常习惯与别人进行比较。拿一些伟人、取得过不少成就的成功人士作为我们学习的对象,以他们取得的成就来衡量我们的成功,来肯定我们的成就并找出不足的地方。就在这与别人的比较当中有些人会得到一点安慰,有些人会感到不足。

不断地拿自己与别人比较,你永远也超越不过别人。因为你始终被套在那个小圈圈当中,你的才能与智商得不到完全的发挥。不可否认与别人比较在某种程度上是会激励你奋斗,但这也会使你失去信心、感到自卑。只有在与自己相比中不断地超越自我,才能充分的发挥能力。

除了你自己之外,对别人的人生观、价值观以及追求的目标等等,你是不可能完全理解的。每个人都有属于自己的才干。你有你的,别人有别人的。

才干是一个人成功路上的必备工具。每个人以不同方式取得成功,就好比每个人都有不同的才干一样。只是人们常喜欢把音乐、艺术和智力方面的天赋当作才干,其实不是如此的。比如激情、毅力、幽默等都属于才干。它看似每个人都具有,也因此常会被人们遗忘,殊不知这些都是你取得成功的强而有力的工具。

真正使我们成为独一无二的人的因素不是外表,而是我们的思想、心理,不断给自己带来不同变化的能力。自己给自己的人生观、价值观定位。这些每个人都是不同的,也是由这些来决定每个人不同的人生,决定我们想象力发挥的深浅。

人们常以为性格与能力是遗传的、很难改变的。其实不然,每个人的性格与能力只有一半取决于基因的遗传、是先天的,而另一半是取决于后来的创造与发掘。

当然，身高、眼睛、肤色等这些东西是天生的，不是后天的创造与发展能改变得了的。但我们对事情的看法、人生观、价值观，不好的性格是可以改变的。在不断地学习当中增加能力，在不断地试验当中得出更正确的、看事情的经验等等。

"我是特别的"、"别人也是特别的"、"每个人都是独一无二的"，不断地这样告诉自己并且相信，如此你才能发现你的特别之处，更好地发挥出你的能力。

小的时候大人们以不断地赞美来激励我们，以此来增加我们的信心与发掘我们的智商。那时，我们听到别人的赞美会感到无比的开心，会觉得自己很"了不起"，随着不断地成长，渐渐有了自己的意识与决定能力以后，往往都会谦虚地接受这些赞美。我们不再是为了得到别人的赞美才发展自己的目标，而是逐渐以自己的方式去适应这些东西。

在看似人人都相似的生活过程中，我们认为自己也只不过是普通人之中的一员，没有什么特别之处。我们也习惯于这种普通而安逸的生活。不愿去接受更多的挑战与发展，因为那些路是坎坷的。

无意中我们压抑了自己的正确思考方法、停止了前进。

每一个企业在其残酷的市场竞争中存活下来的原因不仅是完整的企业结构、各部门之间的协调合作、员工们的努力，更主要的是他们拥有和其他企业不同的地方。这不同之处才是最大的卖点。比如，联想是以其完美的售后服务来打造自身的品牌，提高销售量的。很多小型企业，或快餐饭店也是如此的，他们以他们的方式在社会中进行营业，他们与企业也有不同。总之就是从小小的细节开始展现出与其他企业不同之处来吸引顾客，大致感觉一样却又不同。

商场上是如此，某种程度上你也是如此。你也有自身的特点，一旦发现自身与众不同的方面时你便会成为一个有个性、有自我特殊品牌的人。

3.大胸怀的人有双赢观

在一般人的观念领域里，竞争的状态应该是以你死我活的竞争结局收场。在整个过程中，明枪暗箭，尔虞我诈是最常用的竞争手段。当竞争最激烈的时候，和平竞争可以突发为恶性竞争，直至两败俱伤。但有一部分人的观念却与此相反，他们希望竞争的双方都能够在整个过程中获利，在竞争中求合作，在合作中求生存。共赢是他们追求的最高境界，而具备这种观念的人才可能成为最大的赢家。

双赢观就是在最大限度内寻求利益双收的观念，即互惠互利，利人利己。

利人利己可使双方互相学习、互相影响以及共蒙其利。要达到互利的境界必须具备足够的勇气及与人为善的胸襟，尤其与损人利己者相处更得这样。培养这方面的修养，少不了过人的见地、积极主动的精神，并且应以安全感、人生方向、智慧与力量作为基础。我们都应该具备这样的观念，在竞争与合作中让自己活得精彩。

品格是利人利己观念的基础，以下三项品格特质尤其重要：

真诚正直：人若不能对自己诚实，就无法了解内心真正的需要，也无从得知如何才能利己。同理，对人没有诚信，就谈不上利人。因此，缺乏诚信作为基石，“利人利己”便成了骗人的口号。

成熟：也就是勇气与体谅之心兼备而不偏废。有勇气表达自己的感情与信念，又能体谅他人的感受与想法；有勇气追求利润，也顾及他人的利益，这才是成熟的表现。许多招考、晋升与训练员工使用的心理测验，目的都在测试个人的成熟程度。

只可惜常人多以为魄力与慈悲无法并存，体谅别人就一定是弱者。事实上，人格成熟者严于律己，宽以待人。在需要表现实力时，决不落在损人利己者之后，这是因为他不失悲天悯人、与人为善的胸襟。

徒有勇气却缺少体谅的人，即使有足够的力量坚持己见，却无视他人的存在，难免会借助自己的地位、权势、资历或关系网，为私利而害人。但过分为他人着想而缺乏勇气维护立场，以致牺牲了自己的目标与理想也不足为训。

一般人都会担心有所匮乏，认为世界如同一块大饼，并非人人得而食之。假如别人多抢走一块，自己就会吃亏，人生仿佛一场游戏。难怪俗语说："共患难易，共富贵难。"见不得别人好，甚至对至亲好友的成就也会眼红，这都是"乏匮心态"作祟。抱持这种心态的人，甚至希望与自己有利害关系的人小灾小难不断，疲于应付，无法安心竞争。他们时时不忘与人比较，认定别人的成功等于自身的失败。纵使表面上虚情假意地赞许，内心却妒恨不已，惟独占有能够使他们肯定自己。他们又希望周围都是惟命是从的人，不同的意见则被视为叛逆、异端。

相形之下，富足的心态源自厚实的个人价值观与安全感。由于相信世间有足够的资源，人人得以分享，所以不怕与人共名声、共财势，从而开启无限的可能性，充分发挥创造力，并提供宽广的选择空间。

真正的成功并非压倒别人，而是追求对各方都有利的结果。经由互相合作，互相交流，使独立难成的事得以实现。这便是富足心态的自然结果。

要想潜移默化扭转损人利己者的观念，最有效的方式莫过于让他们和利人利己者交往。此外，还可阅读发人深省的文学作品与伟人传记，或观看励志电影。当然，正本清源之道还是要向自己的生命深处探寻。

建立在利人利己观念上的人际关系，有厚实的感情账户为基础，彼此互信互赖。于是个人的聪明才智可投注于解决问题，而非浪费在猜忌

设防上。这种人际关系不否认问题的存在或严重性，也不强求泯灭各方分歧，只强调以信任、合作的态度面对问题。

然而合理的关系若不可得，与你交手的人偏偏坚持双方不可能都是赢家，那该怎么办？这的确是一大挑战。在任何情况下，利人利己都不是易事，更何况和自私自利的人打交道，但是问题与分歧依然要解决。这时候，制胜的关键在于扩大个人影响圈：以礼相待，真诚尊敬与欣赏对方的人格、观点；投入更多的时间进行沟通，多听而且认真地听，并且勇于说出自己的意见。以实际行动与态度让对方相信，你由衷希望双方都是赢家。

这是人际关系的最大挑战，追求的已不只是完成谈判或交易，更要发挥感化的力量，使对手以及彼此的关系都能脱胎换骨。纵然少数人实在不容易说服，我们还可选择妥协，有时为了维持难得的情谊，不妨有所变通。当然，好聚好散也是另一种选择。

总之，无论如何，双赢的观念应该是我们必备的。也只有在这种观念的引导下，才不至于让竞争变得生硬而不可调和。这种观念决定了我们的生存状态和个人成就，请你不要忽视它。

4.拯救员工的不是智力，而是诚信

一次行为不叫品德，只有习惯性行为才叫品德。品德是深入到每个人灵魂深处的行为品质，它是构成人生理生命的一个不可分割的元素。一个人一旦拥有了诚信这种品德，他就会立即与那些没有诚信品德的人区分开来。他就会拥有积极的心态，相应地就会对工作迸发出极大的热情,工作自然就不会让他感觉到索然无味。有诚信品德的人,他会对自己的面相负起责任:他的眼神会充满阳光,他的容颜会祥和灿烂,他的语言会充满关爱,他的行为举止会展示出无穷的魅力。而没有诚信品德的人,却是一开口一投足都十分令人讨厌。

有诚信品德的人,会对所有的人都抱以理解、欣赏和鼓励,包括他的老板、同事、客户、家人、朋友及陌生人。他会以一种大海般博大的心去包容他人的缺点与不足,会想尽一切办法去为他人做力所能及的事情。

只有习惯才能成就品德,除此之外,别无他途。因此,我们要想养成这种人人都大受欢迎的品德,我们就要将诚信化为习惯。

我们要记住,一次行为是不够的,只有日复一日地去诚信,我们才会拥有一个和谐的环境,我们自身才会真正彻底改变。

要用诚信的心的来迎接今天。因为,这是一切成功的最大秘密。强力能够劈开一块盾牌,甚至毁灭生命,但是只有诚信才具有无与伦比的力量,使人们敞开心扉。拥有诚信心的人还能温暖他人,就像太阳的光芒能融化冰冷的冻土一样,温暖了他人,他人也会用同样的方式来回馈。

假如丢失诚信这种特质,那是很可怕的。他就会用他的聪明才智去努力地犯错误!

怕上当吃亏是人们的普遍心理。有很多人就是因为害怕吃亏,就变成了势利眼,在他们的眼中只有利益的得失,除此之外,一无所有。久而久之,这种人的心胸就会越来越窄、正气就会越来越少。

真正能拯救员工的,不是智力,而是诚信。因为物以稀为贵,以多为贱。看一个人的心术,看他的眼神;看一个人的形象,看他的皮鞋;看一个人的品德,看他能否诚信。缺乏诚信之心的员工,就没有道德可言,就十分自私,就只想索取,只想贪便宜,只想干活不累,银子一堆。

这种人自然也就没有了诚信。

一个人好不容易在香港找到了一份工作,谁知道上班前一晚上因为太兴奋睡不着觉,第二天睡过了头,结果迟到了一刻钟,上司问他迟到的原因,他不敢直说,顺口编了一个原因说遇到了大塞车。第二天上班,上司把他叫到办公室,并递给他一份辞退信,说他不适合在公司工作。这人问他做错了什么事,上司说,凡是有大塞车,当天的新闻肯定有报道,但当天晚上在报纸和电视上他都看不到有关于大塞车的新闻报道。

这就是因没有诚信之心而缺乏诚信导致自食其果的例子。这种人其实在生活中屡见不鲜,到处都是。这种人没有自律可言,对于一个组织团队来说,这种人只能起副作用,迟早会被淘汰。

许多人,常常做一些掩耳盗铃的事情,领导在时,守在岗位,表现自己,不在时,就不能自觉主动,遵守规矩。趁领导不在时偷懒耍滑,提早一点下班,或者做一些违反公司规定的"小动作"。这种人,不但不知道诚信,连起码的做人道德都丧失了,他们欺骗的不是别人,而是自己,最终会让自己走向毁灭的深渊。

有一位员工利用公司的资源为自己做生意,以致交代不清所负责业务的账目。此人被公司辞退,先后又进了两家大公司,但都没干多久就不辞而别。几家猎头公司对他的情况都非常清楚,并把他打入另册。

西方绝大多数企业招聘职员,则依据其诚信度。他们会要求应聘者填写以往工作经历, 然后通过不同方式向应聘者的原工作单位了解情况。外资企业在中国越来越多,员工换工作也越来越频繁,但信息沟通渠道的通畅,使行业内的圈子变得很小,一个人在前一家公司的表现,会通过不同途径传达到他的下一家公司。

如今,要了解清楚一个人的过去是相当容易的。所以奉劝每一位新员工,一定要小心谨慎,做到诚实守信。一定要记住:诚信是你的第二身份证,自律是你最有效的文凭。

没有诚信之心的人是相当可怕的，他们总是害人害己。

请看下面这个故事：

由于长期对总经理业务能力和其他所作所为有诸多不满，掌握着公司大量资源的部门骨干小邓策划了一次在行内引起极度轰动的集体跳槽，一下子拉走了20多名业务骨干，投奔到竞争对手的那一边去了。部门骨干的目的是逼使总部下决心更换总经理。他相信这一次集体跳槽，会令公司进入瘫痪状态，业绩会大幅下滑。而事情的发展并不像小邓想象的那样糟糕。在集体跳槽事件的进展过程中，公司里确实出现了一段时间的人心惶惶，但公司并没有因此而停止过一天的运营，员工们照样正常上班，公司照样打开门做生意。很快有新员工顶上了那20多名业务骨干的位置，虽然他们做得没有其前任那么优秀，但也不至于太差。

如今职场上，忘恩的人不少，诚信的人不多；琢磨人的不少，琢磨事的不多；跑领导的不少，跑市场的不多；争功的不少，揽责任的不多；碌碌无为的不少，敢作敢为的不多；被动傻等的不少，主动发现机遇的不多。

上天赐予我们的生活是公平的，我们每时每刻都在为自己寻觅着生命的归宿。归宿的好与坏，与我们的努力与付出是成正比的。

没有诚信之心的人谁都不敢用。有这样的一个真实的故事：

在德国留学的一位华人学生，以优异的成绩毕业了，但他怎么也找不到理想的工作。奇怪呀，自己的专业很吃香，成绩也很好，为何这些大公司总把自己拒之门外呢？他决定再去找些较小规模的公司试试。没想到的是，他仍然被多次拒绝。终于在一家公司的办公室里，他向对方的人事主管发了脾气：你们这是种族歧视，我要告你们！人事主管和颜悦色地把他请到了另外一间没有人的办公室，从电脑里调出一串他的资料，指

着其中的两行字对他说:你看,你有三次和你的恩师吵架的记录。在我们国家,和教导自己的恩师吵架的概率是30/1000,你和别人吵过多少次架?我们怎么敢信任你呢?这位华人学生做梦也没想到,仅仅因为自己和恩师吵了几架就影响了自己以后的就业。在事实面前,他只好认输。

一个人即使只有一次微不足道的错误行为,也会给以后的工作生活带来挥之不去的阴影。这种不良记录终将使他自己得到应有的惩罚。同时,一个员工的这些行为也会使整个企业为之付出代价。

一个人的名誉、能力要想得到社会、公司长久的认同,必须持续地在每一件事上都要负责。在我们的工作事业中,没有可以随意打发糊弄的小人物、小事情。种下什么种子,将来必定收获什么样的果子。人生的每一段经历都是自己书写的档案。消极工作会给老板、同事、客户留下一个不敬业、不负责任的印象,这种负面影响说不定会对我们以后的工作、生活造成什么障碍呢。

学会诚信,才更能体会到自己的职责。现代社会分工越来越细,每个人都有自己的岗位、职责和价值,每个人都与他人有千丝万缕的联系,使得在某种程度上乐意为别人而活着,不得不为别人而活着。学会诚信,会让我们多一些宽容,少一些指责,多一些和谐,少一些冷漠,多一些真诚,少一些欺骗。学会诚信,才知道恩情是联结人与人之间的一个良好纽带,更是一个团队与团队和谐的纽带。

诚信是一切品德的基石。有许多美好的品德,但品德也有因果性、依附性,一种品德生,才会有另一种品德生。一种品德缺失,就不可能产生另一种品德。

5.降低对人要求,提高对己标准

严于律己作为人生交往过程中一个必不可少的基本行为原则,是起码的道德规范。它使中国近千年以来流传下来的做人原则在现代更好地应用,包括了诚心诚意待人和善解人意。

一个有德性的人,应该是先严格要求自己,才能去要求他人。先宽容别人的错误,才能去宽容自己的错误。

世界上成功的范例各有不同,但是成功的人必须具备严于律己的品格。成功人士的人格魅力多来自于严于律己。在工作学习上,严格要求自己,不放过自己的丝毫错误。对待犯过的错误要及时改正,承认错误并不会受到大家的厌恶,相反掩饰错误的人才会引起别人的反感。

在人际交往方面,自觉地规范自己的言行,清楚地了解身边的人与事,谨慎地对待自己身边的一切,有正确的人生目标,并且能够严格的执行,有"容他人之长,谅他人之短"的肚量,才能真正做到聚人、聚才、聚心、聚智,做到在名利之前宠辱不惊,坦然对之。自律性强的人更容易赢得良好的社会声誉。严于律己,宽容待人,这是处世之道,也是养成良好品质的具体要求。

放任自己,苛求别人,往往会招致别人怨恨,被社会孤立,成为形单影只的孤家寡人。要常常闭门思过,总结自己的得失,这是为了能够更好地了解自己,改正自己的缺点,只有这样才能做到不断进步。严格对待自己,才能磨炼成为一个优秀的人,别人乐于亲近的人。

在要求别人之前,自己把事情先做好。如果你想要别人怎样对待自己,你就怎样对待别人。不要以为别人看不到你的错误,有错误并不可

怕,可怕的是你没有意识到自己的错误。要知道,不管怎样,环境或是别人都不会改变,能改变的,只有你自己。

宽容地对待别人,也一并宽容地对待别人的错误。别人的错误,要细心地指出,耐心地教导。禁忌用别人的错误取笑于人。一个严格要求自己的人,拥有强大的能量吸引更多的人成为他的朋友。

严于律己是一种力量。有这种力量的人,能更好地做到"不以物喜,不以己悲,不为利惑,不受财诱"。一个品格高尚的人才可能用性格魅力吸引大部分的人与其交往。

慷慨大方是一种风度。对人对己慷慨大方,这虽然不能说是一种高瞻远瞩的境界,但表现出来的不拘小节,大刀阔斧的气度却能够赢得别人的好感。慷慨大方的人往往处世直观,眼界宽广。想要成就事业,获得别人的尊重,就必须养成慷慨大方的性格。

要想在人际交往中赢得别人的赞誉,我们需要具备很多美德,慷慨大方是必不可少的要求之一。慷慨大方表现在:为人轻财仗义,宽厚仁慈;处事开朗乐观,不拘小节。一个慷慨大方的人要拥有广阔的胸襟,开阔的视野,不会吝啬自己的所得,乐于与人分享。慷慨大方的人也不会因为一些矛盾和误会对人耿耿于怀,伺机对他人进行报复。

对人慷慨大方,也是为自己营造了一个舒适的环境,美好的心情。一个内心充满仇恨的人是不会体会到幸福滋味的,也无法感受到别人的关爱。他用仇恨的外壳,阻挡了生命中所有将要光顾的机遇。这样的人注定生活在痛苦中。

我们都知道,俊俏的外表让人赏心悦目;良好的个人修养让人如沐春风;热心慷慨使人温暖;学识渊博令人钦佩。一个人拥有的美好品质越多,他受欢迎的程度也就越高。

对于一个拥有很多的人来说,慷慨大方与人分享是一件很容易的事情。他只需要拿出所拥有的小小的部分分享,就可以带给别人满足的快乐。而一个所得很少的人很难放弃自己可怜的一点点收获。

如果在你最需要帮助的时候,同样能够伸出援助之手去关心帮助更需要帮助的人,那么你才是真正意义上的慷慨大方的人。这样的人,同样会得到对方无私的帮助,在种种困难面前峰回路转,渡过难关。

如果你在人际交往中选择交往对象时,带有强烈的功利目的,交往过程中注重自己的各种利益是否得以实现。一旦对方无利益可交换的时候, 就立刻停止交往。这种人的可悲在于他们颠倒了人生的价值标准——人的一生的幸福在于追求真善美的过程。

如果生活像倾倒的金字塔一样,把金字塔的尖端放在下面,自然不可能长久安顿下来。这样的人即使得到一定的名利和地位,他们也始终得不到人们的尊敬和赞赏。

萧伯纳曾说过“人非孤岛”。融洽的人际社会关系有助于身心健康。慷慨大方的人以其人格魅力,吸引更多的人成为互帮互助的朋友。我们应养成慷慨大方的行为作风,博得大家的喜爱,获得好的人缘。

6.以德服人,才能赢得人心

孔子说:“用政令来训导,用刑法来整治,老百姓知道避免犯罪,但并没有自觉的廉耻之心。用道德来引导,用礼教来整治,老百姓就会有自觉的廉耻之心。”

孔子与卫文子有一段对话,对论述发挥了作用。

孔子说:“用礼教来统治老百姓,就好比用缰绳来驾驭马,驾马者只需要握住缰绳,马就知道按驾马者的意思行走奔跑。用刑法来统治老百姓,就好比不用缰绳而用鞭子来驱赶马,那是很容易失去控制,甚至把驾马者厄下来的。”

卫文子问道:“既然如此,不如左手握住缰绳,右手用鞭子来驱赶,马不是跑得更快吗?不然的话,只用缰绳,那马怎么会怕你呢?”

孔子还是坚持说,只要善于使用缰绳,驾驭的技术到家,就没有必要用鞭子来驱赶。

这里的对话是非常有意思的。实际上说的是儒家政治与法家政治的区别:儒家政治主张德治,以道德和礼教约束民众;法家政治主张法治,以政令、刑法驱遣民众。德治侧重于心,法治侧重于身。而卫文子的看法,则是德治、法治兼用,儒、法并行。如果我们从实际出发,考察历史和现实,显然还是卫文子的主张比较行得通一些。

只是孔子针对当时法家的“法治”路线,提出了“为政以德、道之以德,齐之以礼”的“礼治”路线,强调道德教化的作用。

孔子认为“道之以政,齐之以刑,民免而无耻”,行政命令、刑法这些强制性的手段只能起一时的震慑作用,老百姓不会心服。如果用“德治”、“礼治”的办法,老百姓就会“有耻且格”,服从统治了。孔子特别指出“《诗》三百,一言以蔽之,曰:‘思无邪’。”因为《诗经》语言温柔敦厚,哀而不伤,乐而不淫,所以孔子十分重视“诗教”,出于政治的需要,《诗经》往往被断章取义,比附上许多道德观念。“思无邪”就是要“思想不邪恶”,不违背周礼。

古时有这样一个故事,齐宣王召见颜斶时说:“斶,走到我面前来!”斶也说:“大王,走到我面前来!”宣王不高兴,左右的人更是哗然:“大王

是一国的君主,你怎么可以这样说呢?”斶答道:“我走向前去是贪慕权势,大王走到我面前来是礼贤下士。与其让我做一个贪慕权势的人,不如让大王做一个礼贤下士的人。”

正如艾森豪威尔所说:“士兵们都想见见指挥作战的人,他们对轻视或不关心他们的指挥官表示反感。士兵们总是相互传播指挥官走访他们的情形,即使是短暂的走访,也看作是对他们的关心。”领导者应该放下架子,走到群众中去。

孔蔑是孔子的侄子,宓子贱是孔子的学生,两个人都做了县令。

一次,孔子前往孔蔑那里,当时正值春季农忙时节。孔子在路上看到一些田地荒芜,百姓站在田边,样子非常愁苦,孔子问道:“为什么不去耕种?”百姓说:“因为半年之内没有交足税,按照规定受到不允许种地的处罚。”孔子听了很忧虑。

孔子见到孔蔑后问道:“自从你出仕以来,有何收获?有何损失?”孔蔑说:“没有什么收获,却有三样损失。君王让人做的事情就像一层一层的衣服一样那么多,政务繁忙整日忧心忡忡,哪儿有时间治学?所以虽然学习也不能够领悟到什么道理,这是第一个损失;所得到的俸禄少得像粥里的米粒一样,不能照顾到亲戚,亲友们日益疏远,这是第二个损失;公务急迫,很多事不能遵照礼节去做,也没有时间去探视病人,别人又不理解,这是第三个损失。”

孔子说:“我听说,懂得为官之道的人,从‘仁爱’思想出发,明德慎罚。用政令引导,用刑罚约束,这样子做,民众只想到如何免于刑罚,不会想到是不是可耻。用德行来教化,用礼仪来约束,民众不但守法知耻而且能明理向善。可使责罚的事情不发生啊!指导思想正确,才能得到大家的理解和支持。”

孔子又来到宓子贱那里,看到当地物阜民丰,百姓诚实、有礼,孔子问宓子贱:“自从你出仕以来,有何收获?有何损失?”宓子贱说:“没有什么损失,却有三样收获。无论做任何事情,即使处理繁冗的公务,都以圣贤之理为指导,把它当作实践真理的机会,这样再学习道理就更加透彻明白,这是第一个收获。俸禄虽然少得像粥里的米粒一样,也分散给亲戚一些,因此亲友关系更加密切,这是第二个收获。公事虽然紧迫,仍然不忘记遵守礼节,挤时间去慰问病人,因此得到大家的支持,这是第三个收获。”

他们寒暄问候的时候,城中传来阵阵弹奏琴瑟、演唱诗歌的声音,孔子笑着说:“治理县城也用礼乐教化吗?看来百姓们都很和祥,你是怎样做的?”宓子贱回答:“您对我们讲过‘君子学习道理就应该爱护他人’,我既然跟您学习了礼乐等教化之道,当然要把它应用在实践中。我以对待父亲之礼对待老人,以对待子女的心肠看待孩子们;减轻赋税,帮助穷困的人;招贤任能,对比我贤能的人,就恭敬地向他们请教治理的方法。”孔子高兴地赞叹说:“子贱真是个君子啊!以仁德服人,以礼乐治世,遵守天命,百姓归向于你,而神明也会暗中助你。你所治理的地方虽不大,但是你所治理的方法却很正大,可以说是继承了尧舜啊。你可以治理天下,又何况一个县城呢?!”

宓子贱后来成为历史上“仁政教化”的名人,一生实践儒家倡导的“礼乐”之风和“匡时济世”的理想,使德入民心,史称“鸣琴而治”。

为人处世,面对逆境,是坚持实践真理,仁爱为怀,还是执著个人的东西、裹足不前?这是人的思想境界问题。正因为人生境界的不同,才使一个人处世态度、思维与行为方式产生了差异,最终导致了结果的不同。一切以善为念,正己化人,上合天理,下应民心,才会道路越走越宽广,前程越来越远大、光明。

统治者要“为政以德”，首先要自己具备良好的品德素质，礼贤下士，谦恭有礼，与下属同甘共苦，自然会得到老百姓的尊重和爱戴，同时也树立了良好的榜样。

7.用人要摒弃个人喜恶

正如《诗经·小雅·我行其野》所说的：“即使不是嫌贫爱富，也是喜新厌旧。”人是一种容易被情绪所左右的动物，当这种情绪超过一定的限度，而掩盖住人的理性时，我们就无法客观地看待问题，也不愿意深入地了解事态发展的实质，并做出客观的判断和积极措施。

万历皇帝十岁登基，在一系列的宫廷斗争后，掌印太监孟冲被司礼监太监冯保取代，首辅高拱被张居正取代。由此在万历皇帝的身边形成了三个核心的权力集团，那就是太后李氏、掌印太监冯保和首辅大臣张居正。

万历皇帝年幼，对权力没有什么概念，更何况在太后李氏的严厉教导之下，万历也没有太多的自由。整个朝政基本上都把持在张居正的手中。张居正由此得以推行“万历新政”。在太后李氏的信任和支持下，在掌印太监冯保的帮助下，张居正的仕途生涯风生水起。而万历皇帝对张居正也是非常尊敬的。万历皇帝年幼，不通政事，张居正掌理朝政正好让万历有时间玩耍。张居正对万历皇帝忠心耿耿，万历也是看在眼里，因此他一直对张居正非常感激，一直称他为元辅。有一次张居正腹痛，万历皇帝

还亲自做了一碗辣面给他。

这种和谐的君臣关系一直维持了十年，这是张居正最风光的时间。然而,随着万历皇帝的逐渐长大,他逐渐对权力有了渴望。然而在三人的压制之下,万历皇帝根本就没有掌权的机会,太后李氏甚至对万历皇帝说过,三十岁之前不能掌理朝政。长期受到压抑的万历皇帝开始对权臣张居正产生了怨恨。但是在三人的制约下,万历皇帝只能是隐忍不发,这种怨恨在这种压抑之下变得更加强烈。

张居正死后两年,彻底将朝政揽过来的万历皇帝开始对张居正进行清算。由于张居正在改革的时候得罪了很多亲贵,因此,弹劾张居正的折子很多,万历皇帝以此为由头,对死后的张居正进行了清算。万历皇帝在都察院参劾张居正的奏疏中批示道:“张居正诬蔑亲藩，侵夺王坟府第，箝制言官,蔽塞朕聪……专权乱政,罔上负恩,谋国不忠。本当断棺戮尸,念效劳有年,姑免尽法追论。”张居正家被抄,他的长子自杀于狱中。

权力是推动这两种极端的感情更加极端化的东西,因而在领导者的身上,这两种感情演绎得更加可怕。历朝历代多少权倾一时的大臣,最终都难免悲惨的下场。张居正还算是好的,最起码万历皇帝是等他死后才开始清算。

雍正年间的年羹尧,驰骋疆场,配合各军平定西藏乱事,率清军平息青海罗卜藏丹津,立下赫赫战功。官至四川总督、川陕总督、抚远大将军,还被加封太保、一等公,高官显爵集于一身。在雍正朝前期,雍正皇帝对他可谓是宠信有加。可是一朝失宠,便是削官夺爵,家产全部抄没,还被赐自尽。最后雍正皇帝赐死他还仍嫌不够,硬是给他罗列九十二条大罪,让他遗臭万年。

有些领导者喜欢一个下属的时候，不但对他言听计从，宠爱有加，下属做的所有事情都可以包容，甚至连他工作中的不足都可以熟视无睹，性格的缺点，在他眼里都变成了优点，旁人的善意的劝告也从来都听不进去。

然而一旦因为某些缘故导致宠信不再，那这种情绪就会转入另一个极端，对下属的喜爱不是慢慢变淡，而是转变成了更加浓烈的厌恶。下属往日的种种作为都会成为他发作的导火线，甚至连优点也会变成了缺点。勤恳工作会被看成自我表现，善意的提醒也会变成是别有用心。于是恨不能立即叫他滚蛋，让他从此没有生存立足之地，甚至势必赶尽杀绝欲置之死地而后快。

其实，对于一个人该用还是不该用，不能取决于领导者个人的好恶，必须秉着客观的原则进行考察。是人才，无论自己怎样厌恶，该用的还是要用；不是人才，无论自己多喜欢，都要舍弃。因此，身为领导者必须避免这种情绪化的行为，否则就不能成为一个合格的领导者。

8.注重道德的养成和积累

道德，是做人的基础。百行以德为首，立身一败，万事瓦裂。在我国古代，把道德视为国家之根本。《左传》曰："德，国家之基也。"张九龄说："务广(扩张)德者昌，务广地者亡"，(《曲江集·第二道》)《十大经·雌雄节》中也有相似看法："德积者昌，殃积者亡。""立德修身"和"为政以德"之重要，可见一斑。

作为社会意识形态之一的道德，是人们共同生活及其行为的准则和规范。古人虽然夸大了道德在为政治国中的作用，但是，国家的和谐稳定、长治久安离不开道德。正是在这一点上，古人的道德观留下了有益的启示。

古代道德主要涵盖道、义、礼、仁四个方面。《吴子·图国》中写道："圣人绥(安抚)之以道，理之以义，动之以礼，抚(抚爱)之以仁。此四德者，修之则兴，废止则衰。"在董仲舒看来，"以德为国者，甘于饴蜜，固于胶漆"是一件十分美好而又固本之举。管子认为，"畜(指统治)之以道，则民和；养之以德，则民合(融洽)。"(《管子·兵法》)否则，"国无义，虽大必亡；人无善志，虽勇必伤。"(《淮南子·主术训》)因此，"思国之安者，必积其德义。"(吴兢《贞观政要·君道》)

对为官者来说，有无道德操守至关重要，在古人看来，"道德不厚者不可以使民。"(《战国策》卷三)这是因为道德与权威是紧密关联的。贾谊说得好："德操而固则威立，教顺(和顺)而必(坚定)则令行。"(《新书·道术》)官无道德，也就谈不上有什么威信和号召力。难怪常璩在《华阳国志》中强调指出："治世以大德，不以小惠。"

为政以德最重要的一个体现，就是爱民、为民、利民。《尚书·大禹谟》曰："德惟善政，政在养民。"推行善政的目的，在于养护百姓。民惟邦本，本固国宁，正因为如此，所以"为政之道，以顺民心为本，以厚民心为本，以安而不扰为本。"(《二程集·河南程氏文集》)确实，只有出于责任的行为，才具有道德价值。当然，能否做到以民为本，关键取决于官员有没有公心，"治国莫先于公"，不去私立公，就得不到百姓的拥护。因此，先秦的管子告诫说："道德当身，故不以物惑。"(《管子·戒》)汉代的刘向主张："治官事则不营私家，在公门则不言货利。"(《说苑·至公》)宋代的苏洵则说："为一身谋则愚，而为天下谋则智。"(《审敌》)屈原十分推崇那些德高望重者，"秉德无私参天地"(《九章·桔颂》)，在他眼里，这些人与天地一样高大。

古人注重道德的养成和积累，强调须从一点一滴的小事做起。《尚书·旅獒》写道："不矜细行，终累大德。"当然，不同时代、不同阶级有不同的道德观念，但古人强调"为天下谋"的从政理念，还是值得现今为官者借鉴的。

还须指出的是，古人主张"德治"的目的，无非是使民"中心悦而诚服也"，或者说为了"得民心"。但光有"德治"还不够，还须与"法治"相结合。北宋文学家苏东坡虽然提出了"德与法相济"(《外制集》)的观点，但毕竟不明晰、不系统，且带有浓厚的封建色彩。

社会主义道德风尚的形成、巩固和发展，要靠教育，也要靠法制。法律是道德的最基本体现，道德是法律的精神基础。两者范畴不同，但各有其独特的地位和功能。道德是内在"自律"，具有启迪性；法律是外在"他律"，带有强制性。"德治"是"法治"的思想前提，"法治"是"德治"的升华和保证，两者互相联系，缺一不可。只有实现"德治"与"法治"的紧密结合，才能使诸多治国方略真正落到实处。

德商是我们的立人之本，是我们成功道路上不可缺少的基石，拥有了较高的德商我们才能拥有自己的人脉，为成功的人生道路铺上坚实的基础。欲成功，你需要高的德商。要提高自己的德商，你必须光明磊落、心地纯洁、公正无私、宽厚仁爱。只有这样你才能真正拥有健康、成功和幸福。

没有高尚的道德，便没有高尚的品格，便没有高尚的事业，便没有高尚的命运。我国著名教育家陶行知先生说："千学万学，要学会做人。"我国古代圣人们也告诉我们：德高才能望重。我国最著名的高等学府清华大学的校训是：自强不息，厚德载物。意思就是说：道德是人生的基础，以后人生发展的每一步，都跟我们是否有高尚的道德有着直接的关系。

阅读链接:中国古代诚信故事之六

阎敞清廉为官,诚信做人

东汉时,汝南郡有位穷困的读书人,姓阎名敞,字子章。在阎敞年幼时,阎家已家道中落,但阎家一向为人厚道,家中一老仆不离不弃,一直与阎家人一起生活。即使家贫,阎敞也未丧失意志,他勤奋苦读,立志成为有为之人。

有一天,家里已揭不开锅了,老仆偷偷地把家中唯一的耕牛卖了,换了些米回家,阎敞知道后,责备老仆不该将这头生病的牛卖掉,并赶紧追出去,想把牛要回。

阎敞追上买牛的人,躬身施礼道:“老先生,请留步。”买牛人觉得很奇怪,问他叫自己何事。阎敞说:“老先生,这牛是刚从集市上买来的吧?”

“是啊,”老人很奇怪,“你问这个干吗?”

“老先生,是这样的,这头牛是我家仆人牵来卖给您的。可是我不能卖给您,这牛虽然高大,其实是有病的,特将钱还给老先生。”老人用赞许的眼光打量着阎敞,理着胡须说:“哦,年轻人,你叫什么名字?看样子你是个读书人吧?”阎敞很有礼貌地回答说:“在下姓阎,名敞。”老人爽快地说:“这牛老夫还是要了。你这信誉远远超过这牛的价值。你就不要拒绝吧。”阎敞见老人执意要买,只好说:“能让晚辈最后再摸摸这头老牛吗?”老人以为阎敞舍不得他的牛,就和蔼地说:“摸吧!”阎敞把牛从头摸到了尾,一种依依不舍之情溢于言表。之后,二人就此别过。路上,老人听到牛尾传来奇怪的声音,他走到牛尾处,才发现牛尾挂着一串钱。原来,阎敞退了部分钱给老人。老人望着和阎敞分别的地方喃喃自语:“这后生,真是个诚实之人啊。”

阎敞的学识和高尚品德由此为人们称赞，不久就被人举荐给朝廷为官。阎敞被派往家乡任郡五官掾，做太守第五常的左右手，而这也遂了他回到家乡回报乡亲的心愿。

这天，阎敞早早地来到郡衙报到：“太守大人，下官阎敞特向太守大人报到。”太守爽朗地说：“读书人，这算是你我的缘分吧。”

“啊，老先生！”阎敞躬身便拜。原来，太守正是那位买牛的老人。阎敞奇怪而又吃惊地望着太守，太守说：“呵呵，老夫奉命为朝廷在民间选拔人才，就四处微服寻访贤良之才，那天恰遇你卖牛，清贫却不忘做人之本啊。阎敞，从那时起，本官就看出你将来必是好官，所以举荐你到我的身边做事啊。”阎敞这才明白，原来是太守举荐的自己，便再叩拜：“原来是大人成全了下官回报家乡之志，下官无以为报，唯有尽心辅佐，不负大人良苦用心，造福家乡百姓。”“好啊！”太守高兴地说。从此，这对有缘人成了莫逆之交。

阎敞与太守的幼孙第五清更犹如叔侄般亲热，阎敞亲切地叫他“清儿”，清儿则叫阎敞“阎叔”。清儿经常跟随阎敞去布施百姓，充当小账房先生，计算阎敞布施了多少钱，帮助了多少人，渐渐受着清廉之风的熏陶。

一天，阎敞问：“清儿，做善事你开心吗？”清儿朗声答道：“跟阎叔在一起，做这么多好事，清儿最开心了。”“清儿，能再给阎叔看看你的手掌吗？”清儿右手掌有一枚朱砂痣，形似莲花，阎敞觉得第五清今后会是一个贤良清廉之人，便把此痣取名：“清莲痣”，并告诉清儿：“做人要清廉，欲不可纵。”

清儿回家后对第五常说：“爷爷，阎叔今天给我掌中的痣取了个好听的名字。”“是吗？叫什么？”“我的名字是清，痣的形状像莲花，所以叫清莲痣。阎叔说，做人要清廉，欲不可纵，纵极成灾，贵在善明，须要约己周人，

当用处虽多勿吝，不当用处虽少勿枉，财似水源，唯有活水，财散人聚，才能长流长新，否则财会变为浮水，财虽聚，人心却散了。”清儿立志将来要像阎敝一样，有清廉之志，帮助天下有困难的人。太守为自己的孙子从小便养成了清廉的品格，庆幸得无以言表，与阎敝情谊愈加深厚。

但在外人的眼里，这时的阎敝，成了太守面前的红人，开始有人给他送礼了。这天，当地一个商人给阎敝送了条玉腰带。阎敝严厉地问：“你这是何意？”商人说：“现在生意不好做，小民只想买个小官，疏通关节，还望大人在太守面前美言几句。”阎敝耐心而严肃地说：“这位先生，你这样做恐怕会扰乱本地正常的贸易，对其他商家也不公平，对我来说，也对不起本地的百姓！”“大人，这腰带可是用从滇西开凿的天然极品翡翠制成的，您带上后可彰显颜面啊！”商人说着，将玉腰带向阎敝面前推了下。这玉腰带造型华贵、做工精细，但阎敝连正眼也没瞧下，摇头道：“呵呵，身负这华丽的重物，让别人来奉承，岂不是太劳累？我无福消受这些东西！”“大人！”商人还不死心，阎敝又说：“先生，做生意物美价廉，童叟无欺，才能聚拢人气。你这样靠官商勾结，岂是长久兴隆之计呀？财散则人聚，财聚则人散，这其中的道理，望先生三思！”商人佩服阎敝的为人，叩谢道：“谢大人指点，让我茅塞顿开。”说罢，拿着玉腰带告辞了。

门外站了很久的老仆却追了出来：“先生留步，在下是阎大人的仆人，我可以帮您实现愿望，只是……”“多谢，王某这玉腰带和阎大人的清廉相比，简直是相形见绌、一文不值，拿不出手啊！”阎敝平时对家人管束甚严，他了解老仆人的性格，看到老仆紧跟商人出门，有点异样，便尾随其后。此时，仆人回头看见阎大人就在身后不远处，估计阎敝是听见自己刚才对商人说的话了，吓得赶紧跪下求道：“大人，小的请大人原谅，并非小人贪心，只是老家小儿生活无着，小的有责任呐！”阎敝扶起仆人说：“原来如此，快快请起，既是这样，把孩子接来吧，我恰好无子，愿意教导照顾他。”仆人连忙推辞：“这……这成何体统？养不教，父之过，小的不敢麻烦大人。”很快，阎敞便给仆人涨了工钱，给他放了大假回老家探视。

仆人走后不久，太守突遇变故。原来朝中突然查出一批贪官，各地都有重大人事变动，圣旨传太守回京。阎敞紧忙赶去问道：“皇上突然召大人回京啊？”“是啊，还不知会被调往哪里呢！”太守答道。阎敞又问：“大人，恐怕即刻要启程吧，有什么需要我帮忙的吗？”“知我者，子章啊。赴京时限紧张，有样东西无法带走，还要拜托寄存在你这里，这是我多年来积攒下来的俸禄。”太守指着一个箱子说。“这，您要把这钱寄存在我这里吗？”阎敞从没有接触过这么多钱，有点不知所措。太守说：“这虽说不是巨款，但也有一定数量，我知道你怕的是什么，你不是怕责任，而是怕嫌疑。你是我此生最信任的人，答应我存下它，钱乃身外之物，随时可以丢下，情才最宝贵，越沉越要背着，走到哪里都要背着。”

听了太守一席话，阎敞释然地说：“我绝不负挚友的信任，一定替您保管好它。挚友之托最重，我要把这钱埋于地下，永封不动。”太守叹道：“此一去，不知会派往何地，你我也会天各一方，不知何时才能相见，保重吧！”清儿从外面进来拉着阎敞的手说：“阎叔，清儿会想你的，清儿永远都不会忘记清廉痣，将来以清廉之志造福百姓。”太守叮嘱道：“阎敞啊，临走前还有最后一句重要的话告诉你，那些钱如果你有需要，尽管拿去用。”太守离去后，阎敞对知己异常思念。

酷暑时节，仆人回来了。阎敞是个怕热之人，仆人便在室内挖坑退凉降温，此法十分有效，阎敞便令仆人在每间屋内都挖个坑。仆人在挖坑时发现了埋在前厅地下的钱，一时起了贪念，就把钱拿走了一部分。

阎敞一心挂念远方的挚交，时常通信。这天，他突然接到一封奇怪的信件，虽然不是太守的笔迹，却是同一个地方寄来的，拆开信看，才知道太守回京后染上瘟疫殉职了，其家人无一幸免，只有九岁的清儿活着，但却下落不明。噩耗传来，阎敞一下病倒，水米不沾，形如枯槁，一年以后才渐渐好转。可偏偏这时又遇旱灾饥荒，仆人和一些百姓也被一伙盗贼绑

架，盗贼还放话让阎敞拿钱去赎。真是天灾人祸一起袭来。阎敞决定要把所有的人质都救出来，但是，靠他这些年积攒下来的俸禄根本不够赎金，加上平时乐善好施，哪有多少积蓄？已经痛失挚友，阎敞怎能再失去跟随他多年的老仆呢？万般无奈，只好先动用太守的钱，化解眼下的危机，但他暗下决心今后一定将钱补上，找到清儿后如数归还。

当阎敞去挖埋在前厅地下的钱时，发现钱少了许多，来不及多想，他赶忙拿着钱去交纳赎金，救出了被绑架的百姓和仆人。仆人和被救百姓无不感谢阎敞，尤其是仆人，羞愧难当，长跪不起，哭着对他说："多谢大人救命之恩！老仆还受所有被赎回的百姓之托，感谢大人救命之恩，但……我对不起您啊……"未等仆人把话说完，阎敞就急忙扶起仆人说："让你跟随我这么多年，却没有享受到什么，我有愧呀！"阎敞对仆人只字未提埋在地下的钱少了很多的事，只是给了他一些古圣先贤所著之书，希望他教育好孩子。

从此之后，阎敞每月都放一部分钱在太守的钱箱里，并在箱子上写了个"廉"字。仆人极度愧疚，每月将钱一点点补了回去。过了几年，年老的仆人不幸患了重病，临终时对阎敞说："大人，我对不起您啊，我曾经拿了您埋在地下的钱，但后来我一分一分地补回去了。"阎敞说："其实这钱你是不必还的，我想替你把它全部布施出去，好吗？积善之家，必有余庆。你的子孙一定会有福的。"仆人说："这样太好了。谢谢您不仅没有当众揭穿我，还替我行善。我只希望我的儿子千万不能像我啊。"阎敞说："放心，我想把你儿子接来，亲自教导，补偿我对你的亏欠。"仆人哭着说："来生我还侍奉您。"说完便去世了。阎敞为仆人办完丧事后，亲自去仆人的老家接来了他的孩子，细心抚养教导。多年后，孩子果真争气，被名师收徒。太守的钱，也全部还完了。

清儿当年的家人都因瘟疫遇难后，想回家乡找他的阎叔，但因人小不识路，晕倒在一个街口，幸被一鳏夫收养。此时，清儿已长大成人，养父死后,他决定回家乡找阎敞。原来太守临终时对他说:“清儿,祖父不能陪你了,你要坚强,祖父给你留下了一些钱,寄存在你阎叔那里,你一定要再回到家乡,好好听他的教诲,把这信交给你阎叔。”

清儿终于找到了阎敞,叔侄二人激动万分,阎敞说:“我这辈子,最大的心愿就要了了,当初离别时,你的祖父寄存在我这里一百三十万钱,我一直保存至今,分文没少,今天把它归还给你。”清儿连忙说:“阎叔,祖父临走时,给我说的是三十万啊。”“怎么会呢?肯定是你祖父病重,你年龄又小,听错了吧。”“不,阎叔,祖父特意强调过,清儿绝对不会听错。对了,祖父还有一封信呢。”阎敞拆开信,信中说:“阎敞吾挚友,今吾知吾之命不久矣!幼孙遗孤,希望拨出三十万钱,作为抚养之用,余下当作老友急用和酬谢寄钱之劳。”清儿深情地对阎敞说:“阎叔,清儿替祖父跪下谢你的恩情,我已经成人了,这次回来不是想要任何钱的,只想侍奉你,报答幼时您的教诲之恩。”阎敞说道:“孩子,阎叔不能辜负挚友的重托,更不能贪啊!”清儿说:“阎叔,清儿真的什么都不想要。清儿已经失去了所有的亲人,已把你当成亲生父亲了。”清儿拜阎敞为义父,尽心尽孝。那一百三十万钱,也全部布施了百姓,以清廉之志功成名就,对义父养老至终。

第七章

不失诚信：把握好说话的尺度

1.人们为什么爱说谎

大家都知道说谎是不对的,对满嘴谎言的人都嗤之以鼻。但是细细想来,我们每个人一生中都曾说过一些大大小小的谎言,就连天真烂漫的小儿有时都会伪装哭泣来换取家长的抚慰或奖励。那么人们为什么会爱说谎呢?

在社会交往中,人们为了给别人留下好的印象,使别人喜欢自己,通常会隐藏自己不完美的一面,美化自己的优点,从而让一切变得更加顺利。一般只要不是恶意的欺骗,对方也不会太过计较。时下屡屡出现的简历造假事件就足以说明这个问题。

每到毕业季,人才市场的竞争都会异常激烈。大学毕业生为了使自己的简历更加完美,往往都会恳请自己的老师写封推荐信。如果这位学生的确是顶尖的人才,那便不必多说,照实写来就是了。倘若不那么优秀,教授诚恳地指出该学生不是出类拔萃的顶尖人才,通常接受推荐的一方就可能理解为该学生是个差劲的学生。如果这样做,他可能伤害这个学生,使其失去深造的机会或难以找到工作,甚至对其一生的命运都会产生不良后果。所以,教授们提笔写推荐信的时候,往往会夸大学生的成绩和能力。

人们发现在社会生活中圆滑的人往往更受到欢迎。所以在人与人的交往中,就会选择说一些小小的谎言,从而使自己的人际关系更为融洽,更亲近一些。

当无法表露自己的真实意图时,我们就选择一种模糊不清的语言来表达真实。比如当一位女友穿着新买的时装,问我们是否漂亮,而我们觉

得实在难看时，便开始用模糊的回答："还好。"这样就不会伤害到对方的自尊心。

当面对他人的求助，而我们又无能为力或者不好直言拒绝的时候，往往会选择一些得体的谎言来应对。比如当别人向你借钱，如果我们不想借给对方，又不好拒绝，就通常会撒一个小小的谎言，这样做既能照顾对方的颜面，又不让自己和对方在尴尬中产生误会。

当求人办事时，我们会选择适当地说些恭维话，投其所好，把话说到对方的心里去，好让他出手相助。

当职场人面对来自方方面面的压力和矛盾时，为摆脱其中的各种利害关系，聪明的人往往通过迂回的办法去表达自己的反对意见，尽量多去赞美别人，婉转地指出别人的不足，给领导和同事留足面子，淡化矛盾或转移焦点，从而减少敌意，保证自己立于不败之地。

当发现说出事实很容易伤害他人时，我们就喜欢说些"善意的谎言"。谎言虽然是虚假的、不真实的、骗人的话语，但有时却偏偏有助于事情的发展。

珊珊到店里去买自行车，因为知道自己身长腿短，不成比例，选好车子付了钱之后，便请车店老板把车座调低一点儿。谁知车店的老板一番打量后，以极其真诚的表情说："小姐，你的腿绝对是长的！"顿时，珊珊心里乐开了花，飘飘然地望着老板把自行车的座调高，然后，以风驰电掣般的速度，骑着自行车驶向温暖的家。后来，珊珊还介绍了几位亲人朋友到这家店去买车。

那位老板的赞美显然不符合事实，动机也不纯净，但是他巧妙的夸奖不仅让珊珊欣喜若狂，感激不尽，还增加了自己店里的收入，于人于己都有益处，他当然会乐意为之。

谎言通常“看上去很美”，比如谎言可以掩盖自己的缺点，避免受到别人的责备，迎合领导的虚荣心，炫耀自己的成就，“善意的谎言”甚至可以“助人为乐”；当然，恶意的谎言还可以蒙骗他人，使人达到不正当的目的。正是基于这些原因，生活中就出现了形形色色的谎言。

2.说谎是最大的罪恶

《狼来了》这个寓言故事大家一定都耳熟能详，它教育我们：不要养成撒谎的习惯，总是说谎的人，时间久了就会失去人们对他的信任，给自己带来恶果。撒谎的人都自以为在智力上胜人一筹。事实上，谎言永远是最愚蠢的，说谎者最终愚弄的只会是他们自己。即便小的谎言也会招致严重的后果。

陈旭因为工作上的一些原因，对顶头上司很不满。有次，得到和大领导一起会见大客户的机会。席间空隙，看左右无人，他假装不经意地说起上司在背后对大领导颇为不满，说得顺溜，其中除了加油添醋外，顺便还无中生有了一些话。

过了段时间，在某次公司部门会议上，大小领导突然因为某件小事爆发了争执。两个人吵得面红耳赤，分别都拍了桌子，全都热血上涌，说话不计后果。小领导突然发难，一定要大领导对最近整他的事给出个交代。大领导被逼急了，直接把陈旭说小领导的话，包括编的谎当作证据原样端了上来。

在这种非常情势之下，陈旭被叫到现场当面对质。他窘到极点，为了当初那些谎言能成立，他继续编造了更多的谎言，想在众人面前证明他真的是个诚实的人。只是，在当事人面前直接撒谎，这是世界上最难也最痛苦的事。两个领导把怒火都转到他的头上。事后，陈旭不得不狼狈地离开了公司。

无论当面或背地里，说别人闲话，尖刻地诋毁别人都是非常恶劣的行为。谎言一旦被戳穿，就要接着用另外一百个谎言来圆。说谎者永远是虚弱的，因为他不得不随时提防被揭露。

谎言会破坏人与人之间最基本的尊重和信任。现实社会中的很多人常因为害怕产生矛盾，从而在一些事实上选择隐瞒，结果因为小小的谎言而引发误会的情况比比皆是。这样非但没有达到避免不必要的麻烦的初衷，反倒会在彼此间形成隔阂，产生不信任感，甚至形成一道永远抹不去的伤痕，伤害彼此间的感情。人们相处时最重要的是真诚、忠诚、坦诚，用谎言去验证诺言，得到的只能是谎言。

谎言已经成为当下社会的一部分，有谎言的社会必然不够真实。随着科技的进步，经济的发展，各种骗术越来越“推陈出新”，互联网、手机、电话、银行等形形色色的欺骗手段让人防不胜防，极大地危害着诚信、公正的社会秩序，助长了不良的社会风气，导致社会公德的缺失。

某位青年在大街上扶起摔倒的老奶奶，却被老奶奶的家人倒咬一口，说是他撞到的，还要他赔偿损失。周围的群众虽然都知道真相，却不敢说出事实，有的甚至在被胁迫或利益的趋使下做伪证，导致好人蒙冤。还有之前的名人诈捐事件，导致大家都不敢去相信别人，大家再也不敢去伸张正义、助人为乐了，真正需要帮助的人反而更得不到救助。

谎言是罪恶的遮羞布，谎言盛行的地方，必然是普遍产生罪恶的地方。有谎言的地方，必定有罪恶；说谎的一方面是为了掩盖之前的罪恶，同时也是为了继续作恶。一个人丢掉诚实，总是对别人说谎，而且以自我利益为中心，不惜损害他人，这样的谎言如同指鹿为马一样，是赤裸裸的恶意欺骗，最终都将受到社会和他人最为严厉的惩罚。所以人们切不可逾越谎言的尺度，飞蛾扑火，自取灭亡！

3.一分为二地看待谎言

我们都希望生活在一个没有谎言的社会，但事实上，我们生活的空间已经被谎言塞满了。这并不是危言耸听，英国伏特加饮料公司最近进行的一项调查表明，人一生中平均会说谎8.8万次，每人每天至少撒4次谎。在说谎上，男人平均每天说5次谎，女人平均每天说3次谎，但男人的谎言中“弥天大谎”的比例比女人稍小些。

这一天，苏格拉底像平常一样，来到市场上。他一把拉住一个过路人说道：“对不起！我有一个问题弄不明白，向您请教。人人都说要做一个有道德的人，但道德究竟是什么？”

那人回答说：“忠诚老实，不欺骗别人，就是有道德的。”

苏格拉底装作不懂的样子又问：“但为什么和敌人作战时，我军将领却千方百计地去欺骗敌人呢？”

“欺骗敌人是符合道德的，但欺骗自己人就不道德了。”

苏格拉底反驳道：“当我军被敌军包围时，为了鼓舞士气，将领欺骗士兵说，我们的援军已经到了，大家奋力突围出去，结果突围果然成功

了。这种欺骗也不道德吗？”

那人说：“那是在战争中出于无奈才这样做的，在日常生活中这样做是不道德的。”

苏格拉底又追问起来：“假如你的儿子生病了，又不肯吃药，作为父亲，你欺骗他说这不是药，而是一种很好吃的东西，这也不道德吗？”

那人只好承认：“这种欺骗也是符合道德的。”苏格拉底并不满足，又问道：“不骗人是道德的，骗人也可以说是道德的。那就是说，道德不能用骗不骗人来判断。究竟用什么来判断它呢？还是请你告诉我吧！”

那人想了想，说：“不知道道德就不能做到道德，知道了道德才能做到道德。”

苏格拉底这才满意地笑起来，拉着那个人的手说：“您真是一个伟大的哲学家，您告诉了我关于道德的知识，使我弄明白了一个长期困惑不解的问题，我衷心地感谢您！”

正如苏格拉底所说，判断谎言是否道德的标准就是道德本身。符合道德规范的，就是善意的或者无恶意的谎言；违背道德标准的，就是恶意的谎言了。

为了赚取上学的费用，吉姆找了一份照顾年迈独居威廉太太的工作，平常也不过是做一些杂务等事情。吉姆的工作做得勤快而利索，深得威廉太太的信赖。

有一天晚上，老太太跑到吉姆房间前敲门，对吉姆说：“吉姆，很抱歉打扰你，我的安眠药吃完了，一直睡不着，不知你身边有没有？”吉姆从来不吃安眠药，但他不愿让老太太失望，就对她说：“你先回去吧，一会儿我把药给您送去。”老太太走后，吉姆很快冲到楼下，跑到食品室去取了一粒大豆。

吉姆知道威廉太太眼神不好，无法分清楚大豆与安眠药。吉姆对威廉太太说："这是一颗大号安眠药丸，很管用，你服下后很快就会入睡的。"

老妇人真的服下了那粒"大号安眠药丸"，并且很快睡着了。第二天，她还对吉姆说，他给的安眠药真的很好用，她因此睡了有生以来最好的一觉。从此，她几乎每天都要求吉姆给她一粒那种"大号安眠药丸"。

直到现在，威廉太太仍然认为，吉姆给她的是难得的"安眠药丸"。

善意的谎言和恶意的谎言最大的区别是动机不同，善意的谎言发自于善良的动机，以维护他人利益为目的和出发点，它会使人们的感情变得更融洽、和谐，生活变得更有滋有味，它可以巧妙地避免冲突，实现情感沟通和顺利交往。而恶意的谎言是为说谎者谋取利益，以强烈的利欲、薄弱的理性，把他人作为手段，不惜伤害他人的行为。在所造成的后果上，两者也是截然不同的，善意的谎言带来的是温情和融洽，而恶意的谎言带来的是厌恶和仇恨。

4.掌握辨别谎言的一些技巧

我们没必要为谎言满天飞感到恐慌——既然谎言已经成为了生活的一部分，我们没有办法把它隔离到真空里，我们要做的，就是掌握辨别谎言的一些技巧，同时擦亮自己的眼睛，摆正自己的心态，让谎言无处遁形。

对于那些蓄意欺骗的谎言，采取适当的反击完全是有必要的。这不仅是为了讨回公道，更重要的是它可以使我们所生活的人际环境更加安全可靠。试想我们在生活中，一天到晚疲于识别、防备谎言，听到的每一句话都必须再三掂量、推敲之后才能相信，那是一种多么不愉快的境况。

我们不应该再一味地宽容、忍让，而应对造谎者以牙还牙，以谎治谎，让他也尝一尝被欺骗、被蒙蔽的苦头，让他知道撒谎骗人的坏处。这样不仅可以使我们自己被愚弄的情感得到一种平衡，也使对方获得某种教训。一般人造谎，都害怕谎言被揭穿，那样一来，他要借助谎言行使的计谋将被人识破，他的声望将会受到毁损，他的地位将受到威胁。靠造谎取得成功的人看上去耀武扬威，其实一个个内心里都充满了恐惧与卑怯。控制这种人可用“以子之矛，攻子之盾”的方法。

首先，识破他的谎言。当一个人用恶意的谎言来与我们相处的时候，他事实上已经开始对我们形成侵犯与伤害了，不管他的谎言是否达到了目的。

对于说谎者，应尽早识破他的谎言，让他在一开始行动时，就受到挫败，把造谎扼杀在摇篮中。比如一个商人推销劣质商品，他一开始可能并不向我们直截了当地推销商品，而是扯一些无关紧要的话，或者问问我们关心的问题，使我们对他产生信任感后，他就乘机把劣质商品推销给我们。

识破谎言必须具备坚强的意志，否则，谎言仍然会突破你的防范使你蒙受损害。识破对方谎言后，应时刻对他保持戒备，不管他说什么，做什么，你都只当他是在为自己的谎言作铺垫，即使他说的是真话，也要对他真话背后的动机多考虑几番。有的人会用虚虚实实的方法诱你上当，在假话中掺杂真话，在真话中夹杂假话，真真假假，让你分辨不清，他就趁机大行其骗术。尤其是那些有意向你暴露自身弱点的人，往往就把这当作造谎的第一步。

俗话说“乌云遮不住太阳”。谎言终究是谎言，无论它多么巧妙、精心，无论它把一个人装扮得怎样冠冕堂皇、道貌岸然，假的就是假的，你只要一揭穿它，它就一文不值。

如果你发现自己的对手用谎言包装自己，只要揭穿他的谎言，你就取得大半胜利了，再乘胜追击，他就只能狼狈而逃。既知对方的所作所为都只是为了引我们上当，那么，我们根本不容他动手，便抢先一步揭穿，再厉害的谎言也发挥不出效力。

正在说谎或试图说谎的人，他们的心理一定会先武装起来。如何除去他的“武装”就是揭穿其谎言的最大的关键。如果在揭穿谎言时，你正面跟他冲突，他一定会强词夺理把你反击回来。

这个时候，我们必须另想办法解除他心理上的武装。我们暂且不必理会他说话内容的真实与否，只要把重点放在解除他内心的武装上就行了。这个道理就跟关得紧紧的海蚌一样，愈急着把它打开，它就关得愈紧。如果暂时不去理会它，它就会自然地放松戒备，过一会儿就自然地打开了。

那么究竟要怎样才能解除对方心中的武装呢？

首先，要使对方有安全感。如果对方为了保护自己而说谎的时候，我们最好这样说：“你把实话说出来，不要紧，事情不会很严重的。”这样一来，他就会认为他的处境已经很安全了，便不会顾及说出实话会有什么不良后果。所以在这种情况下，想要叫他说出实话是没有太大困难的。

要使对方产生安全感，首先必须使他对你产生信任，这样他才会对你吐出真言。一般来说，对于套取对方的实情，循循善诱的方法比强硬逼供的手法更容易达到目的。但是其前提是我们必须做到让对方觉得“我实在不敢对这种人说谎”才行。简单地说，我们要运用技巧，使对方因为你的影响而把实话完全吐露出来。

还有一种技巧完全相反，那就是把自己装扮成很容易上当的样子，

使对方对你没有戒心，从而把心里的话说出来。换句话说，就是让对方产生优越感，使他在得意忘形之际，无意中露出马脚。这种方法用来对付傲慢的人是最好不过了。

其次，要追根究底。彻底去追根究底，有时也能解除对方心中的武装。假如对方仍有辩白的余地，他一定会坚持到底，因此只有在他被逼得走投无路的时候，他才会自动解除武装、说出实话。

对于说谎者，也可以攻其不备。不管是多么高明的说谎者，如果遇到突然而来的攻击，也会惊慌失措，不得不投降。

一位资深律师曾经说过："在询问一个决定性的问题时，不要马上询问证人，等他回到证人席之后，再突然请他回来，重新询问，这是最有效的方法……"《孙子兵法》里也说过："攻其不备，出其不意。"、"使其不御，则攻其虚。"因为我们乘虚而入，对方没有防备，自然就会放下武器投降了。

其次，拿出有力的证据来做武器，是识破谎言最好的手法。不管对方如何狡辩，只要我们有确凿的证据，他就不得不俯首承认。

但更重要的是必须懂得如何运用这些证据，如果运用不当，证据也会失去效用的。关于这一点，首先要注意的就是：时机是否运用得当？如果事情过了很久，我们才拿出证据来印证，那么证据的价值可能就大大地降低了。如果我们在提出证据之后，还让对方有充分的时间去考虑，也是不妥当的。因为这样就是又让他获得了一个辩解的机会。

那么，证据要同时提出还是逐项提出来呢？这个问题我们不能一概而论，必须依证据的价值以及当时的状况来决定。至于你握有的证据究竟有多少，绝不能让对方知道。尤其是当只有少许证据的时候，更要绝对保密。总之，证据是一种秘密武器，证据愈少愈要珍惜，否则失败的将是你而不是对方。

5.给真实加点谎言的“佐料”

“嫉恶如仇”、“刚正不阿”并不代表“拘泥不化”，比如说商品的广告词中从来不会有“本品有……缺点”之类的话。生活里没有绝对的真实，如果你什么事情都实话实说，只会给自己制造出一大堆麻烦，甚至会与整个社会格格不入。

从前，有一个人爱说大实话，什么事情他都照实说，但是人们都不喜欢他，所以，他总是找不到工作。这样，他变得一贫如洗，无处栖身。最后，修道院长认为应该尊重“热爱真理，说实话的人”，于是，把老实人留了下来。

不久，修道院长让这个老实人把两头驴和一头骡子牵到集市上去卖。老实人在买主面前只讲大实话：“尾巴断了的这头驴很懒。一次，长工想把它从泥里拽起来，一用劲，拽断了尾巴。这头秃驴特别倔，一步路也不想走，因为人们拿鞭子抽它抽得太多，毛都秃了。这头骡子呢，是又老又瘸。”老实人还觉得有件事不能隐瞒，便又说：“如果干得了活儿，修道院长干吗要把它们卖掉啊？”结果这些话在集市上一传开，谁也不买这些牲口了。修道院长知道这件事后对老实人发着火说：“朋友！我虽然喜欢你的老实，可是，如果老实过了度就只能是个蠢材！你爱上哪儿就上哪儿去吧！”

就这样，老实人又从修道院里被赶走了。

其实，故事中“老实人”的遭遇并不是偶然的，现实生活中也不乏类

似的例子。世间万物本来就不是完美的，你又何必像那位老实人一样把自己完全地暴露在别人面前呢？

谎言就像是生活的调味剂，在适当的时候说出来的谎言，饱含真诚，散发出温暖的光辉，能让说谎者与被“骗”者共享欢乐。而过于真实只会让你身边的人“吃不消”，对你敬而远之了。

在日常的交际过程中，给真实加点谎言的“佐料”，往往能够迅速地拉近彼此的距离，让你们之间的交往变得更加亲切。

一天，阿亮和阿伟一道去拜访一位教授。那个教授为人严肃，平时不苟言笑。坐了半天，除了开头说了几句应酬话，剩下的只是让人尴尬的沉默。

忽然，阿亮看到教授家养着几条色彩斑斓的热带鱼。他知道这鱼叫“地图”，自己曾送给阿伟几条。教授见阿亮神情专注地盯着自己的热带鱼，就笑着问：“还可以吧？才买的，见过吗？”阿亮虽然知道那是“地图”却说了一句谎话：“还真没见过。叫什么名字？明儿我也打算养几条呢！”阿伟不解地看看他，心想装什么糊涂，不是上星期还对我说起过吗？

教授一听，来了兴致，大谈了一通自己的养鱼经，阿亮听得频频点头。那位教授像是遇到了知音，说说笑笑，如数家珍地给他讲每条鱼的来历、名称、特征，又拉着他到书房看他收集的各类名贵热带鱼的照片，气氛顿时活跃起来。他们本来打算坐坐就走，不料教授一再挽留，直到晚饭后才放他们走。教授在他们临走时硬塞给阿亮几尾小鱼，还一直把他们从七楼送到楼下。

阿亮的一句谎话使教授前后判若两人，本来几乎陷入僵局的交谈又顺利地进行下去了，这都归功于阿亮假戏真做的本事，如果阿亮就“金鱼”的问题实话实说，那么场面可能就会继续尴尬下去，教授也不会有如此高的热情。

毋庸置疑,说谎的时候你的最佳策略,便是“认真的表情”。最好是在以认真的表情用假话恭维对方时,能够把既干脆又果断的说法及语气派上用场。比如说,在与他人寒暄时,说“你看起来容光焕发,神采奕奕”之后,马上再补上一句“看起来比你的实际年龄年轻多了”,相信对方必然会有一股飘飘然的满足感,对你更是产生良好的印象,因为喜欢被人赞美年轻,是人之常情。

说谎的时候除了要有认真的表情外,认真的态度也不可或缺。当然,以假话恭维对方,千万不要犯对方的忌讳,因为犯了忌,即使你的态度再认真,表情再诚恳,也达不到好的效果。比如你对一个相当在意自己塌鼻梁缺陷的人说:“你的鼻子很好看!”肯定会令对方极度不悦。你的态度越诚恳,对方可能就会越气愤。

总之,说谎要说得恰到好处,才能够获得别人的好感,否则,弄巧成拙不说,还会给人留下虚伪做作的印象。

6.掌握尺度,不要把话说绝

话是不能随便说的,话说多了肯定会有失言的时候,因此要做到该说话时就说,不该说时永远也不说。这对我们平常的言行有一定的警示作用。说话谨慎,才能不至于把话说绝,给自己不留一点余地。我们提倡的是说话要说得滴水不漏,恰到好处,少说废话、套话,但也不能谨慎到不说话。行动敏捷是说自己说过的话一定要快速承诺,不要只是玩玩嘴

皮子，要多干实事。总之，我们不能做“语言的巨人，行动的矮子”。少说多做，绝对是至理名言。

我们在日常工作和生活中，总能遇到一些口才很好的人，他们在人前夸夸其谈，充分展现着自己的语言魅力；而有的人却始终沉默寡言，偶尔应和几句，在人前似乎被边缘化，类似隐形人。当然，我们说每个人都有属于自己的个性，性格开朗，外向的人一般属于前者；性格内向，严谨的人一般属于后者。对于大多数来说，都希望自己能够成为焦点。所以，若是让大家选择成为这两种人当中的一种的话，相信可能大多数的人会选择前者。

但是有句老话说得好，说出去的话泼出去的水，而覆水是难收的。所以，我们常常在自己的身边，就能听到有些人后悔自己在某个场合，对某些人说了一些不合适的话，从而造成无法挽回的后果，每每想起追悔莫及。

五代时期，宋太祖赵匡胤举兵伐唐，南唐后主李煜为保住自己的江山，派大臣徐铉去说服赵匡胤，劝他收兵。徐铉乃是江南名士，才高八斗，出了名的能言善辩。在出发前，对于是否能说服赵匡胤转变态度，他信心满满。见了赵匡胤之后，他从天文讲到地理，从攻伐有罪说到为忍之道，引经据典说了一大通，赵匡胤及其一干群臣都被他说得目瞪口呆。

眼见于此，他却心中不免得意，于是越说越起劲。终于因为一句话被赵匡胤抓到了把柄，他对赵匡胤说：“李煜对待你赵匡胤，就像儿子对待父亲，你怎么可以出兵讨伐他呢？”这句话让赵匡胤找到了机会，赵匡胤反问：“照你看来，父亲和儿子应当是一家人好呢？还是硬要分成两家才对呢？”一句话就问得徐铉哑口无言了。

说话也要掌握尺度，意思表达清楚就可以了，须要见好就收。说多了，不仅没有附加的作用，还有可能将前面所说的效果全部破坏掉。因为“攻其一点，不计其余”的事情，大家都会做的，尽管你前面说的都对，只要你后面的话有漏洞，人们就会将这个漏洞抓住，顺势推翻你前面的全部论据。

其实，语言的艺术并不等于是“口若悬河，滔滔不绝”。美国艺术家安迪·沃霍尔曾经跟他的朋友说过：“我学会闭上嘴巴后，获得了更大的威望和影响力！”

贺若弼是隋朝名将，其父贺若敦为南北朝北周时的大将，曾任金州刺史，在参加平定湘州之战中立有大功，自以为能受朝廷封赏，但没想到被人所诬，不赏反被降职，心中愤愤不平，当着使者的面大发怨言。

当时北周晋王宇文护与他有隙，早有除之而后快之心。这次听到使者回来一说，便抓着这个把柄迫其自杀。临死之前，贺若敦对儿子贺若弼说：“吾以舌死，汝不可不思。”说完拿锥子狠狠地刺破儿子的舌头，想以痛感让贺若弼记住他的临终遗言和血的教训。

转眼十几年过去，贺若弼成了隋朝的右领军大将军，在隋朝攻伐南陈时任行军总管。灭南陈后他和韩擒虎争功，自恃功高，特别是他认为不如自己的杨素都坐上尚书右仆射的高位，而他还是一个将军，不满之情溢于言表。

一些好事之人便把他说的气话告之杨坚，杨文帝把他招来质问：“我用高颖、杨素为宰相，你在众人面前多次大发厥词，说他们什么也不能干，只会吃饭。言外之意是说我这个皇帝也是废物不成？”

贺若弼只能伏地求宽恕，文帝于是把他消职为民，一年后复其爵位，但不再重用。但他却秉性不改，杨广篡位后，又因私下议论炀帝太奢侈，终被隋炀帝所杀。

贺若弼父子的悲剧让我们对“病从口入，祸从口出”这句俗语有了更深的体会。当说才说，不当说则不说，言多必定有失。

古人崇尚一种“大智若愚”的境界，有学问的人一般不乱讲话。只有那些胸无点墨又爱慕虚荣的人才喜欢信口开河，大发言论。这也正如一个哲人所说的“宁可把嘴巴闭起来，使人怀疑你是浅薄，也不要一开口就让人证实你的浅薄。”

而孔子所说的“讷于言而敏于行”中的“讷”字，也并不是让你不说话，不去表达自己的观点，而是在提醒我们说话的时候要谨慎，每句话都要深思熟虑，这样才不会给自己招惹灾祸。

7.把真正的想法巧妙地说出来

在日常交际往中，有些人说话直言快语，这种人是非常诚实的，也是非常受欢迎的。但有时候，效果并不佳，轻者损害人际关系的和谐，重者造成麻烦，违背言语交际的初衷。而有时有意绕开中心语题和基本意图，采取外围战术，从无关的事物、道理谈起，即“兜圈子”，这样做往往可以收到非常理想的效果。

两千年前的孔子是这样评论语言和成功之间的关系的：“可与言而不与言，失人；不可与言而与之言，失言；言不顺，则事不成。”我们没必要为了迎合对方，而刻意地隐瞒自己真实的想法，只要学会巧妙地说出来即可。

例如：某家具店内有位顾客正为买哪张桌子而举棋不定时，如果老板对他说："圆桌有圆桌的好处，而方桌也有它方便的地方。"那么这笔生意就绝对做不成。

要成功卖出桌子应该这样说：

"像先生您这样的人，我认为方的比较适合，因为方的与您的个性颇能配合，若是您买下还可做个永久的纪念。"

这种说法等于是给了顾客一个建议。顾客听了很可能从迷惑中解脱出来，最后买下了它。

现在我们再举一个刑警的经验之谈。他让嫌疑犯认罪的秘诀是对他们说：

"我相信你一定会承认，以往遇到我的嫌疑犯没有一个不招供的，我认为你也不会例外。"

若是嫌疑犯真的犯了罪，一定会开始犹豫是承认好还是不承认好。此时的刑警则更要不断地反复且巧妙地运用这种说服方式对嫌犯施加压力，自然就能将他逼到非承认不可的地步。

这种说服方式使得举棋不定的嫌疑犯，内心会产生一种自己心思早被看穿，实在无法隐瞒的心理压力，而且对方又断言"你的答案只有一个"时，不稳定的心理必定会崩溃，最后如实招供。

对于能力较差或新进的员工，如果光是对他说"再加油吧"、"再用点头脑吧"是没多大效用的，虽然这类忠告偶尔是必要的，但在工作的进行中，若经常提出来，反而会使人感到厌烦，此时员工们最迫切需要的并非责备或激励之类的话，而是工作的具体指导。

如果身为主管的你，一再好声好气地指正并指导下属工作的方法却不被接受，这时就要换另一种方法。

最好是装出一副很吝惜的样子明白地告诉他，你是不轻易传授别人

秘诀的，而且说过之后便不再重复，一次两次之后，当他试着照着你教他的方法去做而且有改善时，对方就会产生“这句话非听不可”的意识，则你的忠言必能顺利地让对方接纳。此时，他不但不会觉得你啰嗦，还会自动地接受你的建议。

可以用委婉的态度和语气，先表示对方的意见没有错，一般人在听见别人对自己的意见表示认同时，都会松懈心理的防备，认为你可能是持有相同意见的同伴，这时候再说出你真正的想法，就很容易被接纳。

《淮南子·人间训》中记载了这样一段故事：

鲁哀公想在宫殿西侧有所扩建，史官强烈地反对，说：“在西侧扩建宫殿是一件极不吉利的事。”

哀公十分生气，不听任何亲信的劝言。他问宰折睢说：“我打算扩建宫殿，史官们硬说不吉利，你的看法如何？”

宰折睢回答说：“天下之大，只有三件不祥之事。宫殿西侧的扩建工程，与这无关。”

哀公大喜，他接着又问道：“三件不祥之事指的是什么？”

宰折睢回答说：“不行礼仪，这是第一个不祥；奢欲无限，这是第二个不祥；强谏仍不听，这是第三个不祥。”

哀公默然沉思了好一会儿，心平气和地自我反省一番之后，自己认为做法欠妥，于是下令停止扩建工程。

宰折睢可谓深明进谏之道。他不直接谈扩建工程之事，而是谈天下之三大不祥事，而这三大不祥事每—件都与哀公扩建工程相关。宰折睢心平气和地说，哀公心情舒坦地听，所达到的效果是比强谏哀公、强迫他改变主意的做法还强十倍、百倍。

对于自以为是、自认多能的人，不可贸然泼冷水，让他产生挫折感；

对于刚愎自用的人，千万不可当众挑其毛病，让他恼羞成怒；对于自以为足智多谋的人，则不可揭他的短处，让他难堪。

说服人要心平气和、不能感情用事。既要使对方愿意采纳你的意见，又不给周围的人留下是由于自己的极力说服才勉强被采纳的印象。有话好好说，这样，才能先使对方不致对自己产生排斥感，言辞也不致被对方误会，然后再尽情发挥自己的才能与辩说能力，这样一来，不仅使对方心平气和地接纳自己的意见，自己也可以达到真正的目的。

8.适时保持沉默

善于保持沉默是一门谈话的艺术。因为如果你对自己了解的话题不动声色，那么下一次，你遇到自己不懂的话题保持沉默，别人也不会认为你无知。

“雄辩如银，沉默是金”。我们需要侃侃而谈，更需要默默思索。中国兵法里有“静如处子，动如脱兔”之说，其要意是说能够沉得住气的人，才能一鸣惊人。英国谚语“水静流深”更是一语道破天机：沉默是隽永的源泉。

美国大发明家爱迪生发明了自动发报机之后，他想卖掉这项发明和制造技术，然后建造一个实验室。但因不熟悉市场实情，而不知道能卖多少钱。就与夫人米娜商量，米娜也不大清楚，她一咬牙发狠心地说：“要2万美元吧，你想想看，一个实验室建造下来，至少要2万美元。”爱迪生笑

着说:“2万美元?太多了吧!”米娜见爱迪生犹豫不决的样子,说:“我看能行!要不然,你卖时先套套商人的口气,让他先开价再说。”

当时,爱迪生已经是一位小有名气的发明家了。美国一位商人听说这件事后,愿意买爱迪生的自动发报机的发明和制造技术。在商谈时,这位商人问到价钱。爱迪生听了夫人的话,想先探探商家的口气。于是,他坐在那沉默不语。

这位商人几次追问,爱迪生始终没有开口,正好他的爱人米娜上班没有回家,爱迪生甚至想等到米娜回来再说。最后,商人终于耐不住了,说:“那我先开个价吧!十万美金怎么样?”

这个价格简直出乎爱迪生的预料,爱迪生大喜过望,当场与商人拍板成交。爱迪生的沉默赚多了八万美金!

《谈话的艺术》的作者、心理学教授格瑞德·古德罗解释说:“沉默可以调节说话和听讲的节奏。沉默在谈话中的作用就相当于零在数学中的作用。尽管是“零”,却很关键。没有沉默,一切交流都无法进行。”

沉默有时确实是金,运用恰当,便可起到“此时无声胜有声”的效果。例如有时我们安慰朋友,只需用手轻拍他的肩或紧握着他的手即可,过多的言语只能徒增他的烦恼;再者,遇到一个不明白抑或是不熟悉的事物,缄口不言总好过不懂装懂,夸夸其谈。话一旦出口,就无法收回。我们提倡拥有好口才,但提醒你时刻控制自己的言语,不要为了逞口舌的一时之快而为此付出沉重的代价。

1825年,沙皇尼古拉一世登基,立即爆发了一场由自由知识分子领导的叛乱,他们要求俄国现代化。尼古拉一世残酷地平定了这场叛乱,同时,判处其中一名领袖里列耶夫死刑。

行刑那天,里列耶夫站在绞首台上。绞刑开始了,里列耶夫一阵挣

扎,绳索断了,他摔落在地上。当时,类似这种情况常常被当做是天意和上帝恩宠的征兆,犯人通常会得到赦免。里列耶夫站起来时,满身的瘀青和尘土,当他确信保住了脑袋后,向着人群大喊:“你们看,俄国人已经不懂得如何做好事了,甚至连制造绳索也不会。”

一名信使立刻前往宫殿报告绞刑失败的消息。尼古拉一世虽然十分懊恼,但还是提笔签署了赦免令。“事情发生之后,里列耶夫有没有说什么?”沙皇询问信使。“陛下,”信使回答说,“他说……在俄国他们甚至不懂得如何制造绳索。”

“既然这样,”沙皇说,“让我们证明事实与他说的恰恰相反吧。”于是他撕毁了赦免令。第二天,里列耶夫再度被推上了绞刑台——这一次绳索没有断。

在一个人事业成功的过程中,他的一言一行都关系着个人的成就荣辱,所以言行不可不慎。那些成功的人,说话就会注意方式、把握分寸,不管在什么场合都是落落大方,说话的时候说得很充分,不该说的时候一句话也不说。

一个沉默的人有机会察言观色,可以审时度势。特别是在人际复杂的环境中,一句话就可以树立劲敌,反胜为败,所谓祸从口出即是如此。相反维持沉默,可以保持相对的中立,为时局各方所期待和拉拢,表态时间的后延和表态所需面对的事态更为明朗,所以往往生存胜算的几率会更大。

俗话说,言多必失,祸从口出。特别是人多的场合,你一不小心,一旦失言,你的话就可能中伤或伤害到某个人,这自然会让你招惹祸端,这时的你就后悔也已来不及了。所以说,有的时候保持沉默是很必要的。“宁可把嘴巴闭起来,使人怀疑你是浅薄,也不要一开口就让人证实你的浅薄。”这是一句值得大家牢记的名言。

古人说："以忍为铠，沉默是金"。孔子也告诫我们，人要三缄其口："君子欲讷于言而敏于行"。如果一个人想要有价值，要想做成大事，最好的方式是善于倾听，多吸取别人的经验，加上自己默默的辛勤耕耘。

沉默，看似是一种消极的行为，然而有时却是最有效的自我保护方式，是最好的还击，是沉浮人生的一大智慧。总之，少说才能沉稳，少说才能不惹是非，少说才能使自己保持清醒，才能真正知道自己该从事什么。

阅读链接：中国古代诚信故事之七

王拱辰诚信状元，德才兼备

王拱辰是北宋时著名的状元，他原名叫王拱寿，字君贶，咸平（今河南通许）人。宋仁宗天圣八年（公元1030年），他考进士排名第一，那年他17岁。仁宗厚爱，赐名"拱辰"。王拱辰自幼家境贫寒，很小的时候父亲就去世了，留下无依无靠的母亲和四个孩子。王拱辰是长子，于是他就和母亲一起挑起了家庭的重担。王拱辰孝顺母亲，生活俭朴，诚实守信，常受乡里人夸奖。他还喜欢读书，而且非常刻苦，经常是天不亮就起床，甚至是半夜醒来也要翻一翻书。

王拱辰通过多年的努力，少年时已经能写一手好文章，去参加乡试和会试，成绩都很优秀。天圣八年，他到京城参加皇帝亲自主持的殿试。皇上认真审阅了每一个考生的考卷，发现王拱辰的文章立论新颖，见解独到，文笔流畅，没有人比得上他，于是就把王拱辰定为状元。

第三天，皇上把考中前三名的书生都召集到王宫的大殿上，在早朝上当着文武百官的面宣布了他们的名单。其他两个书生都赶紧跪下磕头谢恩，王拱辰不但没有谢恩，反而说："陛下，小生不配当状元，请把状元判给别人。"金殿上的人都议论纷纷，科举考试已有四五百年的历史了，从没听说谁把到手的状元往外推，这真是天下奇闻。皇上听了也很纳闷，就询问原因。王拱辰说："陛下，我也是十年寒窗苦读，做梦都想中状元。可是这次考试的题目不久前我刚好做过，所以被选上状元是侥幸。如果我默不作声当上了状元，我就是个不诚实的人。从小到大我都没有说过谎话。我不想为了当状元，就败坏自己的节操。"

"这样现成的便宜竟然不拣？"朝中众人不禁哗然。宋仁宗听后，特别赏识王拱辰的诚实，认为只有这样的人才能成为国家的栋梁，所以不准王拱辰的请求，他还勉励王拱辰："此前做过考题，是因为你勤奋，况且从你的文章里可以看出，你表达的是自己的真实想法，理应选为状元。再说，你能说出这样的实情是难能可贵的，能够诚信做人，这才是一个堂堂状元应该具有的品质，你的诚实比你的才华更可贵。朕颇感欣慰，因此，朕一定要选你做状元，你就不要推辞了。"于是，王拱辰成为北宋王朝第三十八名状元。

之后，宋仁宗任命王拱辰为怀州通判。他在任期间，为官公正、体察民情，深得百姓爱戴。王拱辰曾在一个除夕傍晚，微服外出察访民情。行至一条偏街窄巷，见一穷家小屋门前，贴着这样一副对联："家有万金不为富，户养五子尚无儿"。横批是"夫妻度岁"。他进门一看，真是家徒四壁，一片凄凉。一打听，王拱辰得知这对夫妇有五个儿子，但都各立门户，从不照顾父母。王拱辰回府后立即派人用两乘轿子接这对老夫妇到衙门过年。五个儿子闻讯后，都赶到衙门向王拱辰请罪，表示愿意悔改，抢接父母回家赡养。王拱辰为这对老人重新写了一副对联："万金难买岁月，五儿争养爹娘"，横批是"苦尽甜来"。

几年后，宋仁宗召王拱辰进京，历任盐铁判官、知制诰等职。庆历元年（公元1041年）为翰林学士。宋仁宗非常信任他。任翰林学士不久，王拱辰又做了开封府尹，其后又出任御史中丞。他在朝中以大胆进谏而闻名于世。他曾因北宋王朝官员过多、官俸支出庞大一事上疏宋仁宗，他认为当时“州县不广于前，而官五倍于旧”的局面弊多益少，那些官员们有的甚至只拿官俸，没有具体职位，真可谓“居其官而不知其职者，十之八九”。王拱辰指出这不仅是增加财政困难，而且由于官员过多，造成官吏相互推诿，不负责任，致使政治瘫痪。仁宗看完王拱辰的奏章后，也开始意识到官吏冗杂的危害性，就逐渐开始削减一些有名无实的官员，北宋的财政危机也由此得以暂时缓解。

当时有僧侣用铸佛像的名义来迷惑众人，京城中很多人都竞相把金银投到冶炼炉中，宫廷也曾出钱资助。王拱辰又上奏宋仁宗说：“西边的驻防部队急需军费，我们却不出资，把钱财浪费在这些沽名惑众的事上。这样很容易动摇军心，引起民怨。”于是，宋仁宗下令立即禁止铸佛像。

宋仁宗在迩英阁供置着《太玄经》，经常用它来占卜祷告。一天，他对王拱辰说：“我每天都读这本书，从中获益匪浅，你知道它讲的是什么道理吗？”王拱辰把全书的内容讲给仁宗听，和背诵过了一样完备周详，然后进谏说：“希望陛下留意‘六经’，旁采史策。《太玄经》这类书不足为学问，不值得花这么大气力去研究它。”宋仁宗听从了他的劝告。

公元1085年，还想为朝廷继续出力的王拱辰不幸染上重病，不久病逝。宋哲宗追赠他为开府仪同三司，谥号懿恪。王拱辰的女婿李格非是宋代著名学者，外孙女即是在中国文坛上享有盛誉的一代词人李清照。王拱辰是历史上有名的诚信状元。他在朝中做官五十五年，以自己诚信正直的品格和惊人的才华，得到百姓和官员们的尊敬。

第八章

君子之交：诚信交友化敌为友

1.君子之交淡如水

《庄子·山木篇》记载,春秋末年,孔子因为再次被逐于鲁国,逼得在宋、卫等国流浪,到处受到冷落,朋友们都渐渐与他疏远了。孔子在历经挫折之后,向隐者请教:“是什么原因形成这种窘境呢?”

隐者告诉他:“君子之交淡如水,小人之交甘如醴。”人与人相交,以势力相合的人,在穷迫祸患之际,必然负心相弃;不计较势力,真正的朋友才能够长相处。

水是人们日常生活中不可或缺的东西,虽然它没有诱人的芳香,但却常饮不厌;甜酒虽然美味可口,却容易使人陶醉。朋友之间的关系若达到最高境界,那就是一种极纯真的平淡关系,平平淡淡才是真。

北宋宰相司马光推荐刘元城到集贤院供职。有一天,司马光向刘元城说:“你知道我为什么推荐你吗?”刘元城说:“是因为我和先生往来已久罢!”原来,刘元城中了进士后,没有马上进入仕途,而是跟着司马光学习了一段时间。司马光说:“不对。是因为我赋闲在家的时候,每到时令节日,你都会来信或者亲自来看我,问候不断。可是我当宰相以后,你却没有一封书信来问候我,这才是我推荐你的缘故。”

朋友之交,并不因为对方的财富地位,也不因为出众的容貌,而是一种心灵的接受,一种精神世界的相通,也许是一个机遇、一个时点的相识,也许很普通,平淡的让人没有觉得有什么不同。真正的朋友不是找机会就麻烦、打搅对方,而是静静地远距离注视着对方,当他需要时及时伸出援助的手。

这就是“淡如水”的君子之交。君子之交，源于互相宽容和理解。在这理解中，互相不苛求、不强迫、不嫉妒、不黏人。所以在常人看来，就像白水一样的淡。

道理谁都懂，但是有多少人能做到呢？你有没有更偏心身边那些不送礼、不吃请、不拉帮结伙、不阿谀奉承，只埋头工作的朋友、同事或下属呢？因为很少有人能意识到只有这样的人，才是发自内心地在支持你并且无所图。可惜的是，利益蒙住双眼，人们往往就看不到平平淡淡的那份真情了。

现在很难看到淡如水的君子之交了。现代人的寂寞病导致另外一种并发症，姑且叫做“友情失控症”。现在很多人交朋友走极端，“我选择绝对或者零”，要么朝夕相处，要么横眉冷对，不是孤傲得不行，就是依赖得要命。朋友间不懂得控制和平衡，非冷即热，很难体会到温和清淡的境界。要知道，激情是不可能永远燃烧的，激情在瞬间爆发，就会在眨眼间消耗殆尽。可乐和咖啡固然比较刺激，但水却永远是世界上最隽永最有品位的饮料。

《查令十字街84号》这本被全球人深深钟爱的书，记录了纽约女作家海莲和一家伦敦旧书店的书商弗兰克之间的书缘、情缘。海莲·汉芙，一个住在纽约旧公寓的穷作家，一个对书有着非比寻常的迷恋和挑剔眼光的读者，一个勇敢、率直、真诚的——如海莲自称的“小姐”，无意中看到一则伦敦查令十字街84号的马克斯与科恩书店的广告，去信询问能否买到一些合意的书。书店经理弗兰克·德尔做了肯定的回复，并邮来两本书。他们两个一定未曾想到，这偶然的一念和平淡的开头，竟会是往后绵长岁月的引线，竟会成为一则久传不衰的佳话，口耳相传。

双方二十年间始终未曾谋面，相隔万里，深厚情意却能莫逆于心。无论是平淡生活中的讨书、买书、论书，还是书信中所蕴藏的难以言明的情感，都给人以强烈的温暖和信任。这本书既表现了海莲对书的激情之爱，也反映了她对弗兰克的精神之爱。海莲的执著、风趣、体贴、率真，跳跃于一封封书信的字里行间，使阅读成为一种愉悦而柔软的经历。来往的书信被海莲汇集成此书，被译成数十种文字流传。

纯粹的友情是自由的。今天萍水相逢，彼此尊重的欢聚，明天可以平淡地分手，甚至彼此忘记对方，也无不可。而朋友之间交往愈久感情愈深，那带着爱的友情固然浪漫，可就因这“爱”字令人常常在情与理的矛盾中挣扎。因为“爱”开始便要求恒久，便开始不能容忍更多的对象，也就再也不能清清爽爽地聊天了。从此我们就会陷入深深的痛苦之中不能自拔。

君子之交淡如水，就像清风徐徐，明月朗朗一样，清远无暇。朋友间应该不是互相依赖的，而是独立开来可以各自精彩，碰到一起好上加好。相处的时候不缠绵，分离的时候不依恋，想起他来会淡淡地会心微笑，心甘情愿又不刻意地为他做点自己力所能及的事。

世间的友谊有很多的种类，每一种似乎都有它存在的道理。但是，“淡如水”的份量应当是最重最重的，而且，要放在心里最显著的那个位置。其余的友谊，也要拿出应有的真诚来，但要有思想准备，如果有一天被哪位朋友伤了，不要过于伤心，想一想，你还有你的“淡如水”，无论你贫穷富贵、不管你平安与祸患，他都将是你一生的朋友。

2.换位思考，理解朋友的难处

生活中，人们都有一个共同的倾向，那就是希望别人能理解自己、支持自己、接纳自己、喜欢自己。可见，人际交往中，喜欢与厌恶是相互的。那些喜欢你的人，你往往也喜欢他们，愿意接近他们；而对你冷淡和疏远的人，甚至厌恶你的人，你的反应也是相应的，你对这些人也会不由自主地疏远或者产生厌恶感。

心理学上，有这样一个人际交往的交互原则：决定一个人是否喜欢另一个人，最强有力的一个因果关系是另一个人是否理解他。既然如此，我们何不通过理解朋友的难处，并且适当地帮他们排忧解难来获取朋友的支持呢？

有一位美国母亲在圣诞节带着5岁的孩子去买圣诞礼物，大街上到处都散发着圣诞气息：橱窗里装饰着彩灯，可爱的圣诞小精灵载歌载舞，商店里五光十色的玩具应有尽有。

“一个5岁的男孩将以多么兴奋的目光观赏这么绚丽的世界啊！”母亲毫不怀疑地想。然而她绝对没有想到，儿子却紧拽着她的大衣衣角，呜呜地哭出声来。

“怎么了，宝贝？要是总哭个没完，圣诞精灵可就不到咱们这儿来啦！”她很不理解，为什么孩子对这个多姿多彩的世界不感兴趣，而要不停地哭泣。

“我……我的鞋带开了……”

母亲不得不在人行道上蹲下身来，为儿子系好鞋带。母亲无意中抬

起头来，啊，怎么什么都没有？——没有绚丽的彩灯，没有迷人的橱窗，没有圣诞礼物，也没有装饰丰富的餐桌……原来那些东西太高了，孩子什么也看不见。落在他眼里的只是一双双粗大的脚和妇人们低低的裙摆，在那里互相摩擦、碰撞，过来又往去……

真是好可怕的情景！这位母亲第一次从5岁儿子目光的高度眺望世界，她感到非常震惊，立即起身把儿子抱了起来。

在母亲的眼里，呈现出来的是个五光十色的世界，可是她的孩子却对这个世界不以为然，感到苦恼。因此，她对孩子的行为表示不理解。如果不是她弯下腰去为孩子系鞋带，她可能永远不知道孩子眼里所看到的是一个什么样的世界。

回家后，母亲沉思良久，她觉得自己很多事都欠考虑，并没有从别人的角度出发去看待问题，哪怕是自己最亲密的小儿子。后来，她立志成为一个能够为朋友、为家人，为遇见的每一个人而考虑的人。她就是美国伦斯勒理工学院第十八任校长，著名的物理学家雪莉·安·杰克逊。

因为每个人所处的位置不同，所以对每件事情都会产生不同的认识。生活中的很多误解和隔膜实际上都是由于人与人之间的思维差异引起的。如果我们能站在别人的角度去思考一些问题，那么就能更好地理解他人的所作所为了。经常站在对方的角度去理解和处理问题，一切就会变得简单多了，这样也会使你变得沉稳、宽容，更容易与他人相处了。

记得这样一则笑话。妻子正在厨房炒菜，丈夫在她旁边一直唠叨不停："慢些，小心，火太大了，赶快把鱼翻过来，油放太多了！"妻子脱口而出："我懂得怎样炒菜！"丈夫平静地答道："我只是要让你知道，我在开车时，你在旁边喋喋不休，我的感觉如何……"

与人相处时，我们都有被冒犯和误解的时候，我们都有受委屈而想要为自己伸张正义的时候，这时若我们只站在自己的角度去想问题，对此耿耿于怀，心中就会有解不开的结，而若我们能深入体察对方的内心世界，或许你会发现，对方也有自己的难处，你若站在对方的位置可能也会这样做。将心比心，设身处地，是达成理解不可缺少的心理机制。

生活中有时会发生这种情形：对方或许完全错了，但他仍不以为然。你企图说服他，却总也说服不了他。在这种情况下，不要指责他人，你更应该想想，对方为什么会有那样的思想和行为，其中自有一定的原因。若探寻出其中隐藏的原因来，你便会得到了解他人行动或人格的钥匙，而要找到这把钥匙，就必须诚实地将自己放在他人的位置上。

首先，我们要认识到，每个人对同一事物的看法是有差别的。由于每个人的成长背景、受教育程度、所处环境以及当时的心境不同，对同一事物的认知也是不尽相同的。当自己和他人在认识上出现分歧时，要真诚地尊重对方，并容忍这种差异。缺乏“同理心”的人，不能从他人的角度去理解他人，常常不能接受他人的观点，却强求别人接受自己的观点。这样的人，人们自然就会敬而远之。

不要“宽于待己，严于待人”。在《伊索寓言》中，有一则寓言说，普罗米修斯创造了人，又在每个人的脖子上挂了两只口袋，一只装别人的缺点，另一只装自己的。他把那只装别人缺点的口袋挂在胸前，另一只则挂在背后。因此人们总是能够很快地看见别人的缺点，而自己的却总看不见。这则寓言其实是在告诉我们，人总是喜欢严于待人却宽于待己。任何一个人，不管从事哪种行业，都难免会出现失误。有的人对自己的错误睁一只眼闭一只眼，而对他人的错误揪住不放，如果换个角度，当你犯了错误，必定是希望得到他人的原谅，而不是希望不停地被人追究吧。

给予他人所需要的。很多人对他人的关心，都是站在自己的角度，单方面地以自己的感情、想法、理解去给予，甚至不管别人是否需要，不问

青红皂白地就强加给别人!

另外,也要注意“己所不欲,勿施于人”。你想要的,别人同样也想要;你不需要的,别人同样也不需要。当你晚上在家里练歌,必定会打扰到邻居休息,邻居找上门来抗议的时候,你不屑一顾,认为邻居不好交往。某天,当你想休息而受到他人噪音影响的时候,你就会体会到前面那个邻居的痛苦。在夜间,你想要获得安静,别人同样也需要。

多从别人的角度出发,设身处地为别人着想,你就会成为一个受人欢迎的人,你会赢得更多的朋友。

3.预先自发地给予朋友帮助

你的朋友是否常对你说“帮我一次,可以吗?”倘若如此,请改变你的作风,不要老是让朋友开口求你,试着自发、预先地给予朋友帮助,也许效果会更好。俗话说:“多一个朋友,多一个后盾。”朋友靠的就是互助来维系,这一次你主动帮助了别人,下一次别人也会主动给予你帮助的。所以,不要吝啬你的主动和热情。朋友有难时,自发地给予一些帮助,比朋友开口求你时所得到的效果会更加明显。

日常生活中,只要朋友需要帮助,并且是急需的、合理、合法的,我们就得伸出援助之手,而且这个帮助要在朋友没开口之前。即使暂时没有回报,也会有个舒畅的心情做补偿不是吗?如果你在朋友有难之时,总是袖手旁观,等待友人来求助,再思量是否要提供帮助。你的人脉必然是难以拓宽,难以坚实的。我们要把每一次帮人看作是机会,一次拓展人脉的机会,而机会是自己抓住的,而不是别人给的。

20世纪70年代初,陈玉书带着家人来到了香港,抵港之初,陈玉书身上只有五十港元。为了一家人的生活,他什么脏活累活都做过,甚至还去当过“地盘工”,但是仍然难以养家糊口。每天中午,他总是独自一人就着开水啃面包,舍不得买报纸,他就捡别人丢弃的旧报纸来看。为了减轻负担,他和妻子约法三章:“谁也不准生病”。

虽然陈玉书汗流浃背地苦干,但命运之神却总是和他开玩笑。不久,填海工程结束,陈玉书也失业了,生活一下子跌到冰点。他不得不又一次四处求职,却屡屡因僧多粥少而被拒之门外。可偏偏在这时,他的妻子又怀孕了,他的经济能力无法再抚养一个孩子,只好找医生给妻子做人工流产。可是,他连医疗费用都支付不起,四处奔走找朋友帮忙,好不容易才凑齐那笔款子。日后,他回忆起那段生活说:“那真是残酷的人生。”

为此,陈玉书常常陷入苦恼之中。有一天,他到公园小憩,看见一位妇女把小孩抱上秋千,却几次都无法把秋千荡起来。陈玉书主动上前帮了她一把。在交谈中,陈玉书得知这位太太是印尼华侨,她的丈夫是印尼领事馆的高级官员。

事情总是如此凑巧,不久后,陈玉书的朋友有一批货在印尼领事馆办商业签证时遇到了麻烦,陈玉书便找刚结识的这位太太帮忙。朋友的问题不但得到顺利解决,并且在税率上享受了优惠待遇,节省了一大笔钱。陈玉书也因此获得了自己的第一桶金——5万美元的酬金。陈玉书没有乱花这笔钱,而是用来开创自己的事业。由于他的精明和义气,结识了大量朋友,人脉逐渐广阔,最后陈玉书成为了香港著名的“景泰蓝大王”。

主动地帮助别人,其实也是一次自我提升。在帮助别人的过程中学习到自己尚未掌握的本领以及经验,未雨绸缪。可见,当你决定去主动帮

助别人,你就已经收获到一份难得的人生经验和阅历了。再加上帮助朋友所得的情谊和人情,我们还有什么理由不去选择主动帮助朋友呢?

自发性地帮助别人是一种美德,这种美德会使你的人格更加仁厚、善良,也会使你愈发地受欢迎。当你把自发性地帮助朋友养成一种习惯后,朋友就会依赖你,并且把你当成知己和恩人。有一位哲人说过:“为了别人,请把你手中的蜡烛点燃,照亮别人的同时,最先被照亮的,肯定是你自己!”帮助别人就在帮助自己,给现在的自己一份“明悟”,给未来的自己一份“礼物”。

美国著名作家阿尔伯特·哈伯德曾说:“聪明人都明白这样一个道理:“帮助自己的唯一方法,就是主动地去帮助别人。”我们需要把朋友圈子打造成一个良性循环的系统,自发性地帮助朋友就是这个良性循环的开端。正所谓:“人心换人心,种树得树荫。”只要您愿意主动给予朋友帮助,那么你的人气就会高涨,你的人脉就会宽阔,朋友间的友谊也会变得坚实起来。

4.朋友的累积都在平时

朋友的维护,重在平时下功夫,没事不联系,有事找上门,是交往的大忌。“功利”二字在维系交往中至关重要,如何用“无功利”的方式打开有功利之门呢?聪明人的做法则是,没事常联系,想赢得实惠,这算是最好的“创利”方式了。

但是许多精明人恰恰相反,没事不联系,有事套近乎,简直急功近利到了极点。一旦戴上功利色彩,在交往上就很挑剔、能帮忙的、有用处的人就来往,不能带来好处的人就置之不理。其实朋友的累积都在平时,就像佛家所说的平时多烧香,需要时求佛才灵验。

孙波的人缘很不错,大家都乐于与他交往。工作了三年,他已经结识了许多朋友,有刚上班的毕业生,还有职场上的老手,也有些混得不错的小老板。孙波的同学于涛,同样工作了三年,身边只有几个熟人,很是郁闷。

一次,于涛去找孙波,向他讨教交际经验。两人到一家小饭馆,边吃边聊。于涛说:"我很纳闷,你怎么认识那么多人,还交往得挺不错,我目前认识的还是那几个老熟人,始终没进展。"孙波很轻松地说:"其实与人交往很简单,没事常联系就行了。"

"平常工作忙得很,哪有时间联系呀?""睡觉前几分钟发个短信可以吧?休息日抽空看望一下可以吧?赶上节日问候一下可以吧?对方失业了,慰问一下可以吧?朋友升职了,祝贺一下可以吧?同事、同学过生日,没空去不要紧,打个电话祝福一下可以吧……"于涛这才明白过来,注重平常的一些细节,对交往有很大的促进作用。孙波接着说:"还有一条是最重要的,不要带着功利心与人交往,没事情常联系,有事情也不要轻易麻烦朋友,自己能做的就不要依赖别人,动不动就麻烦朋友,朋友会怎么看你?""有道理!"于涛恍然大悟。他以前做得很不好,很少主动与朋友联系,时间一长,彼此的关系就疏远了。等疏远以后再联系,总觉得找不到共同话题,这样就很难交流了。于涛下决心今后一定要做好与朋友常联系的工作。

"人非草木,孰能无情",感情投资可以说是收益最大的投资,情与情的交流,心与心的碰撞,让彼此的友谊加深,等到自己需要帮助的时候,定会有很多朋友愿意站出来对你鼎力相助。

中国的社会,从某种程度上讲,就是一个人情社会。每个人,从小都必须懂得人情世故,这事实上就是感情投资,如果不懂,便难以在社会上立足。

蒋超与人交往就很有目的性。他觉得朋友就是互相利用的,不然就没必要搞交际了。一次,朋友为他介绍了一位公司的经理,蒋超很兴奋,主动让朋友约那位经理一起吃饭,当然是蒋超买单。朋友也没拒绝,随后几个人到饭店喝得“沉醉不知归路”。蒋超握着那位经理的手说:“以后有什么事情,还请您多多关照……”这位经理也随声应和着。

事后蒋超就将对方忘了。不到半年,蒋超工作出了问题,上司要将他调到别的部门,蒋超不愿去,就想辞职。但是,他怕工作不好找,就打算先找工作,等工作找到后再提出辞职。

但是,他向许多朋友打听了,各家单位都不缺人,有的还忙着裁员。最后蒋超想起半年前认识的那位经理,他想:那位朋友既然是经理,就应该有点实权,如果托他帮忙,说不定会有希望。于是蒋超翻箱倒柜地找名片,最后在床头柜的抽屉里找到了那位经理的名片,就打电话向他求助。经理被弄得一头雾水。

蒋超说他与朋友阿杰陪经理吃过饭的,如今要请他谋份工作。

经理说要看看公司的情况。经理放下电话气就来了,心想:还有这种人?平时连个电话都不打,这会儿突然要我为他找工作,哪有这等好事?其实,要不是蒋超提起阿杰,这位经理早已想不起蒋超了。

到头来蒋超的工作也没落实,朋友阿杰还打来电话责备他:“你怎么如此莽撞地找那位经理办事,连我都被他责怪了。工作的事你自己看着办吧!”蒋超碰了一鼻子灰,只能待在原来的单位。

本来是个很好的关系,却被蒋超给搞砸了。如果前期他与那位经理经常联系，逐渐加深他的印象，时机成熟后再说工作的事，也不至于一下子就把关系弄砸了。

朋友关系需要在平时精心维护。我们在交往中要培养一种习惯：没事的时候与朋友保持联络。如果平时连一声问候也没有，有事时才找出尘封已久的名片，向他人求助，这是纯粹的功利交际。抱着这样的想法去与人交往，注定要失败，因为谁也不想被人利用。

至于朋友间的感情投资，则一定要有选择性。志趣相同的朋友，可遇而不可求，一旦相遇，投资必多。德国大诗人歌德和席勒之间的友谊备受世人羡慕。尽管他们的人生经历和为人性格大不相同，但是感情间的彼此共鸣把他们紧紧地连在了一起。在长达十年时间里，他们一起写诗，共同完成了传世之作。

伟大的马克思和恩格斯之间的友谊更是被誉为“最伟大的友谊”，而共同的革命事业就是他们友谊的纽带。他们感情的投资是为了崇高的理想，这无疑是最高境界。

现实中，不少朋友之间的感情投资却不是基于什么共同志向，而是为“办事”为求朋友帮忙才进行，为求朋友帮忙打电话、发短信，为求朋友帮忙才去与朋友聊天、吃饭，为求朋友帮忙才拜访朋友，让朋友感到“你是要用我才找我”，感情上亏欠。有的人，平时对朋友不理不睬，连打电话问候都不愿意，更不会进行什么感情投资了。这样的人，在“办事”时去找朋友，结果就可想而知了。

对朋友进行感情投资在商场中的作用最是明显，正因为商场是一个唯利是图的世界，所以商人最需要的恰恰不是金钱，而是极为稀缺的感情投资，它不仅能让商者赢得财富，更重要的是它能帮商者赢得朋友！

“船王”包玉刚是从航运起家的。他刚开始从事航运的时候，非常重视感情投资。1955年，他低价收购了一艘英国旧货船改名“金安号”，租给

日本一家船舶公司获取租金。不久，由于航运业的迅猛发展，租金的行情也看涨。这时，很多船主见有利可图，便纷纷抬高租金，变“长租”为“短租”，趁势“宰客”，唯包玉刚反其道而行之，他不仅依旧按相对低廉的价格收取租金，还与客户签订了长期合同。在包玉刚看来，客户既是合作伙伴，更是朋友，决不能贪利忘义，置朋友于困苦之中。

包玉刚对客户的感情投资，换来了客户的信赖，得到了丰厚的回报。一年以后，航运业陷入低迷，租金行情大跌，原来“宰客”的船主纷纷破产，只有包玉刚在坐收厚利，还赢得了诚信的好名声。他的“客户”也越来越多。在短短的两年时间里，靠一艘“金安号”他赚回了7条船。这时，财力雄厚的日商也为包玉刚的诚信所动，主动要求包租他的船。包玉刚的感情投入竟奇迹般地产生了连锁反应。

与日商合作，包玉刚更注重感情投资。深受中国儒家“重义轻利”传统思想熏陶的日商，在经商中，很看重这个“义”字。包玉刚的感情投资同样带来了丰厚的回报。

除租船给日商外，包玉刚还看好日本的造船技术和人力。在决定造船时同样遇到了航运业的再次低迷，不少订户开始退单，造船厂面临倒闭的危险，唯包玉刚在照样信守合同的同时，还增订了6艘船，令日商感激涕零，称他为“最高贵的主顾”。与上次相同，当航运业再次复苏，原来退单的订户，这次纷纷被造船厂推单了，而包玉刚订的船非但没有减少，还在增加。

包玉刚可称为感情投资的高手，他从来不把客户当作必须战胜的敌手，而是看成可以共同携手的朋友，这也就难怪他能在短时间内暴富了。

事实证明感情投资可以为一个人带来了丰厚的利润。这种投资使人在日后的长远发展上得到了顾客、朋友和贵人的相助，可见对朋友的感情投资在商战中很是必要的，而且也是必须的。

5.嫉妒,会让朋友离你远去

“嫉妒”大家都不会陌生,因为你、我、他似乎都曾经有过这种恼人的情绪体验,特别是当嫉妒的对象是你的好朋友时,那种切肤之痛更是痛入骨髓,却又是难以启齿、羞于言表的。“嫉妒”可以摧残一个人的心灵、扭曲一个人的心态。

玛格丽特·杜拉斯和米歇尔·芒索两个法国女作家之间有着长达三十多年的友情,她们比邻而居,在精神上和物质上互通有无。杜拉斯曾对芒索说:“你我不能闹翻,大家有一种地理上的需要。”

但是,杜拉斯和芒索还是闹翻了。芒索在杜拉斯去世后写了一本《闺中女友》,里面说到杜拉斯是因为芒索出版的一本书里提到了杜拉斯的年龄,说她是七十岁的人。杜拉斯指责芒索透露她的隐私,利用她的名气卖自己的书。

芒索说,她相信自己没有做过任何对不起杜拉斯的事情。杜拉斯之所以如此绝情地结束长达三十多年的友谊,是因为芒索太了解她了,太接近她了。当她意识到内心的巨大秘密要被人发现,她本能地做出自卫。

芒索是不是“没有做过任何对不起杜拉斯的事情”,这是我们读者不能判断的。但是在芒索和杜拉斯之间,有一点是明显的,那就是杜拉斯因《情人》获龚古尔文学奖并获得世界声誉之后,她在文学地位上和芒索有了巨大的距离。

在此之前,杜拉斯也算有名,但那只是一种圈内的名气,还不算是公

众名人。对于杜拉斯的成功，芒索在她的著作中表示出一种全然的欣赏和喜悦。但芒索似乎隐藏了一种情绪，这种情绪是众所周知但秘而不宣的，那就是最简单的醋意，它没有道理地产生，也轻易消除不了，弥漫在女人的友情之中，静静地腐蚀着一切，直至三十多年的交情也抵挡不住这样的腐蚀，最后坍塌掉了。

越是朋友间就越容易产生嫉妒的情绪与举动。因为既然能成为朋友，必有许多相似、雷同的特点，所谓“物以类聚”。越是朋友越会是旗鼓相当，越会使人产生天理不公、时运不平的哀怨。当看到自己想做的事情朋友已做了而且做得还不错，自己想达到的目标朋友已先于你达成，这时嫉妒便会像幽灵般如影相随。

当我们嫉妒朋友时，彼此的友谊便会出现问题。嫉妒破坏友谊、是友谊的蛀虫。真正的朋友不会让嫉妒存在于他们当中。因为物质可以追求创造，友谊却是弥足珍贵的。如果你已经拥有一份真挚友情，请珍惜，因为它一旦受损就再难复原了。

罗素在其《快乐哲学》一书中谈到嫉妒时说：“嫉妒尽管是一种罪恶，它的作用尽管可怕，但并非完全是一个恶魔。它的一部分是一种英雄式的痛苦的表现。人们在黑夜里盲目地摸索，也许走向一个更好的归宿，也许只是走向死亡与毁灭。要摆脱这种绝望，寻找康庄大道，文明人必须像他已经扩展了的大脑一样，扩展他的心胸。他必须学会超越自我，在超越自我的过程中，学得像宇宙万物那样逍遥自在。”

19世纪初，肖邦从波兰流亡到巴黎。当时匈牙利钢琴家李斯特已蜚声乐坛，而肖邦还是一个默默无闻的小人物。然而李斯特对肖邦的才华却深为赞赏。怎样才能使肖邦在观众面前赢得声誉呢？李斯特想了个妙法：那时候在演奏钢琴时，往往要把剧场的灯熄灭，一片黑暗，以便使观众能够聚精会神地听演奏。李斯特坐在钢琴面前，当灯一灭，就悄悄地让肖邦过来代替自己演奏。观众被美妙的钢琴演奏征服了。演奏完毕，灯亮了。人们既为出现了这位钢琴演奏的新星而高兴，又对李斯特推荐新秀深表钦佩。

在现实生活中，许多纷争，都是因为人心胸狭窄、自我庞大而引发的。如果心胸更开阔豁达些，就能减少许多不必要的纷争。有意识地提高自己的思想修养水平，是消除和化解嫉妒心理的直接对策。

抛掉自残的嫉妒之心吧，用欣赏的眼光去看待身边的人，特别是你的朋友。这样你虽不能拥有朋友的成功，却能享有朋友成功的喜悦，而且更重要的是身边的世界会因你的欣赏而变得更加美好更为圣洁。

当你努力攀登顶峰时，学着把对他人的嫉妒转化为对他们的成就感到骄傲。不要只是说："我希望能够跟他或她一样。"你应该脚踏实地去做一些事，才能使得自己跟他或她一样有成就。既然嫉妒的情绪并不能让你由板凳队员成为场上主力，那你为什么还要坐在场边任由这种情绪泛滥呢？

妒嫉隔阂了朋友之间的沟通，阻隔了感情的流通，妒嫉是友谊的克星，只有打破他，我们才可以与朋友以诚心相见，消除隔阂。我们要摒弃妒嫉，记住人无完人。就对我们个人利益来说，我们的缺点有时会得到朋友优势的填补，这对我们是百利而无一害的，不要让妒嫉挡住我们的视线。让我们走得更近，与朋友无所不谈，让我们徜徉在友谊的海洋里，深深感受友谊给我们带来的快乐，这样的人生才是完美的人生。

6.要结交能助你上进的朋友

人在年轻时如果交上好的朋友,不仅可以得到情感的慰籍,而且朋友之间可以互相砥砺,相互激发,共赴患难,成为事业的基石。朋友之间,无论志趣上,还是品德上、事业上,总是互相影响的。一个人一生的道德与事业,都不可避免地受到身边人的影响。从这个意义上,可以说选择能让自己上进的朋友就是选择一种积极向上的人生。

天文学家张衡的成就,与他有一批优秀的朋友有着极大的关系。张衡在青年时代便与当时极有才华的青年人马融、窦章、王符、崔玻成了知己。其中的崔玻,对天文、数学、历法都很有研究。在与张衡的交往中,两个人经常一起探讨问题,这给张衡的帮助很大。张衡后来在天文学、物理学方面的伟大成就,有着崔玻的不少功劳。

鲁迅先生赠给瞿秋白的一副对联写道:“人生得一知己足矣,斯世当以同怀视之。”的确,朋友不是用数量来衡量的。就算你有一堆朋友,如果这些人个个都是酒肉之徒,那么他们非但不会给予你任何帮助,反而会把你拖下水,这样的朋友不要也罢。交友要秉持“宁缺毋滥”的原则。好朋友多多益善,坏朋友敬而远之。

“苍蝇不叮无缝的蛋”,之所以那些人品有问题的人会成为我们的朋友,主要原因还是在于我们自己没有把握好交友的尺度,在交友的过程中,忽略了对人品的考察,因一时的小恩小惠而与这样的人结成朋友。与这类人长时间交往下去,我们也会逐渐堕落,丢掉做人的原则,从而走上错误的道路。

因此,结交有益的朋友是十分必要的。洪应明说:“教弟子,如养闺女,最要严出入,谨郊游。若一接近匪人,是清净田种下一不净的种子,便终生难植嘉禾矣。”

朋友与书籍一样,好的朋友不仅是良伴,也是我们的老师。年轻人之所以容易失败,在一定的程度上是因为不善于和前辈交际。

第一次世界大战中法兰西的陆军元帅福煦曾说过:“青年人至少要认识一位善通世故的老年人,请他做顾问。”萨加烈也说了同样的话:“如果要求我说一些对青年有益的话,那么,我就要求你时常与比你优秀的人一起行动。就学问而言或就人生而言,这是最有益的。学习正当地尊敬他人,这是人生最大的乐趣。”

当然,要与优秀的人缔结友情,跟第一次就想赚百万美元一样,是相当困难的事。这原因并非在于伟人们的超群拔萃,而在于你自己容易忐忑不安。其实,事实并不像通常所想象的那么困难,你完全可以无所顾虑地和地位较高的人亲近。

美国有一位名叫阿瑟·华卡的农家少年,在杂志上读了一些大实业家的故事,很想知道得更详细些,并希望能得到他们对后来者的忠告。于是,他跑到纽约,早上7点就到了威廉·亚斯达的事务所。

亚斯达觉得这个莽撞的少年有点讨厌,然而一听少年问他:“我很想知道,我怎样才能赚得百万美元?”他的表情便柔和并微笑起来。俩人谈了很久,随后亚斯达还告诉他该去访问的其他实业界的名人。

华卡照着亚斯达的指示,遍访了一流的商人、总编辑及银行家。他得到的忠告对他赚钱也许没有多大帮助,但是他们给了他自信。两年后,20岁的华卡成为他学徒的那家工厂的所有者。24岁时,他是一家农业机械厂的总经理,不到5年,他就如愿以偿地拥有百万美元的财富了。

结交成功立业的前辈,能转换一个人的机会和命运。结交比自己优秀的朋友,能使我们更加成熟。所以,要想有所成就,就要多结交比自己优秀的人。

不少人总是乐于和比自己差的人交际,因为在与这样的友人交际时,可以让你在同他的比较中获得自信,保持优越感和信心。可是从不如自己的人当中,显然是学不到什么的,它会让你丧失掉前进的动力,看不到自己与优秀之人的差距,成为一只坐井观天的青蛙。

所以,我们要多和那些人格、品行、学问、道德都胜过你的人交往,尽量汲取种种对自己生命有益的东西。这样可以提高我们的理想和志向,激励你更趋于高尚,激发出你对事业更大的热情和干劲来。

当然,友谊也不是一厢情愿的事,朋友必须是互动的,你只有不断提升自己,才能在更高层次上结交更高的朋友。更重要的是交朋友,更重视朋友,做任何事情,千万不能以牺牲友谊为代价。即便是失去一点点社会地位,或影响到自己的事业,也要让友谊之花常开。一个人的成功、快乐和价值的体现,往往与你拥有朋友的多少,以及他们的品质有关。结交到比你优秀的朋友越多,你就离成功越近。

清末名人曾国藩说过:“一生之成败,皆关乎朋友之贤否,不可不慎也。”和优秀的朋友在一起,是一种精神文化的延伸。可以让自己增加知识,增长见识,增大胸怀,是快乐的源泉。所以,我们要多结交优秀的朋友,能让自己上进的朋友,而对那些让我们停滞不前的人避而远之。

7.寻求共鸣，变敌为友

俗话说“伸手不打笑面人”，当你决定把对方看成朋友，当你用善意回应对方时，相信对方的敌意也会像冰雪那样在阳光下消融。请牢记，消灭敌人最好的办法就是让他成为你的朋友。

“如果你握紧两个拳头来找我，”威尔逊总统说，“对不起，我敢保证我的拳头会握得和你的一样紧。但如果你到我这儿来，说：‘让我们坐下来一起商量，看看为什么我们彼此意见不同。’那么不久我们就会发现，我们的分歧其实并不大，我们的看法同多异少。因此，只要我们有耐心相互沟通，我们就能相互理解。”

本杰明·富兰克林出生于1706年，他是美国著名的作家、政治家、外交家、科学家、出版人、哲学家及发明家。作为政治家，他的成就远高于其他头衔，是他起草了《美国独立宣言》。作为外交家，又是他在美国独立战争期间争取到了法国的支持。作为科学家，他对电学的发现与理论更是无人能比。作为发明家，他创造出了双焦距眼镜、里程表和避雷针。然而以上种种发明，都不如他发现了可以用“麻烦”赢得对手的尊重重要。

富兰克林在宾夕法尼亚立法机构任职时，顽固的政敌和一位不友好的立法者常让他头疼不已。富兰克林在解释如何赢得他的尊重与友情时这样说：我从没想过要委曲求全来赢得他的帮助，但一段时间后，我萌发出了用其他方法的念头。在知道他有一本稀世奇书后，我给他写了张纸条，希望能借这本书拜读几日。他立刻把书给了我。一周后我把书还给他，同时夹了张纸条表达我对书的喜爱之情。后来我们再在国会见面时，

他对我说话了(这在以前是不可能的),态度还很礼貌。此后,他表示愿意随时为我提供帮助,我们成了好朋友,这样的友谊一直维持到他去世。这真是应了那句格言,“为你做过好事的人,比之受过你恩惠的人,更能为你提供再次帮助。”

需求共鸣的方法并不只是富兰克林的巧合。

唐纳德·史密斯是加拿大太平洋铁路著名的建造者之一,后来的人们更喜欢称呼他为斯特拉·斯特纳爵士。

史密斯年轻的时候是一位皮货商,曾经和一位名叫昆汀的猎户发生过冲突,但是在后来的工作中出现了一点小状况,他必须去和那位猎户谈一些事情。因为曾经的冲突,他们几乎有好几年不说话了,贸然前去,对方会不会再提起以前的事情,会不会根本不愿意同自己说话呢?

虽然有很多顾虑,史密斯还是去了。史密斯到达昆汀家时,天色已经不早了,他非常有礼貌地希望对方让自己在这里借住一晚。史密斯的态度让昆汀无法拒绝,更何况他们曾经还是老朋友,虽然有过冲突,但是现在史密斯如此礼貌地来求助,不正是在主动化解矛盾吗?

于是昆汀将史密斯让进了家里,这给二人关系的恢复打下了良好的基础。

由此可见,在生活中,工作中,遇到难处理的问题,很难对付的人时,不如试一试寻求共鸣,变敌为友的方法。这种方法的特点是以尊重对方为前提,只有尊重他人你才会得到他人的尊重,才有进一步交流的可能,达到你要说服他人的目的。

8.多看别人的长处,让交友更简单

古语说得好,“惟尽知己之短,而后能去人之短;惟不恃己之长,而后能收人之长。”金无足赤,一个人待人处事如果总是爱放大别人的缺点,或者盯着别人的缺点不放一定不会有很多朋友。

人人都渴望他人看到自己的长处,这并不是为了讲面子、图虚荣,而是想得到认同与肯定。所以,多看别人的长处,把赞美的话多多地送给别人,真诚地赞美,会让别人脸上绽放灿烂的笑容。看不到别人的长处,就不能与别人和谐相处。

在美国芝加哥的一个小镇上,阳光懒洋洋地照在郊区的公园里。一个叫玛丽的女孩和爸爸在公园中散步。玛丽忽然发现不远处有一个很滑稽的老太太。天气那么暖和,她却紧裹着一件厚厚的羊绒大衣,而且脖子上还围着一条毛皮围巾,仿佛天上正下着鹅毛大雪一样。玛丽轻轻地拽了一下爸爸的胳膊,说:“爸爸,你看那位老太太的样子多可笑呀!”

不料,爸爸的表情却特别严肃。他沉默了一会儿说:“玛丽,我突然发现你缺少一种本领,那就是,你不会欣赏别人。这证明你在与别人的交往中少了一份真诚和友善。”爸爸接着说:“那位老太太穿着大衣,围着围巾,也许是生病初愈,身体还不太舒服。但你看她的表情,她正注视着树枝上一朵清香、漂亮的丁香花,她的表情是那么的生动,你不认为她很可爱吗?她渴望春天,喜欢美好的大自然。我觉得这老太太令人感动!”

随后,爸爸领着玛丽走到那位老太太面前,微笑着说:“夫人,您欣赏春天时的神情真的令人感动,您使这春天变得格外美好!”那位老太太听了之后,似乎变得很激动,她说:“谢谢,谢谢您!先生。”说着,她从提包里取出一小袋甜饼递给了玛丽。回到家后,爸爸对玛丽说:“一定要学会真诚地欣赏他人,因为每个人都有值得我们欣赏的优点。当你这样做时,你就会获得很多的朋友。”

这个世界并不缺少美,缺少的是发现美的眼睛。整天只是看到别人的短处,而看不到或不愿看到别人的长处,长此以往,我们的眼光就会逐渐暗淡,心情也会随之阴沉,慢慢地就感觉不到明媚的阳光。

生活中,学会欣赏他人的优点,不但可以让我们体会到欣赏别人优点的乐趣,也能让他人享受到被赞美的喜悦。唯此,才能在人与人之间搭建起一座可以顺畅自如地沟通的桥梁。当我们可以在彼此身上吸收更多的优点时,我们的心会因仰慕和欣赏而变得柔软,我们的交流与合作也将因此变得更加和谐。

人无完人,尺有所长,寸有所短,采人所长,补己所短,才能有进步。多看别人的长处,就会找到一份平常的感动,就会让自己的心境愈加乐观,也会让我们更加平易近人和朴实无华。朋友之间,多看别人的长处,友谊之树就会越长越高。

“江南才子”文征明是明代中期最著名的画家、大书法家,他生性不喜欢听到别人的过错。有人想要把别人的过失告诉他,他必巧妙地转移话题,使对方无法说下去。他终生都如此。

宋朝的欧阳修,文章写得非常好,是历史上有名的大文学家,可是他对待客人,总是多谈朝廷施政的事情,而不谈及文章。当时的蔡襄精通政事,但是蔡襄对待客人,是多谈文章,而不谈及政事。这两位先生都是非常的善于韬光养晦,不会在别人的面前,炫耀自己的长处,所以在历史上都能够享有盛名,而且官也做到了极其显贵的地位。

被称为“唐初四杰”的卢照邻、骆宾王、王勃、杨炯四人以文章而享有盛名,个个才华盖世。当时的大臣裴行俭通晓阴阳,有知人之明,他见到卢照邻等四人后说道:“读书人以后能不能够发达久远,鸿图大展,应该是先要看他有没有宽宏的器识,其次才是他的文章啊!王勃他们四个人,文章虽然好,但是多显得浮躁浅薄,喜欢炫耀自己的才华,这不是享有爵禄福报的根器啊!杨炯这个人还稍微显得沉静收敛一些,他能够善终,就算是十分的幸运了啊!”后来这四个人的命运,果然如裴行俭所说的一样,只有杨炯得以善终。

一个人要赢得友谊,就要多看到对方的优点和长处。其实,每一个人都有长处,问题是在于发现。比如某人事业上很有才气,但生活处世能力却很差,那么,如果择其长处学习,你就会和对方建立友谊,相处和睦。

相反,你睁开两眼看对方,要求对方什么都好,那么,最终使你失去友谊和失去朋友。我们不能以个人的喜好为标准去衡量和要求别人,更不能求全责备每一个人。试想:难道我们自己就一点毛病也没有吗?

放大别人的缺点的同时也就渺小了自己,助长自己挑剔的个性。待人处事要有宽容之心,忽略他人身上的缺点,多寻找哪怕是微不足道的优点,惟有如此,才有利于人际关系的和睦。

阅读链接：中国古代诚信故事之八

张劭、范巨卿：生命诚可贵，信用价更高

东汉时，汝州南城有一个秀才，姓张名劭，字元伯，他家世代务农，父母却全力供他读书。由于家贫，张劭到35岁都还没有娶妻，与他六旬老母和弟弟张勤相依为命，兄弟二人孝悌两全，努力耕种，勤奋苦读。

有一年，汉明帝昭告天下，广纳贤士。张劭辞别老母、弟弟，一个人带着书囊到东都洛阳应举。这天已离洛阳不远，天黑时张劭到一家客栈投宿。晚上，张劭正在看书，忽然听见隔壁房间有人痛苦地呻吟。张劭便向店小二打听："何人在隔壁房间呻唤？"小二说："和公子一样也是个秀才，路上染上伤寒。哎！快不行了。"张劭一听此话不免惺惺相惜，连忙说："既然都是读书人，就应当去探视下。"小二说："伤寒传染性太强，我们都不敢去看他。秀才，你也快别去！"张劭说："此人太可怜了，我必须去探视他。"小二劝不住。张劭过去推门而入，只见一人仰面卧于土榻之上，面黄肌瘦，口内直叫："救命……"张劭见那房中书囊，怜悯之情更甚，于是坐在那人榻前安慰他说："公子勿忧，张劭亦是赴选之人。我一定会帮你的。药饵粥食，均包在我身上，你就放宽心，安心养病吧。等你病好了，我们一同去应举。"那人努力想坐起身，双手抱拳着说："若公子救得了我……定当厚报……"张劭扶着他肩说："快快睡下，助人为乐，是我分内之事，不足为谢。"张劭随即让小二请医用药调治。

在张劭的悉心照顾下，几天后那人的病好了很多，慢慢能站起来了。病好后那人告诉张劭，自己是楚州山阳人氏，姓范，名式，字巨卿，今年40岁。范巨卿虽出身商贾之家，但自幼喜欢读书，后来想放弃商贾，去洛阳应举。等到范巨卿病完全好了，已误了朝廷招贤的日期。范巨卿难过地说："都怪我啊，因我生病，连累你误了功名，这真是我的罪过啊。"张劭说："大丈夫以义气为重，功名富贵，都是过眼云烟。你我相识就是缘分，何误之有？"范巨卿请求与张劭结为兄弟，因范巨卿比张劭年长5岁，张劭拜范巨卿为兄长。

两人结义后，情同手足，朝暮相随，不知不觉半年就过去了。范巨卿思念家中妻儿，打算回乡，二人便和店家结清了房钱，一同上路。走了几天，到分路之处，张劭说送范巨卿。范巨卿笑着说："如果是这样你送我，我又送你回来，不是没完没了吗？不如就此一别，我们约定了时间在此相会。"二人于是找了个酒肆共饮，见黄花红叶，装点秋光，以助别离之兴。酒座间杯泛茱萸，问酒家，方知是重阳佳节。范巨卿说："我自幼父母双亡，叔父抚养我叫我做生意。经书虽则留心，无奈为妻儿所累。幸好贤弟有老母在堂，从此弟之母即我之母，来年今日，必到贤弟家中，登堂拜母。"张劭说："你到我家去，我们乡下之人没有什么可以款待你呢，兄长若是不嫌弃，你来了我定以鸡黍款待你，希望兄长切勿失信，到时一定来啊。"范巨卿说："哪能失信于贤弟呢？"二人饮了数杯，仍不忍相舍，最后不得不洒泪而别。

张劭回到家拜见老母。张母说："劭儿你这一去，音信皆无，让娘很是担忧，如今你总算回来了。"张劭说："孩儿不孝，在途中遇山阳范巨卿，结为兄弟，因此多逗留些时间。"劭母说："这个巨卿是干什么的啊？"张劭把救人、结义之事详细告诉了母亲。张母高兴地说："功名的事，是命中注定的。既然与信义之人结交，为娘心中非常高兴。"一会儿，弟弟张勤从外面回来，听了此事也很欢喜，盼望着明年早日见到这位义兄。

此后张劭在家，继续刻苦读书。光阴似箭，重阳节渐近。张劭预先养了一只大公鸡，准备了一坛杏花老酒，只等范巨卿来访。重阳节这天早晨，张劭兄弟二人清早起来就打扫草堂，把母亲的座椅摆在中间，专门在旁摆了范巨卿的位子，还采了菊花插在瓶中，并焚了香。一切布置妥当

后，兄弟俩准备杀鸡煮饭，等着范巨卿来访。张母说："山阳离我们这里那么远，你那义兄未必能按时到。等他来了，再杀鸡也不迟。"张劭说："我那巨卿兄，是个诚信之士，今日肯定会到，我怎么能耽误鸡黍之约呢？他一进门就见我们约定之物，足见我真诚等待他已经很久了。如果等巨卿兄来了才杀鸡，岂不是显得我不诚心吗？"张母连连点头说："劭儿说得在理，你的朋友一定是个品行端正的诚信之人。"

这一天，天空晴朗，万里无云。张劭穿戴整齐，站在村口翘首以待。快到中午了，也不见范巨卿的踪影。张母担心误了农事，就叫弟弟张勤去田头干活。张劭听到前村狗叫，又前去张望，如此六七回。等到红日西沉，月牙高挂，也没见范巨卿来。张母走出房门对张勤说："你哥站在外面太久了，累了。他那义兄巨卿今天可能来不了，把晚饭吃了吧，别饿坏了。"张劭对弟弟说："你怎么知道巨卿兄来不了？如果范兄不来，我决不回。你累了就自己吃了饭休息吧。"娘俩再三劝告，张劭始终不肯回屋。

夜深了，母亲和弟弟都回屋歇息，张劭仍倚门坐着等，一有风吹草动，他都以为范巨卿到了。三更时分，乌云遮蔽了月光。张劭隐隐见黑影中有一人随风而至，定睛一看，正是范巨卿。张劭欢天喜地地说："小弟从早到晚一直等到现在，我知兄绝不爽约，范兄果然来了啊。去年所约鸡黍之物，准备已久。范兄路远风尘，莫非曾与人同来？"当即要请范巨卿到草堂与老母相见。范巨卿并不答话，径直进入草堂。张劭指着座榻说："这个座位特别给你准备的，兄长请坐吧。"张劭笑容满面，再拜于地说："范兄远道而来，路途劳困，这桌上的酒菜，权且充饥。"说完又拜。范巨卿呆呆地站着不答话，但用衣袖反掩其面。张劭奔入厨房，取出鸡黍和酒，摆到他面前说："虽薄酒淡饭，但也是小弟的心意，望兄不要责备。"但见范巨卿依然用衣袖遮住脸，并不举筷吃饭。张劭说："范兄莫非怪老母和我弟未曾远迎，不肯吃吗？容我把老母请出来好吗？"范巨卿摇手制止。张劭说："唤舍弟拜兄，如何？"范巨卿还是摇手。张劭奇怪地询问："范兄食鸡黍后进酒,如何?”范巨卿皱着眉,好像要张劭退后。张劭说:“鸡黍不足以侍奉仁兄,此乃我当日与兄之约,请不要嫌弃。”范巨卿说:“贤弟稍退后,听我详细告诉你为什么这么晚才来。我已经不是阳世之人了,而是阴魂前来与你赴约。”张劭大惊失色,问道:“范兄何出此言?”范巨卿说:“自从与兄弟相别之后,回家为妻儿老小的生计所累,我每天都忙着做生意。尘世滚滚,岁月匆匆,不觉已过一年。去年的鸡黍之约,并非没有挂在心上,只是近日被蝇头小利所牵,忘其日期。今早看到左邻右舍送茱萸酒来,才知已是重阳节。忽然记起与贤弟之约,心中懊恼不已,山阳至此,千里之隔,非一日可到。若不如期,贤弟会怎样看我?鸡黍之约,都要爽信,何况大事呢?寻思后无计可施。常闻古人有云:人不能行千里,魂能日行千里。于是嘱咐妻子说,我死之后,暂不下葬,等我弟张元伯来,方可入土。嘱罢,自刎而死。魂架阴风,特来赴鸡黍之约。万望贤弟怜悯愚兄,原谅我轻忽之过,明白我的一片诚心,不要嫌路途遥远,别过你的母亲和弟弟,到山阳一见我尸,我也就死而无憾了。”范巨卿说完掩面长叹,急离座榻,出草堂,飘然离去。张劭立即追了出去,不慎踩上了青苔,摔倒在地。阴风拂面,范巨卿一下子没了踪影。

张劭如梦初醒,放声大哭。凄厉的哭声惊动了母亲和弟弟,二人急忙披衣来看,见堂上摆着鸡黍酒果,张劭昏倒在地。母子二人忙把他扶过身来掐人中,张劭好不容易醒过来,却又哭得昏了过去。张母问:“儿啊,你兄巨卿不来,发生了什么事了?为何哭得如此?”张劭说:“巨卿因鸡黍之约,已死于非命了。”张母说:“你是怎么知道的?”张劭将刚才见到范巨卿的事告诉母亲和弟弟。张母哭着说:“古人有说囚人梦赦,渴人梦浆。你把你兄来此之事念念在心,刚才是在做梦啊。”张劭说:“娘啊,这不是梦,儿亲眼所见范兄前来,酒食都在;我没追上他,而且忽然摔倒,这哪里是梦啊?范巨卿是诚信之人,他不会乱说的!”张勤说:“哥,这未必可信。如果有人到山阳去,先打听下。”张劭说:“圣人说得好:‘自古皆有死,民无信

不立。’巨卿既然已为诚信守约而死，我哪能没有诚信而不去悼念他呢？小弟辛苦你在家照顾好庄稼农事，替我侍奉老母，代我尽孝。”又转身拜辞张母说：“不孝男张劭，今为义兄范巨卿因守信义而亡，必须前去悼念。我已再三叮咛二弟，让他侍候赡养老母。母亲要注意身体，不要担心我。我张劭对国不能尽忠，对家不能尽孝，徒生于天地之间了。今此一去，完全因为我与世卿兄的约定啊。”张母说：“劭儿今去山阳，足有千里之遥，一个多月便回来，怎么说出这样不吉利的话？”张劭含糊地说：“生死都是天注定。”说罢恸哭而拜。张勤说：“我想和兄一起去，怎么样？”张劭说：“母亲无人侍奉，你就留在家尽力照顾母亲，不要让她担心我。”张劭洒泪别弟，天一亮就背着一个小书囊动身前去山阳。

一路上张劭都忙着赶路，实在走不动了才歇会儿吃点干粮喝点儿水，困得不行了就就地而睡，梦中也在哭，走了好几天，终于赶到了山阳。张劭打听到范巨卿的住处，径直到了他家，但见房门紧锁。邻居说：“范大官人已死过二七了，他妻子扶灵柩，向村外下葬去了。送葬的人，还没有回来。”张劭问清去处，又一路狂奔而去，望见山林前新挖了一堆土，有数十人围在一灵柩边个个摇头叹息。张劭跑得汗流浃背，气喘吁吁，他走近一看，只见一妇人，身披重孝，有一孩子约有十七八岁，伏棺而哭。张劭大声地问：“这该不是范巨卿的灵柩吧？”其妇问：“先生莫非就是张元伯吗？”张劭说：“张劭从来不曾到此，为何你认得我，知道我的名字呢？”妇人哭着说：“这是亡夫再三交代的遗言。夫君范巨卿，自从洛阳回来，常常谈贤叔的盛德。前几天重阳节，夫君忽然举止失常地对我说：‘我跟张元伯失约了，白白地活在世上，有什么用啊！常听人说魂能行千里，我宁愿死，也不敢错过鸡黍之约。我死后暂不要下葬，等元伯来见我尸后，方可入土。’今日已到二七，众人劝我说：‘元伯不知何日得来，先葬了吧，然后报知也不晚了。’因此扶柩到此，大家都劝我让亡人入土为安，我给大家说再等等。见先生从远处跑来，如此慌张，想来一定是叔叔张元伯了。”张劭此时已哭倒在地。范妻也大哭，送殡之人无不落泪。

张劭和大家一起把范巨卿下葬，又从行囊中取出钱，让人买了香烛、纸帛等祭物摆在坟前，又拿出事前写好的祭文，酹酒再拜，号泣而读。

张劭哭罢，回头对范妻说："兄为弟亡，岂能独生啊？囊中已具棺椁之费，愿嫂垂怜，不弃鄙贱，将我葬于兄侧，这是我平生之大幸了。"范妻说："叔叔为何说出这样的话来？"张劭说："我意已决，请勿惊疑。"说罢取佩刀自刎而死。众人十分惊愕，为张劭设祭，将他安葬在范巨卿墓侧。

本州太守听说这事后，上奏给皇帝。明帝怜其信义深重，决定褒赠二人，以励后人：赠范巨卿为山阳伯，张元伯为汝南伯，并重修了二人的坟墓，赐称"信义之墓"，在墓前建了一座庙，号"信义之祠"。明帝还给二人的家属赐了粮食和衣物，给范巨卿的儿子封了及第进士，让其掌管鸿胪寺(掌管朝中仪节的官员)。至今山阳古迹犹存，题咏极多。其中无名氏《踏莎行》一词，词云：千里途遥，隔年期远，片言相许心无变。宁将信义托游魂，堂中鸡黍空劳劝。月暗灯昏，泪痕如线，死生虽隔情何限。灵輀若候故人来，黄泉一笑重相见。

得道多助：真诚和热情助你成功

1.诚于推功，勇于揽过

卡耐基曾说："事无巨细都要自己亲自插手，并把一切名誉统统归于自己的人，是不会成就什么伟大事业的"。

因为，在交际过程中，有难同当，有功独拿，是处理问题的大忌。把功劳归于别人体现的不仅是自己的风度还有自己的气度，无形之间会增加自己的个人魅力。归功于别人的时候会俘虏别人的心，就会把别人收归己用，也会为自己赢得一些支持或者赞扬。所以，洛克菲勒有一次在立法委员会作证时，就把个人成功的原因"归功于他人。"

米切尔是《生命》周刊的创立人和发行人。一次，马森谈起他的这位领袖时，说："他毫无虚荣心。他的鼓励让公司上下都能感觉到了自身的重要性，而他总是在幕后指挥着一切。结果，在米切尔去世之后，公司上下都以为这家刊物能继续办下去。在他在世时，人们都没有感觉到，实际上，是他一人独立支撑刊物的运作的。

"我还记得，一次，他对我们的一个广告员说，不仅广告部十分重要，就连这名广告员也是肩担重任的。后来，我表示了自己不同的看法：我认为，如果编辑目标不固定，广告就几乎为零。米切尔却说，从广告员的角度来说，他确实是十分伟大的，我们应该让他有一种骄傲的感觉。"

因为，这样每名员工都会对企业有归属感和认同感，都渴望为它做更大的贡献，会自动、自觉地想要做好每一件事，承担起自身相应的责任。在此基础上，企业会健康有序地运作，个人也会获得更大的发展空间。

事实上,把功劳让给他人这种策略是很常见的,而人们却常常忽略这一点。还有一些人因为不能抗拒名利的诱惑而牺牲手下的利益。

著名的圣路易斯城执行官威尔金森就提到过这种明显的例证。他曾对斯图尔特说:

“现在,我想起了以前的一位执行官,他总能在与我相关的店里开理事会时提出一些新意见。对这些意见,他十分自负,还会为了我能采纳这些意见而不懈地努力奋斗。因为,这些意见多数都很中肯实用,所以,我们也采用了许多。于是,他就到处制造舆论,好像所有的功劳都是他自己的。

“可是,随后我就发现,其实,这些意见几乎都是他从下属那儿得来的,而他从未为他的下属表达过什么。在知道事实的真相后,好多下属十分愤怒,本来他管辖的部门的纪律是很好的,就是因为这件事,那个部门被弄得一团糟。

“相反,如果这个执行官对我们说:‘昨天,比尔·琼斯提出了一个建议,我觉得特别好。现在,我就向大家汇报一下,请大会审议。我的下属能为公司发展提出这么好的建议,我为此而感到骄傲,能有这样的下属是我莫大荣幸。’这样就能做到皆大欢喜。”

这位执行官过于“自我膨胀”,从而导致了自己的失败。而真正的大人物未必要时时追逐名利,他应该尽可能地让他人有赢得名利的机会,至少应与他共享这种荣誉,这就是他们赢得部下的支持与拥戴的最好的策略。因此,无论他们担任任何职位,我们都能看到与那位执行官大不相同的结果。

尤其是一个高明的领导,他不但会与部属一起分享荣誉,有时,还会故意把本属于自己的那份功劳推让给部属。身为上级将自己的功劳让与部属,或许有人会认为这样损失太大而不愿意。但是,如果您有足够的能

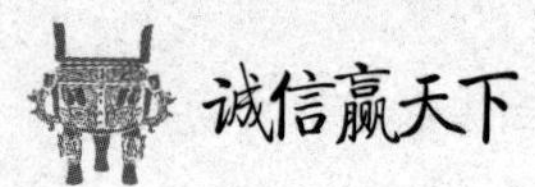

力做出贡献即使想“吃亏”也是不可能的。

人在交往的时候应该心甘情愿地把功劳让给对方,并且对其表达诚挚的感谢之意。换言之,我们都该换个角度想,由于身在一个可以“施惠”的公司,才能让人尝到备感满足的滋味,这一切都是值得感恩的。

而对方也必定会将此恩牢记在心,平时或许没什么,但在出现问题时即可发挥作用,甚至有意想不到的结果。如果每个人都可以持有这种态度的话,相信大家所得到的喜悦是不可限量的。而在如此充满和谐气氛的社会里,很多不必要的摩擦也绝不会发生。俗话说:滴水之恩,涌泉相报。孰得孰失,人人自明。

人生难免遭遇别人的过错,但是在适当的时候要懂得把过错归功于自己,这样就能为自己赢得人心,那么一旦自己有求于别人的时候就会很顺利地得到别人的帮助。

周襄王二十五年,秦穆公不听麦叔、百里奚等人的苦劝,趁晋文公病逝、晋国无暇他顾之机,派孟明视、西乞术、白乙丙等人出兵伐郑,结果在蝇山遭到伏击,全军覆没,三将被擒。多亏文赢巧使计谋,才保住了三将性命。

孟明视等人逃回国内的消息一传出,立刻有人来见秦穆公,对他说:“孟明视、西乞术和白乙丙身为秦将,丧师辱国,罪在不赦。”

还有人说:“他们三个统率秦国子弟出关,现在只有他们三人生还,其余全部抛尸蝇山,实在可恶,应杀之以谢国人。”

更有人提醒说:“当年城滔之役,楚军战败,楚君杀元帅成得臣以儆三军,君主你应当效法此举。”一时议论纷纷,众口不一。

秦穆公听了,对大家说:“这次出兵是我不听麦叔、百里奚的劝告,导致失败,所有罪责都是由我一个人引起,同其他人毫无关系。”

秦穆公知道,孟明视等人乃秦国不可多得的勇将,目前秦晋争霸中原的序幕才刚刚来开,自己正在用人之际,此时杀将对自己有百害而无一益。

况且晋襄公放回三将,显然是要借刀杀人,既要除掉仇人,又要获得秦国的好感。胜败乃兵家常事,凭他们三人的本身,将来总有一天能报此仇。

于是,他不顾别人的反对,全身白衣,亲自到郊外迎接孟明视、西乞术和白乙丙,见面后哭着向他们表示安慰,并对死去的将士表示悼念。孟明视等人非常感激,发誓要效命秦君,报仇雪恨。

不久,秦穆公又任命孟明视、西乞术和白乙丙三人为将,统帅军队。三人后来感激秦君宽容大量,忠心报国,辅佐秦君整顿战备,加强军队训练,提高军队战斗力,终于在四年之后打败了晋军。

由此可见,秦穆公代将受过的举措,有一石三鸟之功效。其一,是勇于承担责任,不退过于人;其二,是允许别人犯错误,给人以改正错误的机会;其三,笼络了人心,提高了自己的威望,使下属更加忠于自己。

一个人想要在与人合作的时候得到别人的支持或者帮助,就要懂得为别人着想,甚至有的时候要勇于承担共同犯下的错误。这样体现的不但是自己的人格魅力,也会为合作赢得很好的契机。而为了维护与他人的合作,有时候需要由自己将过错“揽过来”。

将功劳归于他人,将过错留给自己,哪个人会不喜欢同他合作呢?

2.永远让对方感觉到他的重要性

有个心理学家曾经说过, 每个人的心理都有一个无意识的标签,就是别人尊重自己,感觉到自己的重要性。人最在乎的就是别人是否看重自己，是否感觉到自己很重要。如果在有求于人或者与人沟通的时候懂得无形之间增加对方的必要性，那么，对于对方而言，就会觉得自己得到了尊重，谈起事情来也就顺利得多了。

第一次世界大战之惨烈，可谓状况空前。美国政府迫切需要看到和平的曙光，威尔逊决心为此而努力，他准备派遣一位私人代表作为和平特使，与欧洲军方进行协商、合作。国务卿勃莱恩一贯主张和平，极想获得这个机会，他知道这是立大功并可名垂青史的最好机会。但威尔逊却委派了他的好朋友赫斯上校。赫斯上校当然万分荣幸，但将这一消息告知勃莱恩又不触及他的自尊，却是一件十分棘手的工作。

"当听说我要去欧洲做和平特使时，勃莱恩显然十分失望，他说他曾打算去干这事。"赫斯上校在日记中这样写道，"我回答说，总统认为其他人正式地去做这件事不大适宜，而派你去，则目标太大，容易引起注意，会有太多猜疑：为什么国务卿到那里去？"

从赫斯上校的话中我们可以听出一种弦外之音，他等于在告诉勃莱恩，他太重要了，不适宜亲自去做这一工作——这样便使勃莱恩虚荣心获得了满足。赫斯上校十分精明且饱经世故，他在处理这一事情的过程中遵守了人际关系中的一个重要准则：满足他人的虚荣心，永远使对方觉得自己很重要，他会依从你的感觉。

在社会交往中，获得尊重既是一个人名誉地位的显示，也表明了他的品行、学识、才华得到了认可。无论是年长者还是年轻者，位尊者与位卑者都期望别人尊重自己。因此，那些懂得尊重别人的人，人们对他产生好感就是情理之中的事情了。

拿破仑称帝时，他是如何安抚那些为他出生入死的将士的呢？据说

他一共颁发了1500枚徽章给他的将士,赐封他的18位将军为“法国大将”,称他的部队为“王牌军”。有人批评拿破仑给老练的精兵一些“玩物”,而拿破仑回答说:“人们本来就是被玩物所左右。”

获得重要的感觉,这是人类的天性。每个人都有虚荣心,我们每个人对此都应该铭记于心。心理学家马斯洛就曾指出,每个人都希望自己的能力和成就得到社会的承认,这就是尊重的需要。它又可分为内部尊重和外部尊重。内部尊重是指一个人希望在各种不同情境中有实力、能胜任、充满信心、能独立自主。其实,内部尊重就是人的自尊。外部尊重就是指一个人希望有地位、有威信,受到别人的尊重、信赖和高度评价。所以,当你让对方感觉到他非常重要,给了他充分的尊重后,他会感觉很舒适,很容易就接纳你,从而帮助你实现你的目标。

在大选来临之前,英国政治家玛格丽特·撒切尔夫人所在的保守党面临着一个难题——如何制止颓势?撒切尔夫人的解决办法是令人信服的,她说:“我们只有一个办法,走出去,到选民中去。这样就会最终获胜。”

保守党的工作人员认为,和撒切尔夫人在一起搞竞选实在很累。因为,她总是在大街上东奔西跑,走家串户。一会儿在这家坐会儿,同房东交谈;一会儿又同那个握握手,或向坐着扶手椅的人问长问短;一会儿又到商店询问价格。大部分时间,她带着秘书黛安娜跑来跑去。午饭时,他们就到小酒店和新闻发言人罗伊·兰斯顿以及委员会的其他成员一起喝啤酒。然后,她又去握更多的手,参加集会作演说,接见更多相识过的人。这样,撒切尔夫人身体力行地赢得了越来越多的拥护者,为竞选打下了坚实的群众基础。

撒切尔夫人为什么会在大选中获得最终的胜利,就是因为她敏锐地捕捉到了尊重他人的重要性,尤其是对选举至关重要又曾被人忽视的普通选民。她运用了一种最有利的方式获取他人对她表示善意和支持的态度,而且也把政治领袖和普通民众的隔阂消除了,使自己的形象在他人心中更人性化。从心理学的角度来说,撒切尔的这种做法含有一种亲善心理,让人体会到她的平易近人与和善。这自然能引起人民的爱戴和拥护,因为,她这一人性化的形象消除了人与人之间的心理隔阂,使人与人之间变得更亲近、更便于交流。

因此,在交际过程中,我们必须时刻提醒自己:永远让对方感觉到他的重要性,这样他才会助你实现目标。

3.助人助心,自立者方能自强

英国电视制片人莱斯·布朗成名后经常回忆起大学时代的一位恩师,并且不止一次地对别人说:他的今天,归功于那位教授点燃了他心中的信心火焰。

读大学时,布朗是一名差生,外语、数学和历史考试经常不及格,暑假期间还被迫到补习班补习。他自以为自己很笨,觉得自己比大多数同学都迟钝,也不像他弟弟妹妹那样聪明伶俐。就在他灰心丧气、一蹶不振的时候,一位名叫卡尔的教授在听了他的倾诉后,非但没有嘲笑他,反而鼓励他说:"哦?布朗,没关系的,它能说明什么呢?它只能说明今后你还

得更加努力才行。要知道，对未来命运和成就起决定作用的因素有很多，记住，千万不要灰心，不要泄气！”

在得到卡尔教授的鼓励后，布朗好像变了一个人，对自己充满了信心，对任何事情都勇于去尝试、去奋斗、去拼搏。后来，布朗的名字终于上了学校的荣誉册。几年以后，他又制作了5部专题片，并在公众电视上播出了。当他制作的节目《你应受报答》在教育台播出后，卡尔教授还专门给他打来了电话说：“你就是那个让我感到骄傲的人，是吗？”布朗也恭恭敬敬地说：“是的，先生，正是我。”

故事之所以动人，那是因为有助人的智慧在其中。不难想象，如果当年卡尔教授像其他人一样嘲笑布朗，那么后来的布朗又怎么能够树立起信心呢？卡尔教授转换了帮助布朗树立信心的方法——安慰他、鼓励他！

我们说的“智慧地助人”，是不带给被助者卑微感受的帮助。

有一次，一位纽约的商人，把一枚硬币丢进了一个卖铅笔人的杯子里，便匆忙踏进地铁。过后他想了一下觉得这样做不妥，又跨出地铁，走到卖铅笔人那里，从杯中取走几支铅笔。他抱歉地解释说，他在匆忙中忘记了带走铅笔，希望不要介意。他说：“毕竟，你跟我一样都是商人。你有东西要卖，而且上面也有标价。”然后他赶下一班车走了。

几个月后，在一个隆重的社交场合，一位穿着整齐的推销员走到这个商人身边，并自我介绍说：“你可能已经忘记我了，而我也不知道你的名字，但是我永远忘不了你，你就是那个重新给我自尊的人。我一直是一个销售铅笔的乞丐，直到你跑来找我，并告诉我，我是一个商人。”说来有趣的是，后来正是这位昔日的乞丐，帮助这位商人把积压的商品推销了出去，还挣了不少钱。

助人的方式有很多种，古人说“授人以鱼，不如授人以渔”，可是当人们真正做善事的时候，又有几个人真的考虑过被助者的心理呢？助人助心，自立者方能自强。当我们做善事的时候，一定要多替对方考虑一下。没帮到人事小，要是伤害了人，那就跟自己的初衷相差甚远了。

有人曾访问过100位白手起家的富翁，发现他们都有一个共同的特点，就是他们都是优点的发现者，能看到其他人好的一面。美国的玛丽·克罗莱女士所创办的家务与礼品公司，从一无所有开始，竟成功地成为一家堪称销售界楷模的公司。为什么她能获得如此惊人的成功呢？有人说，她的成功是出自于她深刻的信仰：她相信一个有信仰的人等于99个只有兴趣的人；她相信每个人都有无限的潜能，如果你能从心理、道德、体能和精神上帮助他们，他们也会在相同的基础上为你建立生意，助你赚钱。

4.培养良好的声誉，使人愿意与你深交

一个人如果学会了获得他人信任的方法，真要比拥有万贯家财更足以自豪。

任何人都应该努力培养自己良好的声誉，使人们愿意与你深交，愿意竭尽全力来帮助你。

要获得他人的信任，除了要有正直诚实的品格外，还要有果断、正确的做事习惯。

一个年轻人如果希望闻名世界、流芳百世，他首先要获得人家对他的信任。

但是，世界上真正懂得获得他人信任的方法的人真是少之又少。大多数的人都无意中在自己前进的大道上设置了一些障碍：比如有的态度不好，有的缺乏机智，有的不善待人接物，常常使一些有意和他深交的人感到失望。

在人际交往过程中，第一印象往往是最深刻的。所以，我们一定要注意自己给人的第一印象。如果一个人能够与人初次见面就达到一见如故的程度，那可真是太成功了。

成功希望最大的人倒不是那些才华横溢的人，而是那些最能以真诚的态度对待他人的人。

有些年轻人开始经商时，常常认为一个人的信用是建立在金钱基础上的。一个有钱的人、有雄厚资本的人，就有信用，其实这种想法是不对的。与百万财富比起来，高尚的品格、精明的才干、吃苦耐劳的精神要高贵得多。

任何人都应该努力培养自己良好的声誉，使人们愿意与你深交，都愿意竭力来帮助你。一个明智的商人一定要把自己训练得十分出色，不仅要有经商的本领，为人也要诚实、讲信用和坦率，在决策方面要培养坚定而迅速的决断力。

有很多银行家非常有眼光，他们对那些资本雄厚，但品行不好、不值得人信任的人，决不会放贷一分钱；他们反而愿意把钱借给那些资本不多，但肯吃苦、能耐劳、小心谨慎、时时注意商机的人。

银行信贷部的职员们在每次贷款之前，一定会对申请人的信用状况研究一番：对方生意是否稳当？能否成功？只有等到觉得对方实在很可靠，没有问题时，他们才肯贷款。

任何人都应该懂得："人格是一生中最重要的资本"。要知道，欠钱不还时,其实是在拿自己的人格来典当。

罗赛尔·赛奇说:“坚守信用是成功的最大关键。”一个人要想赢得他人的信任,一定要立下极大的决心,花费大量的时间,不断努力才能做到。

美国一家大杂志的主编约翰格林先生在谈及如何获得信用时说:

“第一,必须注意自我修养,善于自我克制,做事恳切认真,建立良好的声誉;应该随时设法纠正自己的缺点;行动要踏实可靠,做到言而有信,与人交易时必须诚实无欺——这是获得他人信任的最重要条件。

“其次,一个想要获得他人信任的青年人,必须老老实实做出业绩来让人看,证明他的确是判断敏锐、才学过人、富于实干的人。一个才能平平的人把多年的储蓄都拿来投资到事业上,固然是很好的事情,但如果他在某一方面有所专长,他给人留下的印象更不知道要好多少倍。因为在这样一个企业和职业都专业化的时代,一个无所专长又样样都懂一点的人物,与那些在某工领域有所专长的人相比,总是竞争力不够。所以,如果一个人身上有一笔最可靠的资本——在某一领域有所专长,那么无论他走到哪里,他都将受到重视。

“第三,一个青年商人要想成功,他更需要一种最可贵的资本——良好的习惯。有良好习惯的商人远比那些沾染了各种恶习的人容易成功。世界上本来已有不少人快跨入成功的门槛,但是因为有些不良的习惯,使得人家始终不敢对他抱以信任,他的事业因此而受阻于中途,无法再向前发展。那些沾染了各种恶习的人,大多自己是不太清楚的,但那些与他发生交往、产生业务往来的人却看得很清楚,因为他们大多是很看重这些问题的。

“一个人的品格大都是经过他的习惯来培养成功的。有些青年人原来品格优良,但后来因为沾染了一种恶习,结果再也没有出头之日。很多年轻人一开始很不注意自己的习惯,觉得那只是暂时的小事。但是,久而

久之，他可能会因为一些恶习而为人所排挤，到时候他可能会懊悔起来，开始反思：‘没想到那样随便玩玩也会成为改不了的恶习。’但是，到时再懊悔又有什么用呢？

“一个立志成功的青年，为了自己的前途无论如何都要抵制不良的诱惑，在任何诱惑面前都要坚定决心、不为所动。他必须永远善于自我克制，不饮酒、不参与赌博、不弄虚作假、不因为毫无意义的项目而举债。他的娱乐项目应该是正当而有意义的。否则，只要稍动邪念，他就可以一下毁掉自己的信用、品格和成功。如果去仔细分析一个人失败的原因，就可知道多半是因为那人有着种种不良的习惯。

“很多人能获得成功靠的就是获得他人的信任。但到今天仍然有许多商人对于获得他人的信任一事漫不经心、不以为然，不肯在这一方面花些心血和精力。这种人肯定不会长久地发达，可能用不了多久就要失败。

“要获得人们的信任，除了你在人格方面的基础外，还需要实际的行动。任何一个青年人在刚跨入社会做事时，绝对不会无缘无故得到别人的信任。他必须发挥出所有才干，在财力上建立坚固的基础，在事业上获得发展、有所成就。然后，他那优良的品行、美好的人格才会被人所发现，才会使人对他产生完全的信任，他才能走上成功之路。我们杂志社外派去采访社会名人的记者，他们最注意的不是那个成功者的生意是否兴隆，进账是否多，而是那个人是否还在不断进步，他的品格是否端正，他的习惯是否良好，以及他创业成功的历史和奋斗过程。”

很多青年人都没有注意到，越是细小的事情，越容易给人留下深刻的印象。比如，你向别人借钱后，到了约定日子仍无法去还钱，你随口说过几天再还吧。对方如果稍有判断力，他一定可以看出你是一个怎样的人，是否值得信任。

你也许会这样想：过几天有什么不得了的呢？那位借给你钱的人不

是很有钱吗？但是，你反过来想一想，这样一来你本身的信用要受到多大的损害啊！

又有不少年轻人平日为人的确很诚实可靠，但他们有一个毛病，那就是对任何事情都太马虎，这样就容易在不知不觉中使自己的信用丧失。比如，他们明明在银行里存款已经不多，却还是开出了一张超额的支票，结果害得收款的人到银行去碰壁。如果这样做生意，那么他的一切信用将最终会破产。

一个精明强干的商人做起事来总是很迅速、敏捷，从不会显露出拖拖拉拉、行动迟缓的样子，这就是他们走向成功的有效手段。他们订立合同后从不违约，也决不会开出空头支票。他们知道，无论是树立信用、还是生意成功都需要小心谨慎，否则，一旦信用丧失，生意必将失败。

要获得他人的信任，除了要有正直诚实的品格外，还要有果断、正确的做事习惯。即使是一个资本雄厚的人，如果做事优柔寡断，头脑不清，缺乏敏捷的手腕和果断的决策能力，那么他的信用仍然维持不住。

而一个人一旦失信于人一次，别人下次再也不愿意和他交往或发生贸易往来了。别人宁愿去找其他人，也不愿再找他，因为他的不守信用可能会生出许多麻烦来。

一个有信用的人要使自己的信用破产，那是最简单不过的事情。即使你多年来一直有诚实守信、有口皆碑的历史，但你从今日开始只要变得糊涂起来，不再把事情放在心上，丢三拉四，错误不断，这样过不了多久，就再也没有一个人会来信任你了。

5.保持一个真诚的微笑

中央电视台曾经做了一期关于面对陌生人微笑的节目，节目给了我们很大的启示。主持人始终是面带微笑地面对每一个来来往往的过路人，看陌生人对她面带微笑的不同反应。我们能感受到了她那发自内心的微笑，是这般迷人，这般甜美，这般让人心动，没什么理由不向她微笑。向陌生人投去会心的一笑，陌生人一开始没什么反应，当她向第五位大妈微笑时，大妈向她回了一个微笑，大妈的微笑也是发自内心的，是真诚的微笑。又走过来一位优雅的女士，看到主持人真心的微笑时愉快地回应着甜美的微笑。当主持人面对农民朋友微笑时立刻得到了微笑回报。

大家的微笑都是发自内心的，是一种无声交流的。微笑连接起了陌生人心与心的交流。因此，微笑是最能打动人的。

卡耐基说："笑容能照亮所有看到它的人，像穿过乌云的太阳，带给人们温暖。"

一个刚刚学会保持微笑的年轻人说："当我开始坚持对同事微笑时，起初大家非常迷惑、惊异，后来就是欣喜、赞许。两个月来，我得到的快乐比过去一年中得到的满足感与成就感还要多。现在，我已养成了微笑的习惯，而且我发现人人都对我微笑，过去冷若冰霜的人，现在也热情友好起来。"

面对陌生人时，有时我们甚至什么都不用做，只是对着他微笑，就能在瞬间缩短你和他(她)之间的距离。

原一平25岁当实习推销员时，身高1.45米，又小又瘦，横看竖看，实在缺乏吸引力，可以说是先天不足。然而，就是这样一个人却成为日本保险业连续15年全国业绩第一的“推销之神”。原一平成功的秘诀在哪里呢？是他那“值百万美金的微笑”。

用微笑来打通陌生人之间的隔阂是原一平用自己的亲身体会总结出来的制胜法宝。他在推销的过程中发现，笑容是传达爱意给对方的捷径；笑具有传染性，笑容可以引起对方笑并使对方愉快；可以轻易地消除二人之间的陌生感甚至隔阂，使对方门扉大开；笑容是建立信赖关系的第一步，它会创造出心灵之友；笑容可以激发工作热情，创造工作成绩；笑容可以消除自己的自卑感，弥补自己的不足；如能将各种笑容拥为己有，了如指掌，就能洞察对方的心灵；笑容能增进健康，增强活动能力。

并且，原一平认为，婴儿般天真无邪的笑容最具魅力。于是，他就花费了很长时间练习笑，直到他在镜中看到自己的笑容与婴儿的相差不多时才罢休。当他带着这样的微笑再去推销保险时，没有一个人拒绝他。

保持一个微笑的表情、谦和的面孔，是表示自己真诚、守礼的重要途径，更是有效沟通的桥梁，是人际关系的磁石。

既然微笑在社交活动中起着重要的作用，就应该学会用微笑来树立一个良好的社交形象。生活中你会见到各种各样的笑，有皮笑肉不笑，有开怀大笑，有强颜欢笑，还有嫣然一笑。但最美的莫过于微微一笑，时间不长，但回味很久。这样的笑必定是发自内心的笑，真诚而友好，让人看了也会敞开心扉对你报之一笑，友谊就此确立。但有些笑会让人觉得不舒服，比如一个人长时间看着你笑，你不会觉得他有问题，而是感觉自己哪里不对劲，“这笑容够瘆人的。”如果有人对你正在微笑，却瞬间收回笑容，让你感觉戛然而止，你会很不适应。因此，微笑是

一个自然流动的过程,两个人四目相接时彼此都展现笑容,这是表达友好最完美的方式。

很多礼仪教材都提出,微笑要露出6至8颗牙,但是,这是非常不现实的。微笑是一个个性化的表情。人跟人情况不同,笑容也应该因人而异。如果硬性规定,人们反而无所适从。设想一下,如果满世界的人微笑时都笑不露齿或六齿裸露,岂不是骇人听闻?

每个人都有各自的生理和心理特点,展现出的美丽笑容也是大相径庭。有的人开朗、热情,笑时露出一排漂亮的牙齿;有的人内向、含蓄,笑时轻轻抿起嘴唇;有的人成熟、大方,笑时眼睛更会说话。朱莉亚·罗伯茨笑的时几乎可以看见所有的牙齿,嘴角更是高高地提起,谁又能否认这副笑容的魅力呢?

世界上最动人最美丽的微笑是发自内心的,而不是以露出几颗牙、嘴角上提到几度位置,眼睛变化成哪种形状来衡量的。在那个瞬间,展现你独特的气质,自信、勇敢、自然、真诚的去微笑就是最棒的。

当然,笑要根据场合需要而定,该笑的时候笑,不该笑的时候千万不能笑,否则你会给人留下一个"不识时务"的坏印象。在交往过程中,目光停留在对方身上的时间应该占整个过程的三分之一至三分之二,在这段时间里在与对方目光接触的时候是应该展现出灿烂笑容的。其余的时间段内,应该适当地将笑容稍微收拢,保持亲和的态度就可以了。另外,还要使微笑富于层次的变化,根据交谈的内容和情形自如地收放笑容,并配合目光交流和手势、动作等,同时,要展现出个人的特点,使整个交往过程中的微笑表情富于动态的美感,给人留下美好的印象,促使交往成功。

6.做个能给朋友“安全感”的人

这个人我能不能信任他？这样的问题通常困惑着许多人。合作的时候笑脸相迎，发生冲突的时候就变得翻脸不认人。哪怕是朝夕相处的同事或者朋友，也会在发生利益冲突的时候变成敌人。对于“朋友”的不安全感，确实让许多人感到困惑。

在现代社会，每个人的心理表面上看起来是比较平静且有安全感的，实际上其内心深处则隐藏着各种的危险感或不安全感。在人际交往当中对他人缺乏安全感的人越来越多，这些人在心理上明显的表现就是不相信任何人，时刻处于戒备的状态。在人际交往中，别人很难走进这些人的生活和心理，也就很难取得这些人的信任。

在与他人交往的时候，核心人物最关心的是：他是否重视我、他是否尊重我、我的话语是否有真知灼见、我的表述是否精辟等。一旦我们的做法或者态度给核心人物带来不安全感的时候，我们就很难走进核心人物的心里。

导致核心人物在心理上缺乏安全感，很大程度是由人本身造成的。人是生活在社会中的，人与人之间的交往在给人带来各种好处的同时，也给人带来很多的危险。身边其他人的存在更会让每个人担心，因为，人是有心理变化的，而心理的变数是最多的，正所谓“人心叵测”，故而“防人之心不可无！”

那么如何做个让别人信任的人呢？下面几点也许可以帮到你。

营造具有舒适、安全感的交流环境

每个人都有一定的人际关系背景，并且有相应的行为模式。在交往

的过程中，每个人都力图创造出适合自己的情景模式。在与核心人物交往时，首先要创造一个符合对方心理需求的交流情景，例如交流的地点和气氛等要尽量适合核心人物的行为模式，使对方的情绪处于一个愉悦的状态。

有一项实验，工作人员准备了两个房间，一个房间阴冷、装饰恐怖，另一个房间温暖舒适。工作人员让两组观察者和客人进行交流，并要求客人说出对两组人的评价。结果显示，处在不同房间的客人对观察者的评价和印象明显不同：处在舒适房间的客人对观察者的好评远远多于置身于不舒适房间的人对观察者的评价。

实验表明，舒适、安全的环境会排除人的恐惧心理，使人心存善良、心情舒缓。所以，要想攻破核心人物的心理防线，首先就要创造一个使核心人物感到舒适、安全的环境。

言语巧妙，消除对方言语戒备

以色列总理拉宾是和平的守卫者，他很少接受采访，不喜欢和新闻界打交道。我国著名的电视节目主持人和记者水均益在采访拉宾时采用了攻心策略，巧妙地打开了他的话匣子。

采访拉宾时，水均益首先说到："总理先生，一千多年前，一些犹太商人和拉比（犹太教士）带着商品和在羊皮上写成的《圣经》卷宗来到了中国的黄河岸边。从那时起，犹太人民和中华民族有了第一次良好的交往。今天，您作为第一位犹太人国家的领导人又一次来到中国，您给我们带来了什么？"

水均益这番话，既表明自己熟谙两国人民的历史，使对方不敢小觑自己；又说出两国人民的友谊源远流长；同时，还显露了自己对拉宾总理的信任与热切期待，期待他的到来会揭开两个民族之间友好交往的新篇章。

无疑，这是拉宾最喜欢的话题，就这个问题，他真诚而愉快地谈了七分钟。对向来不苟言笑的拉宾而言，这是破天荒的。

水均益运用语言技巧，从拉宾的愿望、志趣、信仰、理想等方面入手，寻找到与拉宾共同的话题，投其所好。这就大大缩短了双方的心理距离，引起对方的心理共鸣。

要突破核心人物的心理防线，就要在交流的过程当中巧妙施展语言技巧，找到共同话题，引导双方进入自己设定的交流情境当中，争取主动。

以情攻心，促其转化

《触龙说赵太后》中讲叙了触龙劝说顽固的太后的事情。触龙见到太后之后，先谈健康问题，表示对太后的关心，消除了她的怒气；继而谈爱子问题，用激将法说太后爱燕后超过了爱长安君，逼着太后吐露溺爱长安君的心事；然后又用赵王和诸侯的子孙为例，暗示太后的溺爱对长安君并没有好处，并最终打动了太后。

触龙之所以能劝说成功，除了具有高超的语言艺术外，还在于他深切地了解太后的心理。用真情实感去打动太后，唤起太后的爱子真情。

人非草木，孰能无情？有很多时候，人们即使在物质生活上得到了极大的满足，也替代不了情感上的需要。对一些讲义气、重感情的核心人物，要充分利用其父母、子女的牵挂之情和亲友之谊去打动他们，消除他们心理上的戒备，让他们确认你就是那个他们最愿意倾吐心声的人。

寻求一致，以短补长

有一个小伙子固执地爱上了一个商人的女儿，但姑娘始终拒绝正眼

看他，因为他是个古怪可笑的驼子。这天，小伙子找到姑娘，鼓足勇气问："你相信姻缘天注定吗？"姑娘眼睛盯着天花板答了一句："相信。"接着姑娘反问他："你相信吗？"小伙子回答："我听说，每个男孩出生之前，上帝便会告诉他，将来要娶的是哪一个女孩。我出生的时候，未来的新娘便已经配给我了。上帝还告诉我，我的新娘是个驼子。我当时向上帝恳求：'上帝啊，一个驼背的妇女将是个悲剧，求你把驼背赐给我，再将美貌留给我的新娘。'"姑娘看着小伙子的眼睛，内心深处被搅乱了。最终，她把手伸向他，之后成了他最挚爱的妻子。

与他人交往缺乏安全感的人经常都处于"不"的心理状态之中，自然而然地会表现不友好。因此，要想突破这样的核心人物的心理防线，就要努力寻找与对方一致的地方，先让对方赞同你远离主题的意见，从而使其对你的话感兴趣，而后再设法将你的主题引入，最终求得对方的同意。

7.懂得分享，赢得好人缘

不管是信息、金钱、利益或工作机会，懂得分享的人，最终往往可以获得更多人缘。

台北市内湖科学园区的益登科技，因为代理全球绘图芯片龙头厂商的产品，从默默无闻的无名小卒，迅速跻身为国内第二大IC通路商。总经理曾禹旖赤手空拳在6年内，打拼出了一家市值逾新台币80亿元的公司，他靠的是什么？

与曾禹旖相交二十多年的友人吴宪长说:“在同业中或同辈中,论聪明、论能力,曾禹旖都不能算顶尖,但是,他能遇到这个好运,八成以上的因素在于他的人脉。因为他很愿意与别人分享,大家才会利益共享,机会之神也才会眷顾他,而不是别人。”

“有怎样的度量,就有怎样的福气”,从小曾禹旖的父母就是这样教导他。如今,曾禹旖也常这样对属下说:“赚钱机会非常多,一个人无法把所有的钱赚走。”是的,只有分享,才能让你得到更多。

众所周知,中国的温州人是有名的“生意精”,素有中国的“犹太人”之美称,他们之所以能把生意做到如此地步,就是因为他们善于分享,以此积累了丰富的人脉资源,有了人还怕做生意不赚钱?

温州人信奉“有钱大家一起赚”的信条,他们认为不让人赚钱的生意人,不是好生意人,也绝对不会得到真正的朋友。真正的朋友总是肯为对方考虑的。在商业社会,做生意总要有伙伴、有帮手、有朋友。你照顾了别人的利益,实际上也就是照顾了自己的利益。

谢福烈是四川温州商城的董事长,他是第一位到四川从事房地产开发的温州商人。如今,他的投资已经扩展到了乐山温州商城、三台温州商城、营山温州商城、自贡温州商城……这些投资已经超过了7亿元。但是,谢福烈却没有向银行贷过一分钱的款。那么,这么多的资金都是从哪里来的呢?

谢福烈投资自贡温州商城时需要总投资3亿多元,这么多的资金靠谢福烈的自有资金显然是不够的。于是,他把自己的计划向其他60多位温州老乡公布。结果,这些温州商人二话没说,集资凑足了3亿,这个项目就被谢福烈和他的这些老乡们拿下了。

温州市鹿城区副区长熊洪庆说:“我现在走到哪里都很方便,因为温州商会遍布全国各地,很乐意接待来自家乡的客人。有钱大家一起挣,有

商机大家一起争取。”温州人就是靠这种理念把生意做大的。

巴勒斯坦有两片海,这两片海相距不远,而且共用一个源头——约旦河。但是景象却大不相同,一片死气沉沉,被称为死海;另一片生机盎然,名为加利利海。

同样都是接纳约旦河的水,为什么如此不同?原来,死海地势较低,水只能流入,而不能流出,加上阳光终日照射,海水不断蒸发,久而久之,就成了寸草不生的咸水湖。而加利利海则恰恰相反,它的地势较高,水流入又流出,接纳和付出同时进行,所以“活”得精彩纷呈。

一个懂得分享的人,生命就像加利利海的活水一样,丰沛而且充满活力,这样的人身上有一种特殊的吸引力。此外,在这个世界上,有些东西是越分享越多的,更重要的是,你的分享将会使更多人愿意与你在一起。

几年前,小文和小菲同时应聘到一家银行做职员,由于工作的关系,她们经常接触,时间久了,两人就成了朋友。

如今,虽然她们各自都已成家,但她们还是经常一起聚餐、逛街、泡吧。有时候,她们还相约到彼此家中走动走动,把各自的朋友介绍给大家,久而久之,以她们为中心,形成了较大的交际圈。

小林在房地产开发公司上班,他说由于平时工作繁忙,加上自己周末又是最忙的时候,与朋友聚会的时间非常少。所以,他就把同事当作朋友,每当遇到不顺心的事,他会在下班后,约上几个关系好的同事去喝茶聊天,郁闷的情绪很快就会烟消云散。遇到高兴的事,他也会约同事找个地方,好好地庆祝一番。

要想让同事把你当朋友,你首先就要以朋友的身份去面对你的同事,要做到有好事就告诉同事。让他们分享这份快乐。比如逢年过节的

时候,单位里经常会发一些物品、奖金等,你先知道了,或者已经领了,就应该告诉同事,或者能代领的话你就帮忙代领一下。如果你都不吱声,那么同事就会认为你不合群,缺乏共同意识和协作精神,更不会把你当朋友看。

另外,还要大方地和同事交流分享生活中的一些私事。有些私事不能说,但有些私事说说也没有什么坏处。比如你的男朋友或女朋友的工作单位、学历、年龄及性格脾气等;如果你结了婚,有了孩子,就有关于爱人和孩子方面的话题。在工作之余,都可以顺便聊聊,它可以增进了解,加深感情。你主动跟别人说些私事,别人也会向你说,有时还可以互相帮帮忙。你什么也不说,什么也不让人知道,人家怎么信任你呢?

8.增进信任的相互行动

你信任对方,首先要向对方表示你的诚实。对方也会回报给你以信任,相互信任就能产生一种真诚的气氛,会让双方都建立起一种良好信誉。信任产生信誉,信誉产生信任。

信任总是相互的,如果你不信任对方,用怀疑的眼光去看待对方,对方也就不信任你,也不用怀疑的眼光去看待你。而一旦双方产生了不信任,后果会越来越恶化,就根本不存在信誉了。敢于信任人是一种自信心的表现,其前提是自己要诚实,一个不诚实的人是不敢去信任别人的。敢于信任别人的人是伟大的,是有信誉的。

杰克带着8岁的小外甥去看马戏，见那些在空中飞来飞去的人抓住对方送过来的秋千，万无一失。小外甥看得都呆了，心里佩服极了。“他们不害怕吗？”小外甥问杰克。

前面有一个人转过头来，轻轻地说：“宝宝，他们不害怕，他们知道对方靠得住。”

有人低声告诉杰克：“他从前是走钢索的。”

杰克每逢想到信任别人这件事，就回想到那些在空中飞的人。生死间彼此都必须照顾到对方的安全。

杰克又想到，他们虽然勇敢，并且训练有素，要是没有信任别人的心，绝对演不出那么惊人的节目。

平常生活也是如此。人活在世上需要信任别人，犹如需要空气和水。我们如果不信任别人，对方便无法诚恳。我们如果戴了假面目不能对人坦白，会有多么拘束难受！一天到晚都提防别人，会害得我们脑筋瘫痪。要想受人爱戴，就得先信任人。

“有了信心才有爱，”心理分析专家佛罗姆说，“不常信任别人的人，也就不常爱人。”

另一方面，如果和信任我们的人相处，我们会放心自在。心理学家欧弗斯屈说：“我们不但可以护卫别人，而且在许多方面也影响别人。”信任或防范，能铸就别人的性格。

纽约州星星监狱前典狱长的太太凯瑟琳·劳斯差不多每天都到监狱里去。犯人运动的时候，她的孩子往往和他们一起玩。她也和犯人一同观望。人家叫她提防，她说她并不担心。

因为她对犯人这样信任，她去世的时候消息立即传遍了监狱。犯人都尽量聚集在大门口，看守长看见那些犯人默默不语难过的样子，

便把狱门敞开。从早到晚，这些人排队到停放遗体的地方去行礼。他们的四周并无墙壁，但是，犯人也没有一个辜负狱方好意，他们都仍旧回到监狱里，这无非是犯人对这位太太表示的敬爱，因为她在世时曾经信任他们。

人与人处得融洽，全靠信任。老师要是能使堕落的学生相信她对他们只怀好意，那么，她的教育差不多就成功了。精神病学专家要费大部分时间劝神经错乱的病人信任他们，才能够动手治疗。人对人必须怀着好感，彼此信任，个人的日子才不至于过得一团糟。

我们为什么这样难以互相信任呢？主要原因是我们害怕。在飞机上或火车上往往有这种情形，两个人虽然并排而坐，却都怕开口。看他们那种矜持的样子，多么难受！犹太教法师赖布曼说。“我们怕别人轻蔑我们，拒我们于千里之外或者揭掉我们的假面具。”

信任别人的人，日常待人接物多么与众不同！有一个人形容他所认识的一个女人：“她见到人便伸出两只手来迎接，仿佛是说：‘我多么相信你！单单同你在一起，我就觉得非常高兴了！’而你离开她的时候，也会感觉到自己想做什么事都能成功。”

我们儿童时代忘不了的往事，常常会使我们处处提防别人。例如，一位某公司的总经理，他就没有多少朋友。他七岁丧母，由姑母把他抚养成人。姑母一番好意地对他说：“母亲出去看朋友了。”他白白盼望了好几个星期。这种隐瞒虽然出于善意，可是为了这件事，他长大以后再也不相信别人的话了。

要增进彼此的信任，我们首先必须有自信。美国诗人佛罗斯特说：“我最害怕的，莫对于吓破胆子的人！”事实上，自觉不如人和能力不够的人，是不能信任别人的。不过，自信并不就是以为自己毫无缺点。我们必须相信自己的地方也就是必须相信别人的地方。那就是相信自己切实在

尽自己的能力和本分做事,不管有没有什么成就。

其次,信任必须脚踏实地。有一位女孩曾痛心地说:“信任别人很危险,你可能受人愚弄。”假使她的意思是说,天下总有骗子,那么这句话是有道理的。信任不可建筑在幻觉上。不懂事的人不会一下子就变成懂事,你明明知道某人喜欢饶舌,就不应该把秘密告诉他。世界并不是一个毫无危险的运动场,场上的人也不是个个心怀善意。我们应该面对这个事实。

真正的信任,并不是天真地轻信。我们不如说:别人是何等人,就明白他是何等人,不必迟疑,却要用心去发掘他的长处。

最后,对别人信任需要有孤注一掷的精神——赌注是爱,是时间,是金钱,有时候甚至是性命。这种赌博并不一定常赢。但是,意大利政治家贾孚说:“肯相信别人的人,比不肯相信别人的人差错少。”

不信任人,不能成大业。一个人要是不信任人,也不能成为伟人。美国哲学家和诗人爱默生说:“你信任人,人才对你忠实。以伟人的风度待人,人才表现出伟大的风度。”

阅读链接:中国古代诚信故事之九

鲁肃忠厚诚实,信守诺言

东汉末年的鲁肃,字子敬,临淮东城(今安徽定远县永康)人。他出身于富豪家族,但祖辈无人出仕为官。他出生后不久,父亲就去世了,由祖母抚养长大。时值东汉末年,政权不稳,民不聊生。董卓之乱时,鲁肃卖掉

土地,散尽钱财,结交贤达,深为乡民拥戴。

周瑜听说鲁肃豪爽仗义,便慕名找到鲁肃,两人建立了深厚的友谊。为避战乱,鲁肃先依袁术,后附周瑜,在周瑜的引荐下,成为孙吴政权之臣。鲁肃认为汉室已经不可能复兴,曹操也不可能短时间内被除掉,所以一直力劝孙权经营江南,鼎足江东。孙权很欣赏鲁肃的见识,称他"大略帝王之业,此一快也",每每遇见有大事需要定夺,都让鲁肃出谋划策。

在当阳长坂,鲁肃与刘备相遇,鲁肃又与他纵论天下大势,力请刘备与孙权联合,共拒曹操。刘备非常赞同鲁肃的看法,便进驻夏口(今湖北汉口),派诸葛亮随鲁肃去见孙权。孙权得知曹操进犯,召集众将商议。鲁肃力主抗曹,说自己如果降曹,仍不失为州郡之官长,而孙权降曹会是什么结果呢?于是,孙权授权周瑜,让他主持战事,任命鲁肃为赞军校尉,帮助周瑜出谋划策。刘备和孙权联合起来攻打曹操。

蜀国的军师诸葛亮和东吴都督周瑜经常在一块儿商议军机大事。周瑜嫉妒诸葛亮的才干。有一天,周瑜请诸葛亮商议军事,说:"我们就要跟曹军交战。水上交战,用什么兵器最好?"诸葛亮说:"用弓箭最好。"周瑜说:"对,先生跟我想的一样。现在军中缺箭,想请先生负责赶造十万支。这是公事,希望先生不要推却。"诸葛亮说:"都督委托,当然照办。不知道这十万支箭什么时候用?"周瑜问:"十天造得好吗?"诸葛亮说:"既然就要交战,十天造好,必然误了大事。"周瑜问:"先生预计几天可以造好?"诸葛亮说:"只要三天。"周瑜说:"军情紧急,可不能开玩笑。"诸葛亮说:"怎么敢跟都督开玩笑。我愿意立下军令状,三天造不好,甘受惩罚。"周瑜很高兴,叫诸葛亮当面立下军令状,又摆了酒席招待他。诸葛亮说:"今天来不及了。从明天起,到第三天,请派五百军士到江边来搬箭。"诸葛亮喝了几杯酒就走了。

鲁肃对周瑜说:"十万支箭,三天怎么造得成呢?诸葛亮说的是假话吧?"周瑜说:"是他自己说的,我可没逼他。吩咐军匠们,叫他们故意迟

延,造箭用的材料,也不给他准备齐全。到时候造不好,定他的罪,他就没话可说了。你去探听探听,看他怎么打算,回来报告我。”

鲁肃去见诸葛亮,想探个究竟。诸葛亮说:“三天之内要造十万支箭,得请你帮帮我的忙。”鲁肃说:“都是你夸下的海口,我怎么帮得了你的忙?”诸葛亮说:“帮我找二十条船,每条船上要三十名军士。船用青布幔子遮起来,还要一千多个草把子,排在船的两边。我自有妙用。第三天管保有十万支箭。不过不能让都督知道。他要是知道了,我的计划就完了。”

鲁肃答应了,虽然他和周瑜友谊深厚,也不知道诸葛亮找船有什么用,但他既然答应了诸葛亮,所以回去后报告周瑜,果然只字未提找船的事,只说诸葛亮不用竹子、翎毛、胶漆这些造箭材料。周瑜疑惑起来,说:“到了第三天,看他怎么办!”

鲁肃私自拨了二十条快船,每条船上配三十名军士,照诸葛亮说的,布置好青布幔子和草把子,任凭诸葛亮调度。第一天,不见诸葛亮有什么动静;第二天,仍然不见诸葛亮有什么动静;直到第三天四更时候,诸葛亮秘密地把鲁肃请到船里。鲁肃问:“叫我来做什么?”诸葛亮说:“请你一起去取箭。”鲁肃问:“哪里去取?”诸葛亮说:“不用问,去了就知道。”诸葛亮吩咐把二十条船用绳索连接起来,朝北岸开去。

这时候大雾漫天,江上连面对面都看不清。天还没亮,船已经靠近曹军的水寨。诸葛亮下令把船尾朝东,一字儿摆开,又叫船上的军士一边擂鼓,一边大声呐喊。鲁肃吃惊地说:“如果曹兵出来,怎么办?”诸葛亮笑着说:“雾这样大,曹操一定不敢派兵出来。我们只管饮酒取乐,天亮了就回去。”曹操听到鼓声和呐喊声,就下令说:“江上雾很大,敌人忽然来攻,我们看不清虚实,不要轻易出动。只叫弓弩手朝他们射箭,不让他们近前。”从旱寨调来六千名弓弩手,到江边支援水军。一万多名弓弩手一齐朝江中放箭,箭好像下雨一样。诸葛亮又下令把船掉过来,船头朝东,船尾朝西,仍旧擂鼓呐喊,逼近曹军水寨去受箭。

原来，诸葛亮神机妙算，算出三日后必有大雾，不但用“草船借箭”的方法从曹操那里得了箭，还估计出一共得箭多少支。诸葛亮轻摇羽扇潇洒地对鲁肃说：“你有所不知啊，我方才静听舱外箭雨之声，心中默数，算来此次曹贼所赠之箭应有十二万五千一百一十一支！”鲁肃听得张口结舌，心中暗想：“这人莫非神仙下凡？”清点过后，小卒进来禀报，共得箭十二万五千一百支。鲁肃顿时大惊失色，诸葛亮虽多算了十一支箭，但预算能精确到百位，却也是非凡人可以企及的。鲁肃正要恭维一番，却见诸葛亮面色凝重，便不敢出声，想来他是为误差十一支箭而懊恼。诸葛亮严肃地对小卒说：“你们仔细清点了吗？”在小卒眼里，诸葛亮就是神仙，见他脸色难看，吓得扑通跪下：“回禀先生，确实细细清点了，不敢有分毫差错。”鲁肃严厉地对小卒喝道：“再去重新清点，检查一下船舷等处有没有查漏之箭。有错漏者军法从事！”小卒应声下去了。

鲁肃诚恳地对诸葛亮说：“十二万多支箭，先生只漏数了十一支，我已经很佩服。偶有一两支没有戳稳的箭落入水中也是难免的。先生何必这么严格地要求自己呢？”小卒再次来禀报，经过核实，仍旧只有十二万五千一百支箭。诸葛亮看着小卒的背影，长叹一声，坐倒在舱板上，神色更难看，好久没有说话。快到东吴水寨时，诸葛亮像突然想起了什么似的，对着鲁肃深深地鞠了一个大躬。说：“素闻先生诚信。前几日不仅帮我找船，而且还为我严守秘密。今日我还有一事相求：听声数箭一事，请代为保密，不要外传，我感激不尽！”

鲁肃安慰他说：“先生放心！仅数差十一支箭，在一般人看来已经是神仙一样高明了，您却为这件事感到惭愧，鲁肃佩服先生的为人，替先生保密就是。”鲁肃答应诸葛亮后从未向他人提起过此事。

第十章

以仁为美：诚信源自善良宽容

1.以恕己之心恕人

孔子说过："君子有三恕：有国君而不能侍奉，有臣子却要役使，这不是恕；有父母不能孝敬，有儿子却要求他报恩，这也不是恕；有哥哥不能尊敬，有弟弟却要求他顺从，这也不是恕。读书人能明了这三恕的根本意义，就可以算得上行为端正了。"

这就是一种推己及人的辩证法——"恕"，从字面来看，是"如心"，就是要以自己的感受推想别人的感受，也就是俗话说的"将心比心"。所谓"恕道"，就是推己及人的宽恕之道。也就是说，在替自己着想的同时也要替别人着想；想到我所要的东西的同时，也要想想这东西别人是否也需要，是否比我更需要。

孟子对"恕道"也有过论述："万物皆备于我矣。反身而诚，乐莫大焉。强恕而行，求仁莫近焉。"这句话的意思是说，万物都为我准备好了。通过反省自身而抵达真实，没有比这更快乐的事了；努力地按推己及人的恕道去做，没有比这更近的追求仁的道路了。

对于那些伤害你的人，如果你紧紧抓着你的伤痛不放，你就只是给那些伤害你的人力量，让他们控制你；可是当你原谅他们，你就切断了跟这些人的连结，他们就再也不能打击你！

宽恕别人的错误，不只是放他人一马，更是对自己的善待。

诺贝尔和平奖获得者、南非黑人领袖纳尔逊·曼德拉在度过了长达27年的监禁生活后，第二天即投入到自己钟爱并为之奋斗一生的争取民族独立和解放运动中，并在南非首度不分种族的大选中获胜，成为南非

第一位黑人总统。

5万人参加了他的就职典礼。面对三名前狱方人员的到来,他邀请他们站起身并将他们介绍给大家。在场的人无不为之感动。当其中一位美国特使团成员、身为第一夫人的希拉里问他如何在激流险壑、风云变幻的政治斗争中,保持一颗博大、宽容的心的时候,曼德拉意味深长地看了她一眼,以自己获释出狱当天的心情回答了她。他说:“当我走出囚室、迈向通往自由的监狱大门时,我已经清楚,自己若不能把悲痛与怨恨留在身后,那么我其实仍在狱中。”他没有深陷于心的监狱而成为自己的囚徒,而是宽恕了别人,从而善待了自己。

报复常常使仇恨者和被恨者双方都陷入仇恨越结越深的痛苦深渊中。佛陀说:“你永远要宽恕众生,不论他有多坏,甚至他伤害过你,你一定要放下,才能得到真正的快乐。”当我们的心灵为自己选择了宽恕的时候,我们便获得了应有的自由,因为我们已经放下了仇恨的包袱。

下面这个故事很有意义:

小沙弥去担水,回来的路上被蛇咬了。

回寺院处理好伤口之后,小沙弥找到一根长长的竹竿,准备去打蛇。慧清法师见状,过来询问。小沙弥把事情对慧清法师讲了,法师问事发地点在哪里,小沙弥说在寺院北坡的草地。

慧清法师又问道:“你的伤口还疼吗?”小沙弥说不疼了。

“既然不疼了,为什么还要去打蛇?”

“因为我恨它!”

“它咬疼了你,你就恨它。那你踩疼了它,它也恨你,也该咬你。你们双方因恨结怨,可你是人,你该早些放下心头的仇恨。”

小沙弥一脸的不服:“可我不是圣人,做不到心中无恨。”

慧清法师微微笑道:“圣人不是没有仇恨,而是善于化解仇恨。”

小沙弥赶忙说:“难道说我要把被蛇咬当做被松果打中脑袋,我就成了圣人?”

慧清法师摇摇头:“圣人不仅只是懂得化解自己的仇恨,更善于化解对手的仇恨。”

小沙弥怔住了,呆呆地望着慧清法师。

法师说:“世人对待仇恨有三种做法。第一种是记仇,在心里搁了一块土坷垃,自己总是生活在恨意带来的痛苦中;第二种是忘掉仇恨,还自己平和与快乐,等于把土坷垃弄碎,在上面种了花;第三种是主动与仇人和解,解开对方的心结,等于是把花朵赠给对手。能做到第三种,就与圣人的境界差不远了。”

小沙弥点点头。

不久,北坡草地上出现了一条高于地面的窄窄的石板路,那是小沙弥修建的,之后这里再也没有发生过蛇伤人的事情。

当然,消除内心的仇恨并不是一件容易的事,当你心中充满怨恨的时候,如果一味地强迫自己忘记,恐怕会适得其反。有的时候不妨换一种思路,尝试暂时地承认心中的仇恨。因为从某种意义上来讲,正视自己心中的怨恨,那就意味着你走出了宽恕的第一步。

学会以恕己之心恕人。仇恨只能带来更多的仇恨,而唯一能消灭仇恨的只有宽恕。凡事多站在对方的角度想一想,即使对方做出了某些伤害我们的事情,我们也要想想他当时处在一个什么样的环境中,是出于无心还是有意。

2.最高贵的复仇就是宽容

有的人在面对曾经有过恩怨的人前来求救的时候，不仅冷眼旁观，还会出言讽刺,他们认为:每个人都应该为自己所犯的错误付出代价,否则岂不便宜了犯错的一方?

然而念念不忘过去的伤害,是伤痛的延续,并不能把我们不能从伤害的阴影中解救出来,而痛苦却像魔鬼总是和我们如影随形。

而避免痛苦的最好的方法,就是宽恕曾经伤害我们的人。用一颗真诚善良的心去对待他们的过错,不计前嫌地帮助他们。那么,你内心的伤痕也将慢慢抚平,你会得到一种真情般的快乐。

文革期间,著名的国学大师季羡林被冠上各种莫须有的罪名,被打成了“反革命”,遭到迫害。其中,有很多季羡林曾经的学生也都参与了对他的批斗。之后,季羡林从牛棚中被放出来,但很多人对他都是避而远之,因为谁也不愿意跟“反革命”有所关联。

文革结束后,季羡林被平反,他不仅恢复了原来的地位,而且还受到各界人士的推崇。这时,当年曾经参与批斗他的学生中,有一位学生写了一本20多万字的书稿,想请季羡林题名推介。然而这位学生想到曾经对老师做的事情时,心里总是惴惴不安的。

当这位学生怀着忐忑的心情将书稿呈递给季羡林时,季羡林却非常认真地读完书稿,没有半点怨气和怠慢。季羡林觉得此书颇有价值,便欣然题名,而对于当年的事,他丝毫未提。

学生得知后,感动得流下眼泪,亲自上门向季羡林道了歉。季羡林却摆摆手，告诉他不用在意过去。

原谅别人的过错是不易的，但有时你计较得越多，失去的也就越多。只有宽容对待，才能将自己受伤的心缝补，不去计较才能坦然面对，因为事已至此，再怎么仇视愤恨也无济于事，只有宽容才是让你重新释怀的路径。

世上的恩恩怨怨、是是非非本来就说不清楚，如果人人都秉持“有仇不报非君子”的态度，那么恐怕整个世界将会弥漫着浓浓的硝烟味了。既然是“前嫌”，那说明事情已经过去了，又何必过于在意呢？伤口已经快要愈合了，我们却还要故意撕开伤疤，让其再次流血，这样做，于人于己没有丝毫的好处。

这方面，我们的古人做得很出色：

清代王璟某一晚夜读时，有个冤家持枪隔窗刺杀他。王璟躲开了，没有被刺中。刺客以为自己在夜里行刺，一定没有人看见他，就扬长而去。其实，王璟乘着窗外的月色，已经认出这个人是谁，但他却保密了三十多年，从未向任何人讲起这件事情。

后来，王璟作了大官，而那个刺客，却遭人诬陷，锒铛入狱。那人因此急忙求救于王璟。王璟毫无难色，满口答应，为他主持了公道，使他免于一死。

事后，那人要送王璟厚礼，却被王璟谢绝了。王璟笑着对他说：“你那天晚上，要是把我刺死了，现在谁来救你？以后可不要再害人了！”那人痛哭流涕，向他谢罪而去。

做人要不计前嫌，有容人海涵。不计前嫌的原谅别人，帮助别人，会展现出我们的广阔胸怀，对方也同样会对我们“报之以李”。

再来看曹操的故事:

建安二年(公元前197年),屯兵南阳的张绣率部投降曹操。可才过了十几天,张绣又突然反叛,袭击了曹操的兵营。曹操措手不及,被打得大败,他的长子曹昂、侄子曹安民遇害,他最得力的大将典韦战死,而他自己虽然逃得性命,可右臂被箭射伤,所骑的名马"绝影"也被射死。

第二年,张绣又和刘表联合,在安众(今河南镇平县东南)分兵前后夹攻曹操,使曹操又一次陷入险境。曹操让士兵连夜开挖地道才逃得性命,并用奇兵把张绣打败。

后来,张绣在他的谋士贾诩的劝说下又一次投降曹操。曹操没有计较杀子之仇,盛宴欢迎张绣,还为自己的儿子求得张绣的女儿为妻,拜张绣为扬武将军。后来,张绣在官渡之战和南皮破袁谭有功,先迁破羌将军,后增邑至二千户。

那时候,天下户口减耗严重,十家往往只剩一家,曹操自己的将领封邑都还没有满千户的,却给了张绣最丰厚的封赐。

有人说,这个世界上最高贵的复仇就是宽容!确实,冤冤相报何时了,别人做了对不起自己的事情,我们若去报复,然后给对方也带来了伤害,仇恨加深,对方再来伤害我们,结果往往是两败俱伤而已。

而我们若用宽容去面对就不一样了,因为宽容可以化解恩怨,化敌为友。当我们伸出友善的手时,对方得到原谅,我们得到朋友,何乐而不为呢?

3.利他方能自利，害人实际害己

利他方能自利，害人实际是在害自己。敬人者，人敬之；爱人者，人爱之；损人者，人损之；欺人者，人欺之。所以，我们应该做到自利利他，不可损人利已。在王阳明看来，义与利之间的差别很小，也就是说，如果能做一些“义”事，对他人有益，自己也一定能获得利益。

在远古的时候，上帝在创造着人类。

随着人类的增多，上帝开始担忧，他怕人类的不团结，会造成世界大乱，从而影响了他们稳定的生活。

为了检验人类之间是否具备团结协作、互助互帮的意识，上帝做了一个试验：

他把人类分为两批，在每批人的面前都放了一大堆可口美味的食物，但是，却给每个人发了一双细长的筷子，要求他们在规定的时间内，把桌上的食物全部吃完，并不许有任何的浪费。

比赛开始了。

第一批人各自为政，只顾拼命的用筷子夹取食物往自己的嘴里送，但因筷子太长，总是无法够到自己的嘴，而且因为你争我抢，造成了食物极大的浪费。

上帝看到此，摇了摇头，为此感到失望。

轮到第二批人类开始了。

他们一上来并没有急着要用筷子往自己的嘴里送食物，而是大家一起围坐成了一个圆圈，先用自己的筷子夹取食物送到坐在自己对面

人的嘴里，然后，由坐在自己对面的人用筷子夹取食物送到自己的嘴里。就这样,每个人都在规定时间内吃到了整桌的食物,并丝毫没有造成浪费。

第二批人不仅仅享受了美味,从此,还获得了更多彼此的信任和好感。

上帝看了,点了点头,为此感到欣慰。

但世界总是不完美的,于是,上帝为第一批人类的背后贴上五个字,叫利己不利人;而在第二批人的背后贴上另外五个字,叫利人又利己!

利己是人与生俱来的本性,它归根结底源自生存的需要,但人是生活在群体之中的,单方的利己行不通,互相帮助更有利,帮助别人是帮助自己,于是产生了群体中利他的行为准则。

雍正年间,京城里有一家规模很大的药店。这家药店制药选药特别地道,连雍正皇帝也很相信他们的药让他们承揽为“御膳房”供应药品的全部生意。

有一年,恰逢科举考试,会试正是三月,称为“春闱”。前一年冬天没下多少雪,一开春气候反常,疫病流行,赶考举子病倒很多。即使还能够支撑的,也多是胃口不开,精神萎靡。当时,科场号舍极其狭小,坐下去伸不直双腿,而且,一连三场考试不能离开,体格稍差的就支持不住,何况精神不爽的人?

这家药店抓紧配制一种专用药,托内务府大臣奏报雍正皇帝,愿意将此药奉送每一个入闱举子,让他们带入闱中,以备不时之需。

雍正皇帝听说此事,大为嘉许。这家药店派专人守在贡院门口,赶考举子入闱之时,不等他们开口,就在他们考篮里放上一包药。这些药的包装纸印得十分讲究,上有“奉旨”字样,而且随药包另附一张纸,把自己有名的丸散膏丹都印在上面。

结果,一半是这家药店药好,一半也是这些赶考举子运气好,这一年入闱举子中,因病退场的人大大减少。

这一来,举子们不管中与不中,从此都上这家药店买药。更重要的是,来自各省的举子们把这家药店的名声传扬各地,远至云南、贵州都知道京城这家店。这家药店的生意很快兴隆起来。

只是用了很少的本钱,却换来了大生意。这家药店能够赢得这么大的成功,就是因为他懂得利他方能自利的原则。

一个人活在世上,虽然不能做到利人不利己,最好要从利己想到利人,所谓"自利利他"。利己与利他并不总是处于对立的位置,很多时候,二者完全可以统一起来,人都有利己的一面,这是由于每一个生命个人都有自己生存的各种各样的需求,人的一切行为都是为了满足自身的需要,因此人的行为动机为利己。在利己的意识驱动下,人做出了种种行为,而这种行为的客观结果产生了利他。

如果我们每一个人都能做到利他,那么我们每个人也会得到自利,这便是所谓的"我为人人,人人为我。"因为我们在别人眼中也是"他",对别人来说是利他,对自己来说就是利己。如果人人都不管"他人",而只顾自己,那么我们自己就成了人人都不管的"他人",而只有自己去关心自己。然而,在这个群体共生互助依存的社会上,只靠自己关心自己是远远不够的,一个人的能力是有限的,需要借助他人的力量。因此,对于我们每一个人而言,利他方能利己,所以,用一颗利他的心去对待他人才是生存之道。

4.播种善良,才能收获希望

人世间最宝贵的品德就是善良。法国作家雨果说:“善良是历史中稀有的珍珠,善良的人几乎优于伟大的人。”

自古以来,“善”字始终受到世人的推崇:待人处事,强调心存善良、向善之美;与人交往,讲究与人为善、乐善好施;对己要求,主张独善其身、善心常驻。善意产生善行,同善良的人接触,往往智慧得到开启,情操变得高尚,灵魂变得纯洁,胸怀更加宽阔。

一位小和尚外出办事,在返回途中,突然雷声隆隆,下起了大雨。大雨滂沱,看样子一时不会停止。小和尚心急四望,忽然发现不远处有一座庄园,便立刻飞跑过去避避风雨。

因天已是傍晚,此处离寺庙还有很长一段路。小和尚就打算请求庄园的主人借宿一晚。

守门的仆人见是个小和尚敲门,问明来意,冷冷地说:“我家老爷向来和僧道无缘,你最好另作打算吧!”

“雨这么大,附近又没有其他的小店人家,还是请您给个方便。”小和尚恳求。

“我不能擅自作主,等我进去问问老爷的意思。”仆人入内请示,一会儿出来,仍然不肯答应,和尚只好请求在屋檐下暂歇一晚,结果,仆人依旧摇头拒绝。

小和尚无奈,便向仆人问明了庄园主人名号,然后冒着大雨,全身湿透奔回了寺庙。

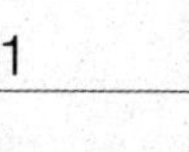

几年后，庄园老爷纳了个小妾，宠爱有加。小妾想到庙里上香祈福，老爷便陪着一起出门。到了庙里老爷忽然瞥见自己的名字被写在一块显眼的长生禄位牌上，心中纳闷，找到一个正在打扫的小和尚，向他打听这是怎么回事。

小和尚笑了笑说："这是我们住持三年前写的，有天他淋着大雨回来，说有位施主和他没有善缘，所以为他写了一块长生禄位。住持天天诵经，回向功德给他，希望能和那位施主解冤结、添些善缘，至于详情，我们也都不是很清楚……"

庄园老爷听了这番话，当下了然，心中既惭愧又不安。后来，他便成了这座寺庙虔诚供养的功德主，香火终年不绝。

拥有善心的人，才会有豁达的心胸，真诚地与人相处，善待家人、朋友和他人。和这样心地善良的人交往，如春风荡漾人们的心田。有爱心的人，能够得到生活的回报，真真切切地感受生活的美好。

善良之人经常造福于他人，实质上也是造福于自己。"帮助别人，就是帮助自己。"这句话绝不只是简单的因果报应，而是做人的根本。让善良与生命同在，对于人来讲是莫大的福分。

在第二次世界大战中的一天，欧洲盟军最高统帅艾森豪威尔在法国的某地乘车返回总部，参加紧急军事会议。那一天大雪纷飞，天气寒冷，汽车一路奔驰。忽然他看到一对法国老夫妇坐在路边，冻得发抖。他立即命令身旁的翻译官下车去询问。

一位参谋急忙提醒他说："我们必须按时赶到总部开会，这种事情还是交给当地的警方处理吧。"可是艾森豪威尔坚持说："如果等到警方赶来，这对老夫妇可能早就冻死了！"经过询问他们才知道这对老夫妇是去巴黎投奔儿子，但是汽车却在中途抛锚了。这里前不着村后不着店，因此不知如何是好。艾森豪威尔听后立即请他们上车，并且特地将老夫妇送

到巴黎,然后才赶回总部。

艾森豪威尔根本没有想过行善图报。然而，他的善良却得到了意想不到的回报。原来,那天德国纳粹的狙击兵早已预先埋伏在他们的必经之路上,只等他的车一到就立刻实施暗杀行动。如果不是为帮助那对老夫妇而改变了行车路线,他恐怕很难躲过这场劫难。假如艾森豪威尔遭到伏击身亡,那整个第二次世界大战的历史很可能因此而改写了。

世人有时会认为善良的人很傻、很笨。其实善良是人性中最崇高的美德。行善积德的人,令人敬佩。一个人有了善良的心,才能完善自己的人生。一个人不会因为自己的善心善行而损失什么,相反他还会因为他的积德而得到福报。因为善良是生命的黄金。

善良所带来的美丽,不仅发自内心、溢于言表,并且持久高贵。正所谓相由心生,《巴黎圣母院》中的卡西莫多是世界文学史上的一个最著名的丑人,但在读者和观众看来,他实在要比那位卫队长和神父美丽得多。读者和观众之所以会有这样的审美感受,显然是因为他的奋不顾身的善良。

莎士比亚说过,外在的相貌其实是内心世界的一面镜子:善良使人美丽。拥有一颗善良的心,远胜过任何服饰、珠宝和妆扮。美好的品行能帮你塑造美好的外貌,慢慢地令你周身透出可亲、动人和美丽的光芒,充满迷人的魅力。

播种善良,才能收藏希望。一个人可以没有让旁人惊羡的姿态,也可以忍受“缺金少银”的日子,但离开了善良,却足以让人生搁浅和褪色。

5.善良,但不是软弱可欺

人之初,性本善。善良是人的一种宝贵品质,善良让人如沐春风,善良使自己充满温暖和关怀,但世间除了善良之外还有各种丑恶和欺骗。善良与善良相遇,会更加美好,善良与丑恶相逢,结果却往往是伤痕累累。

善良是脆弱的,所以,人们要小心呵护自己的善良。“害人之心不可有,防人之心不可无。”做人不能有害人的心思,但是也不能觉得每个人都是可信赖的,万丈深渊也有底,可是一个人的心思却是无法猜测的。正所谓人心隔肚皮,我们不要轻易被别人的伪装欺骗,让善心蒙尘。

许多年之前,人们在亚马孙河两岸砍伐树木时,发现一种十分奇怪的现象:在电锯的轰鸣声中,所有的动物都逃离了,惟有一种叫做树虎的动物没有走。据记载,树虎是非常怕人的。工人们深感奇怪,不明白这些树虎为什么不走。他们找来动物学家桑普。桑普的话让工人们吃惊,他说一定有一只树虎被树胶沾在了树上了,所以其他的树虎才不走。

大家仔细搜寻,果然发现树干上有一只树虎。原来,一千只树虎里,总会有一只被树胶粘住,从此再不能动弹。让人感动的是,一动不动的树虎仍然能在世上活很多年。因为周围的树虎都会来轮番喂它。伐木工人听了如此的说法被深深感动,他们将整棵树移到森林的深处。于是,所有的树虎也都跟着迁移了。

但后来,树虎还是在世上灭绝了。因为它的毛皮非常昂贵,于是就有人先将一只树虎用胶粘在树上,其他树虎便相继跟来,寻食喂养这只不

能动的树虎。善良使它们纷纷落入猎人的圈套,被贪婪者一网打尽。

现在社会中,有好多骗子在行骗过程中大都扮演“可怜者”的角色,他们抓住人们善良的心理,花言巧语展开诈骗攻势,博取人们的同情心。有些热心人就因为没有戒备,出于善心帮忙反而受骗。

在不知道别人具体的身份,不知道别人的目的动机时,不要随意结交、轻信和帮助别人,坏人永远不会因为你的悲悯而感动。我们应该不要吝惜给好人的帮助,但要小心被坏人利用自己的善心。

一天,李明在地铁附近遇到一名陌生男子,该男子自称叫谢力,来自广东。他说自己迷路了,恳请李明带他到某医院。当热心的李明把他送到医院要转身离开时,谢力忽然上前拉住他开始哭诉,说他带着老父亲从广东长途跋涉来到北京看病,因为高额的医疗费用,手里的钱很快就用光了,所以他想把手里的外币兑换成人民币,求李明帮他这个忙,说着就拿出了厚厚的一沓外币。

李明正在犹豫不决时,一名穿着某银行制服的男子来到他们面前,说他是某银行的客户经理,并神秘地说兑换外币的事他可以帮忙,还说外面人多不好点钱,建议到别的地方去,并叫李明担当担保人跟他们去。后来他们选择在医院一条僻静的走廊里“交易”。

在“交易”过程中,自称是银行职员的男子称在银行柜台一次只能取3万多元,但是谢力的外币总额是5万元,男子说没有那么多现金,不想兑换了,谢力马上带着哭腔恳求李明帮忙兑换1万元。善良的李明想到他父亲急需用钱,便没多考虑去银行取了1万元交给了谢力。回到医院后,两名男子找了个借口迅速离开。等了许久的李明突然明白,原来两个男子演了一场“双簧戏”,编造了一个悲情剧蒙蔽了他的双眼。

做人一定要分清善恶，只能把援助之手伸向善良的人。不要忘记农夫和蛇的故事，对那些恶人即使仁至义尽，他们的本性也是不会改变的。好心未必有好报，甚至反受其害。

我们必须以坚定的姿态来捍卫自己的善良，让人觉得自己善良但不是软弱可欺。那些喜欢向别人挑战的人，也不是针对一切人都施以强硬。强硬的人自不用说，那些神态严肃者，他们也不敢挑战。他们只对准了"软柿子"，而且他们要先看一看这些人是不是软弱可欺。

善良和宽恕是仁慈的体现，但是仁慈不是用来供任意挥霍的无尽资源。对好人、对需要关爱的弱者当然要善待、要仁慈；但是，对于丑恶绝不能忍气吞声，对坏蛋、败类、垃圾绝不能让其为所欲为，更绝不能以为自己退让就能换得他们良心发现。

6.提防只顾自身利益，忽略集体利益的人

为个人利益出卖他人或集体利益的人的特征是：自私，见利忘义，欲壑难填；为了自己利益，不顾他人或集体蒙受损失；人格低下且胆大妄为。

曾在电视《动物世界》节目里看到过这样一个情景：

一只饥饿的正在觅食的苍鹰在天空来回盘旋，一只地鼠发现了苍鹰，警惕地抬起头，用后腿站立，发出一声刺耳的尖叫，其他地鼠听到这只地鼠的尖叫，纷纷钻进地洞藏起来，躲避了一场灾难。科学家达尔文认为：一个巢穴中的生物都是有亲缘关系的，因此它们会为了整体利益不

惜做出自我牺牲，以使家族能够继续繁衍生存下去。

危险来临时，动物尚有如此大义之举，甚至牺牲自己也在所不惜。相比之下，人类应该觉得羞愧。人似乎比动物生来具有更强烈的自我保护的本能。在社会生活中，在利益当前，首先考虑是如何保护自己，争取自己的利益，如何左右逢源使自己免受伤害。如果需要以出卖别人来保全自己，那么他会毫不犹豫地选择出卖别人、出卖国家和集体利益。也许因为这是人类共有的劣根性。所以，人们对出卖这种行为虽然憎恨，却给予了一定的宽容，有人甚至认为完全可以理解。

犹太音乐家布劳特在德军占领犹太后，为了自己的生命安全，同意与德军合作，担任“犹太人自治会”警察局长。二战结束后，布劳特被控告在担任警察局长期间，为了讨德国人的欢心，有意多送了一些犹太人到死亡集中营，是间接杀人犯。地方法院最初判布劳特15年徒刑，布劳特不服，起诉到以色列最高法院。最后，最高法院判决布劳特无罪释放。

对此，以色列法院的法官是这样解释的：“求生是人的最原始的本能。为了保护自己和家人的生命安全而出卖组织、出卖别人，尽管是一件不值得提倡的非道德行为，但也不能构成犯罪。我们处罚罪犯时，必须把我们自己也放在同样的环境来设身处地地考虑问题。当时如果布劳特不与德国人合作，那就意味着放弃‘生’的机会而选择‘死’。假如我当时处在布劳特的位置，我也同样会选择‘生’的机会与德国人合作。我们不能要求别人做到我们自己不能做到的事。”

实际上，不管是何种情境下的出卖，其出卖行为的本质并没有什么不同，那就是一切从自己的利益角度出发。与面临生死时为了求生而出卖相比，更多的是面对利益诱惑时的出卖。这种人是极其可怕的自私自利的小人，在他眼里，是没有什么不能出卖的，亲情、友情、爱情、集体利益、国家利益等，与这样的人共事，若不能看穿他的本质，早晚都会被他出卖。

哲学家叔本华说：“不能向敌人说的话，也不能向朋友说。”很多人都有被人出卖的经验。这个人可能是你的朋友、亲人、同事、合伙人，一般说来，越是亲密的关系，出卖的情况越可能发生，就连耶稣也未能逃脱被门徒出卖的命运。

犹大被耶稣挑选为门徒，三年之中，尽管日夜跟随耶稣，聆听耶稣所讲的真理，领受耶稣的恩惠和慈爱，但他竟为了区区30块银钱出卖了耶稣，虽然最后因为悔恨而上吊自杀，但对被他出卖的耶稣来说，已经于事无补。

电影《不道德交易》，主人公戴维和安娜从情侣到夫妇已有7年情史。戴维是一名年轻建筑师，在房地产业下滑时期，戴维失业了。夫妇俩贷款建了一半的新房面临被银行没收的危险。巨富盖奇惊羡于安娜的美丽，又自恃于自己的富有，于是，他别出心裁地向戴维夫妇建议做一笔“交易”：如果他能和安娜欢度一个良宵，他答应把和安娜一起赢来的100万元巨款赠送给他们。戴维夫妇同意了，他们得到了金钱，戴维却失去了丈夫的自信心，安娜也失去了丈夫的信任。

有些东西是不能出卖的。不仅金钱不能主宰，就是人自身想出卖也做不到，因为有些东西属于“非卖品”。可惜现实中那些以出卖为手段获取利益的人不会去思考这些问题，他们想的只是如何以出卖谋得更多的利益。

如果说社会底层的人为了生存而有时做出出卖之事，尚可原谅，那么那些位高权重者欲壑难填，疯狂出卖集体和国家利益，则让人觉得心寒。这些人，居庙堂之高不忧其民，想的只是怎么样才能多捞、狠捞。有些

贪官是一颗黑心，两种准备：只要反腐的利剑还没有舞到跟前，就多捞一点是一点，一有风吹草动，就迅速出逃，反正妻子儿女已经先行一步了，护照也办好了，巨额不法资产也暗度陈仓了。

常言说得好，害人之心不可有，防人之心不可无。要提防那些只顾个人利益而忽视集体利益的人，不要被其利用或伤害。除了谨慎选择朋友之外，还要注意谨言慎行。说者无意，听者有心，也许你的不经意的话语，常常就会被别人拿来当作话柄或话题，一有机会，便会连你也出卖了。所以，还是离这种人远些的好。

7.自私的人往往是不幸的

“私心”谁都会有，一个人如果私心过重就会变得自私自利。自私自利的人，一心只为个人利益打算，常常会牺牲他人的利益来满足自己的私欲，到头来只会害人终害己。

有一天，驴子和狗一同随主人外出。驴子表面机灵，实际上脑袋空空，不想事情。半路上，主人睡着了，驴子就趁机大啃青草，吃得非常惬意。

狗看见了，也感到腹中饥饿，就请求驴子趴下身子，好让它吃驴子背上面包篮里的食品。但驴子怕浪费了这大好时光，只顾埋头吃草，对狗的要求装聋作哑。

过来好一阵子，驴子才对狗说：“朋友，我还是劝你等等看，待主人睡醒后会给你一份应得的饭，他不会睡得太久的。”

就在这时，一只饿极了的狼慢慢靠近，驴子害怕极了，马上叫狗来驱赶，这时候狗可是不愿动，还回敬它说："朋友，我劝你还是快逃吧，等主人醒了再跑回来。假如狼追上了你，我相信你会用主人新给你装的蹄子踢倒它的。"

就在狗还在说这些风凉话的时候，狼已经把驴子咬死了。

与人方便，就是给自己方便。因为一个人在帮助别人时，别人对于你的帮助会永远记在心。相反，你在别人需要帮助的时候却视而不见，到后来你有了危险，别人也会用同样的态度来对你。自私自利的人，到最后只会害人又害己。

自私的人心中有一种根深蒂固的错误观念，潜意识中认为"我"才是最重要的，一切的想法、看法、做法，皆为满足自我；甚至表面为别人好，都隐藏着"都是为自己着想"的念头，只是不敢拆穿内在丑陋，不愿承认心底的自私。自私的人，常在利益的诱惑下，默认自己对他人作恶，曹操就是自私者的典型，"宁可我负天下人，勿让天下人负我"，就是最自私的混账话。

现在社会当中，很多人喜欢占别人便宜，欺骗别人。但你可以骗别人一次两次，却骗不了第三次。当我们占人便宜，损人的时候，事实上是刀头舔蜜。就好像一把刀前面有一滴蜂蜜，你着急把这个蜂蜜吃到嘴里去，结果确实尝到了甜头，但同时舌头也割了。所以世间人心无远虑，只顺着自己的欲望就去贪求，反而会害了自己。

海口是个体经济很早就被开发的地区，它最有名的是观光行业。观光业者为了吸引旅客到海南来，收费都非常低廉，所以刚开始时有非常多的人到海南观光。结果观光业者就觉得是机会可以大捞一笔，在游客的行程安排上，基本上三天里有两天都是把旅客带到购物中心去消费，

买一包十元钱的东西,他们可以从中获利一半以上。

慢慢地游客就开始有了怨言,指责此起彼伏。就这样一传十、十传百,口口相传,最后海南的观光行业给全国人民就留下了很不好的印象。虽然他们一开始赚到了一些钱,尝到了一点甜头,但是一两年之后,他们为此付出了沉重的代价。那就是,全国的百姓都对海南整体的观光业持一种否定和不信任的态度,海南的观光业产值也因此大不如前。这个影响可能还会持续很久,而要把人们失去的信任再重新找回来,恐怕还需要几年甚至几十年才可以实现。

只尝到了一点小甜头,却付出了这么大的代价,所以损人绝对不利己,而且损人会害自己很惨。不只会害自己,《易经》有曰“积不善之家,必有余殃”,我们可能做了很多损人的事情,不只殃及自己,还殃及后代子孙。宋代的奸臣秦桧,不只是他被世人所唾弃,他的子孙也因为他的恶行蒙羞了几千年,始终抬不起头来。

关于自私,有一种错误的观点,认为“自私”与“自我”是同一概念。因此,某些人误把自私自利的行为当成是在追求自我个性,有的人甚至将追求自我个性作为自私自利行为的借口。其实,“自我”与“自私”是两个完全不同的概念,“自我”是对自身特性、价值的保护与实现,而“自私”是对个人贪欲的满足。可以适度追求自我,却不可以有自私自利的念头。

事实上,自私自利都源于人的欲望,因为贪婪所致。在物欲横流的今天,有许多人贪图享受,过分追求物质生活而不择手段,抢劫、偷盗、绑架勒索、杀人越货,无所不为,种种罪恶和丑陋现象层出不穷,贪婪能使人忘记和忽略一切,哪怕是人格、尊严乃至生命!

就如好多为官者,当身居高位时,被名利引诱,最初信誓旦旦的“权为民所用,要替人民的切身利益打算,做个亲民爱民的好官”的理念都被抛得空空,为了中饱私囊,大肆贪污受贿,成为国家的蛀虫。

俄国学者萨克雷先生在《名利场》中这样形容自私自利的危害:“在一切使人格堕落的不道德的行为之中,自私是最可恨的、最可耻的。”自私使人粗俗,使人卑鄙,使人缺乏同情心,使人充满物欲,使人道德低下;自私自利者,会为了一己之私,去损害他人或集体的利益。中国有句古话“纸里包不住火”,最后,狐狸尾巴终会被识破,自私者最终会身败名裂,被人们所鄙视,正是“以损人开始到害己告终”。

8.感恩爱与信任,活在温暖里

敌意是世界上最为尖利的伤害。当两个人敌对时,生活便如同被扎入了刺,让人每日坐卧不安,看不到生活的美好;当两个民族敌对时,那界限便如同一道鸿沟,深深震撼着每一个人的恐惧;当两个国家敌对时,那枪林弹雨便如无数死神在身边、梦中给每一个深入其中的人带来伤害。

然而,我们可以用一种简单而又温暖的行动去溶解这两败俱伤的恶果,去温暖那冰冷的灵魂。这个行动就是爱与信任。爱与信任是世界上最亮、最温暖的明灯,最激励人心的火焰,带我们离开死神,走向新生。

1944年的圣诞夜,两个迷了路的美国大兵拖着一个受了伤的兄弟在风雪中敲响了德国西南边境亚尔丁森林中的一栋小木屋的门,它的主人——一个善良的德国女人轻轻地拉开了门闩。家的温暖在一瞬间拥抱了三个又冷又饿的美国大兵。女主人开始有条不紊地准备着圣诞晚餐,没有丝毫的慌乱与不安,没有丝毫的警惕与敌意。因为她相信自己的直

觉：他们只是战场上的敌人，而不是生活中的坏人。美国大兵们静静地坐在炉边烤火，除了燃烧的木柴偶尔发出一两声脆响外，静得几乎可以听见雪花落地的声音。

正在这时候，门又一次被敲响了。站在满心欢喜的女主人面前的，不是来送礼物和祝福的圣诞老人，而是四个同样疲惫不堪的德国士兵。女主人同样用西方人特有的方式告诉她的同胞，这里有几个特殊的客人。今夜，在这栋弥漫着圣诞气息的小木屋里，要么发生一场屠杀，要么一起享用一顿可口的晚餐。

在女主人的授意下，德国士兵们垂下枪口，鱼贯进入小木屋，并且顺从地把枪放在墙角。

于是，1944年的圣诞烛火见证了或许是“二战”中最为奇特的一幕：一名德国士兵慢慢蹲下身去，开始为一名年轻的美国士兵检查腿上的伤口，而后扭过去向自己的上司急速地说着什么。

人性中善良温情的一面决定了他们的感觉是奇妙而美好的，没有人担心对方会把自己变成邀功请赏的俘虏。第二天，睡梦中醒来的士兵们在同一张地图上指点着，寻找着回到己方阵地的最佳路线，然后握手告别，向着相反的方向，消失在白茫茫的林海雪原中。

信任是一把开启心扉的钥匙、一座架通心灵的桥梁。因为信任，女主人公收获了双方的尊重，和平化解了一场敌对战斗。我们，同样可以借此重新燃起前进的希望。

受过马卡连柯教育的谢苗·卡拉巴林，曾回忆了他在高尔基工学团当学员时，马卡连柯如何尊重他、信任他，使他走上新生的历程。那是高尔基工学团创办不久的一天，马卡连柯到监狱去领卡拉巴林。当马卡连柯和监狱长一起替卡拉巴林办理出狱手续后，卡拉巴林心中十分温暖。

后来,有一次,卡拉巴林这样询问马卡连柯:“请您直爽地告诉我,您相信我吗?”马卡连柯诚恳地回答说:“过去的事不必提了,我知道你这个人跟我一样的诚实。”马卡连柯还付诸行动,曾接连两次把带枪取巨款的重任委托给卡拉巴林去办理,这让他深受感动。

后来,这位卡拉巴林终于成了自己老师马卡连柯的可靠继承者和得力助手。

因为马卡连柯的信任,犯过偷窃罪行的卡拉巴林终于从过去走了出来,最后还继承了马卡连柯的教育事业。信任,正是这样一种温暖燃起人们对生活的热爱、对前途追求的火光。它能触及灵魂,使曾经弯曲过的树,伸直躯干,吐出新芽,茁壮成长。信任是肥沃的土壤,它能让花开得更艳,让树长得更高。那么,就让我们感恩信任,活在温暖里吧!

阅读链接:中国古代诚信故事之十

范仲淹:机智守秘方,诚信传美德

范仲淹是北宋著名的政治家、思想家、军事家和文学家,世称“范文正公”。据说他的祖籍在邠州(今陕西省彬县),先人迁居苏州吴县(今江苏苏州),是唐朝宰相范履冰的后人。

范仲淹两岁时父亲就去世了,母亲谢氏贫困无依,抱着两岁的范仲淹,改嫁山东淄州长山县河南村(今邹平县长山镇范公村)朱文翰。范仲淹也改从其姓,取名朱说,在朱家长大成人。

范仲淹从小读书就十分刻苦,朱家是长山的富户,但他为了励志,常去附近长白山上的醴泉寺寄宿读书。晨夕之间,范仲淹便早起诵读,给僧人留下了深刻的印象。那时,他的生活极其艰苦,每天只煮一碗稠粥,凉了以后划成四块,早晚各取两块,拌几根腌菜,滴几滴醋汁,吃完继续读书。后世便有了"划粥割齑"的美誉,但他却安于这种清苦生活,把全部精力投入书中寻找着自己的乐趣。

这样过了快三年,长山的书籍已渐渐不能满足范仲淹的需要。有一天,他偶然听到寺里僧人背着他聊到他的家世,方知朱文翰并非自己生父。知道自己的身世后,范仲淹深受刺激,愧恨交集之下,他决心脱离朱家,自立门户,好好学习,待将来卓然立业,再接母归养。于是,他匆匆收拾了几样简单的衣物,佩上琴剑,不顾朱家和母亲的阻拦,流着眼泪,毅然辞别母亲,离开长山,徒步求学去了。

真宗大中祥符四年 (公元1011年),23岁的范仲淹来到睢阳应天府书院(旧址在今河南省商丘市睢阳区)。应天府书院是宋代著名的四大书院之一,共有校舍150间,藏书数千卷。这里聚集了许多志操、才智俱佳的师生。到这样的学院读书,既有名师可以请教,又有许多同学互相切磋,还有大量的书籍可供阅览,况且学院免费就学,更是经济拮据的范仲淹求之不得的。范仲淹十分珍惜这个难得的学习机会,昼夜不息地攻读。范仲淹的一个同学看他常年吃粥,便送些美食给他。他竟一口不尝,听任佳肴发霉,直到人家怪罪起来,他才长揖致谢说:"我已安于划粥割齑的生活,担心一享受美餐,日后就咽不下粥和咸菜了。"范仲淹艰涩的生活,有点像孔子的贤徒颜回:一碗饭、一瓢水,在陋巷,他人叫苦连天,颜回却不改其乐。

范仲淹的连岁苦读,从春至夏,经秋历冬,凌晨舞一通剑,吃点粥就去读书,夜半回屋和衣而眠。别人看花赏月,他只在六经中寻乐。数年之后,范仲淹对儒家经典,诸如《诗经》、《尚书》、《易经》、《礼记》、《春秋》等书主旨已然堪称大通。吟诗作文,也慨然以天下为己任,决心担当起国家兴亡的重任。

由于范仲淹勤奋学习,成绩优异,深得书院的一位姓李的先生的赏识。这位李先生是一位知识渊博、精通阴阳五行的术士。他长期研究炼金术,劳累过度,加上长期接触丹汞之毒,最终吐血而死。临死之前,李先生交给范仲淹一个包裹,包口用火漆封得严严实实,还加盖了印章,托付说:"这里面有一张祖传的炼金秘方,我托你代为保管,等见到我儿子时交给他。"范仲淹郑重地答应了。

范仲淹为李先生料理完后事,就进京赶考去了。一路上,他并没有注意到有一个戴斗笠的跛脚人一直在尾随着自己。走到荒无人烟的郊外时,这人突然从草丛中窜出,手持大刀,逼迫范仲淹交出炼金秘方。范仲淹跟跛脚人装糊涂,说自己根本不知道什么炼金秘方。那人大笑说:"我亲眼看到李先生将一包白金和祖传炼金秘方交给了你。你不要装糊涂了!"说着,那人摘下头上的斗笠。范仲淹这才发现,这人竟是自己的同窗,那天他在门外偷听到了李先生的遗言。

范仲淹无奈,趁其不备,拔腿就跑。跛脚人并不善罢甘休,在后面紧追不舍。最后,范仲淹被逼到了悬崖边。眼看就要被跛脚人抓到了,范仲淹心想:哪怕是自己死了,也不能让别人所托之物落入他人之手!于是范仲淹便毅然跳崖。也许是命不该绝,范仲淹跳下去后,恰好被挂在悬崖峭壁边的一棵大树上,幸免于难。当时,他手里还紧紧地攥着那只包裹。

大难不死的范仲淹来到京城。一日,他目睹得宠的李太监欺压百姓,非常气愤,就说了几句公道话,不想因此遭到毒打,差点丧命,幸而被王大人遇见,讨个人情,将他救了下来。王大人见范仲淹伤势很重,便把他带回家中疗伤。两人一见如故,很快便成了"忘年交"。在一次闲谈中,范仲淹惊奇地发现,王大人竟然是已故李先生的同乡,而且还是情谊甚笃的儿时好友。有了这一层关系,范仲淹便把先生所托之事告诉了王大人。

京试发榜了,范仲淹高中进士,王大人设宴为他庆贺。而此时,他的同窗——那个跛脚人投靠了李太监,成了他的心腹。跛脚人将范仲淹藏有炼金秘方一事告诉了李太监。李太监顿时极感兴趣,想得到秘方,立即直奔王大人府上。

李太监一见范仲淹,发现他竟然是自己曾经毒打过的那个人,也就少了客套,开门见山地说:"我听说了,李先生的炼金秘方在你手上,快把它交给我,我给你一大笔钱,保你一辈子荣华富贵,享用不尽。"范仲淹一口拒绝了。他说:"我并不知道什么炼金秘方,只有一个包裹,那是受先师之托,替他的孤儿保存的。"李太监见范仲淹对钱财毫不动心,只好悻悻离去。

李太监无功而返,心有不甘。跛脚人献出一计:明的不行,就来暗的。深夜,一个黑影溜进了范仲淹所住的房间,偷走了包裹。拿到包裹的李太监欣喜若狂,不料跛脚人却拔出匕首,刺向了李太监……跛脚人打开包裹,一下子傻了眼:包裹里根本没有什么炼金秘方,只有一团破布。就在这时,侍卫们冲了过来,拿下了跛脚人。原来范仲淹早就料到李太监会出此下策,所以预先调换了包裹。

又过了几天,有一个自称是李先生儿子的少年来到王大人府上,投靠王大人。范仲淹喜出望外——先师的遗愿终于可以实现了。范仲淹回忆先师临终前的情景,那少年立即追问:"家父有没有留下什么东西?"王大人立即让范仲淹转交遗物。范仲淹迟疑了一下,回房间取出了包裹交给了那少年。

当夜,那少年悄悄地来到王大人的书房,将包裹交给了王大人。王大人得意忘形地大笑:"我终于如愿以偿了!李太监只知蛮干,最后丢了小命;我巧用计谋,神不知鬼不觉地就把秘方弄到手了。范仲淹那小子现在还蒙在鼓里呢!"王大人的话音刚落,门"嘭"的一声被踢开了,范仲淹愤怒地站在门口,大声斥责道:"真想不到,你连同乡好友托给孤儿之物也要抢夺!”不料,王大人却哈哈大笑起来,原来同乡、好友、李先生的儿子……这一切都是他精心策划、胡编乱造的。范仲淹这时才明白:他自始至终都中了王大人的圈套了!但是,他除了愤怒却还有一丝庆幸……

王大人急切地打开包裹,不想里面竟是一些杂物。这时,该轮到范仲淹哈哈大笑了,他说:“你的谋划确实天衣无缝,只可惜你求物心切,最后一步太仓促了!但凡为人子者,闻知家父去世,当会号啕大哭,可这位自称是恩师儿子的少年却毫无表情,反而立即追问有无遗物,这怎么能不让我起疑心呢?”王大人颓然瘫倒在地。

三年以后,范仲淹终于找到了先师的儿子。诚实守信是一种高尚的品德,也是一个人立身处世之本。青年范仲淹为人诚实,信守诺言,历经艰辛,终于把先师所托之物——祖传的炼金秘方,完好地交到了先师的儿子手上。那包裹上面,当年的火漆和印记完好无损。